NOIRES SONT LES VIOLETTES

W0277351

Du même auteur :

Le Masque de l'araignée, Lattès, 1993
Et tombent les filles, Lattès, 1995.
Jack et Jill, Lattès, 1997.
La Diabolique, Lattès, 1998.
Au chat et à la souris, Lattès, 1999.
Souffle le vent, Lattès, 2000.
Le Jeu du furet, Lattès, 2001.
Rouges sont les roses, Lattès, 2002.
1er à mourir, Lattès, 2003.
Beach House (avec Petter de Jonge), Lattès, 2003.

www.editions-jclattes.fr

James Patterson

NOIRES SONT LES VIOLETTES

Roman

Traduit de l'anglais (Etats-Unis) par Philippe Hupp

JC Lattès

17, rue Jacob 75006 Paris

Collection « Suspense & Cie »
dirigée par Sibylle Zavriew

Titre de l'édition originale
VIOLETS ARE BLUE
publiée par Little, Brown and Company, New York

© 2001 by James Patterson
© 2004, éditions Jean-Claude Lattès pour la traduction française.

Je dédie ce livre à mon ami Kyle Craig,
qui ne travaille pas pour le FBI, mais dont le nom,
je trouve, passe très bien. Je voudrais également citer
quelques autres protecteurs des arts : Jim Heekin,
Mary Jordan, Fern Galperin, Maria Pugatch,
Irene Markocki, Barbara Groszewski,
Tony Peyser et ma douce Suzie.

Prologue

Sans avertissement

1

Rien ne commence jamais comme nous le croyons. Alors, bien entendu, ceci n'a pas commencé avec le lâche et sauvage assassinat de mon amie Betsey Cavalierre, agent du FBI. Moi, je le croyais. Ce fut une énorme et terrible erreur.

J'arrivai chez Betsey, à Woodbridge, Virginie, au beau milieu de la nuit. Je n'étais jamais allé chez elle, mais je n'eus aucun mal à trouver la maison. Le FBI et les secours étaient déjà sur place. Des gyrophares rouge et jaune par dizaines griffaient la pelouse et la terrasse de leurs zébrures inquiétantes.

Je respirai à fond avant d'entrer. Je vacillais, je me sentais perdre l'équilibre. Je vis une grande blonde, Sandy Hammonds, agent fédéral. Elle avait les yeux rougis. C'était une amie de Betsey.

Sur une console, dans l'entrée, j'aperçus le revolver de service de Betsey. Ironiquement, juste à côté, il y avait une lettre de rappel. Sa convocation à sa prochaine séance de tir au stand du FBI.

Parce qu'il le fallait bien, je suivis le long couloir séparant le séjour des pièces du fond. La maison, qui paraissait vieille de près d'un siècle, était envahie de meubles et d'ustensiles campagnards comme Betsey les affectionnait. La chambre à coucher se trouvait tout au bout du couloir.

Je sus immédiatement que c'était là que le meurtre avait été commis. Les techniciens du FBI et la police locale s'agitaient devant la porte ouverte comme des guêpes en furie autour d'un essaim menacé, mais un silence étrange régnait néanmoins dans la maison. Jamais je n'avais connu d'instants aussi épouvantables.

J'avais perdu un autre de mes équipiers.

Le deuxième à mourir sauvagement assassiné en deux ans.

Et Betsey était bien plus qu'une collègue.

Comment une chose pareille avait-elle pu se produire ? Quelle signification trouver à ce crime ?

En découvrant le petit corps de Betsey gisant sur le parquet, une sueur glacée m'enveloppa. Mon premier réflexe fut de m'enfouir le visage dans les mains.

Le tueur l'avait déshabillée. Je ne voyais pas sa chemise de nuit. Le bas du corps était noir de sang. Le type s'était servi d'un couteau pour punir Betsey. Je n'avais qu'une envie, recouvrir son corps, mais je savais bien que je ne pouvais pas.

Ses yeux marron étaient fixés sur moi, mais ils ne voyaient rien. Ces yeux, ce joli minois, je me souvenais les avoir embrassés. Je me souvenais du rire de Betsey, un rire haut perché et chantant. Il y avait comme un grand vide en moi, et je ne savais plus que faire, sinon rester là et pleurer Betsey. Je ne pouvais pas la laisser comme ça.

J'étais là, dans la chambre, depuis un bon moment déjà quand mon portable sonna dans la poche de mon blouson. La mélodie me fit sursauter. Je pris le téléphone, avant d'hésiter. Je n'avais pas envie de répondre.

— Alex Cross, finis-je tout de même par lâcher.

J'entendis une voix déformée électroniquement, et un grand frisson me secoua des pieds à la tête.

— Je sais bien qui vous êtes, et même où vous êtes, répondit le Cerveau. Chez cette pauvre petite Betsey, ou plutôt ce qu'il en reste. N'avez-vous pas l'impression d'être une sorte de marionnette, inspecteur ? Vous devriez, car c'est exactement ce que vous êtes. Vous êtes même ma marionnette préférée.

— Pourquoi l'avez-vous tuée ? demandai-je au monstre. Vous n'aviez pas besoin de faire une chose pareille.

Il émit un rire métallique qui me hérissa les poils de la nuque.

— Vous devriez le savoir, non ? Après tout, vous êtes le célèbre enquêteur Alex Cross. Vous avez de grandes affaires à votre palmarès. Vous avez arrêté Gary Soneji, Casanova. Vous avez résolu l'énigme de Jack et Jill. Vraiment, vous m'impressionnez.

Je lui dis, à voix basse :

— Pourquoi ne pas m'affronter tout de suite ? Ce soir, ça vous irait ? Comme vous le prétendiez si bien, vous savez où je suis.

Le Cerveau ricana de nouveau.

— Et si je tuais votre grand-mère et vos trois gosses, ce soir ? Je sais également où ils sont. Vous avez laissé votre équipier en leur compagnie, n'est-ce pas ? Vous pensez qu'il peut m'arrêter ? John Sampson n'a aucune chance face à moi.

Je coupai la communication et sortis de la maison en courant. Coup de fil à Sampson, à Washington. Il décrocha à la deuxième sonnerie.

— Tout va bien, là-bas ? lui demandai-je, haletant.

— Aucun problème, Alex. Tout baigne. Toi, en revanche, tu m'as l'air en petite forme. Que se passe-t-il ?

— Il dit qu'il va venir s'en prendre à vous. Toi, Nana, et les enfants. Le Cerveau.

— Pas de danger que ça arrive, ma poule. Personne ne passe tant que je suis là. J'aimerais bien qu'il essaie, tiens.

— Sois prudent, John. Je rentre à Washington tout de suite. Je t'en supplie, sois prudent. Il est complètement malade. Il ne s'est pas contenté de tuer Betsey, il lui a fait subir des ignominies.

Je raccrochai et fonçai vers ma vieille Porsche.

Mon portable sonna alors que j'étais encore en plein élan. J'eus toutes les peines du monde à le garder plaqué contre mon oreille.

— Cross.

C'était encore lui, et il riait comme un fou hystérique.

— Détendez-vous, Dr Cross. J'entends votre respiration hachée. Je ne vais pas leur faire de mal ce soir. Je voulais simplement vous faire cavaler un peu. M'amuser à vos dépens.

« Vous courez, hein ? Continuez de courir, Dr Cross. Mais vous ne serez pas assez rapide. Vous ne pouvez pas m'échapper. C'est vous que je veux. Vous êtes le prochain, Dr Cross.

I

Meurtres en Californie

1

Le lieutenant Martha Wiatt, de l'armée de terre des Etats-Unis, et son ami, le sergent Davis O'Hara, couraient à belles foulées. Les brumes envahissaient déjà le Golden Gate Park de San Francisco comme une nuée de soufre et, dans la lumière du crépuscule, les deux joggeurs offraient l'image d'un couple svelte, presque séduisant.

En entendant le premier grognement, pas très fort, Martha se dit qu'il s'agissait sans doute d'un chien en liberté dans cette très belle partie du bois qui dégringolait des hauteurs de Haight-Ashbury jusqu'à l'océan. Le grognement venait de loin derrière, et ne l'inquiéta pas.

— La Bête ! lança-t-elle en riant à Davis.

Ils étaient en train de gravir la pente escarpée d'une butte d'où l'on avait une vue époustouflante sur l'étonnant pont suspendu qui reliait San Francisco et le comté de Marin. « La Bête », pour eux, désignait communément tout ce qui avait des proportions impressionnantes ; il pouvait s'agir d'un avion de ligne, d'un gadget de sex-shop aussi bien que d'une mâchoire aux canines menaçantes.

Bientôt le pont et la baie disparaîtraient dans la brume, mais le panorama extraordinaire qu'ils avaient le loisir d'admirer quelques instants encore était, à leurs yeux, l'un des joyaux de San Francisco.

— Ah, courir comme ça, ce pont magnifique, ce coucher de soleil, j'adore, souffla Martha. Mais trêve de poésie à deux sous. Il est temps que je botte ton joli cul bien moulé et bien musclé, O'Hara.

— Encore une réflexion de femme frustrée…

En souriant, il dévoila ses belles dents. Martha avait rarement vu des dents aussi blanches, rarement glissé sa langue entre des dents aussi blanches.

Elle accéléra un peu. Ancienne gloire du cross-country dans son université de Pepperdine, elle était toujours en grande forme.

— Et moi, j'ai l'impression d'entendre le début du discours d'un perdant.

— Ah, on verra bien, d'accord ? Le dernier arrivé paie sa tournée à l'Abbey.

— Je sens déjà le goût de ma Dos Equis. Hum, c'est bon…

L'échange fut soudain interrompu par un grognement beaucoup plus fort. Et plus proche.

Un chien pouvait difficilement avoir parcouru une telle distance en si peu de temps. Peut-être plusieurs Bêtes se baladaient-elles sans laisse dans le parc.

— Il y a des félins ici ? demanda David. Je veux dire, des félins style puma ?

— Non, bien sûr que non. Faudrait pas exagérer, camarade. On est à San Francisco, pas au fin fond du Montana.

En secouant la tête, Martha répandit autour d'elle une pluie de gouttelettes de sueur restées prisonnières de ses cheveux ras, brun-roux. Puis elle crut entendre un bruit de pas. Un joggeur et un grand chien ?

— On sort du bois, d'accord ? proposa Davis.

— Bien reçu. Je ne suis pas forcément contre. Le dernier arrivé au parking se fait bouffer par le chien.

— Ce n'est pas drôle, lieutenant Martha. Humour déplacé. Cette histoire commence à me flanquer les jetons.

— Je n'ai jamais entendu parler de la présence de fauves dans le coin, mais je pense avoir repéré un petit minet tout effarouché.

Un autre grognement puissant résonna à leurs oreilles. Tout près, juste derrière eux, et cela se rapprochait très vite.

— Allez, on y va ! décida Martha Wiatt. On se secoue un peu !

Une certaine appréhension s'était emparée d'elle. Elle courait à présent aussi vite qu'elle le pouvait. Autrement dit, extrêmement vite.

Un nouveau et étrange rugissement déchira les premières bandes de brume.

2

Le lieutenant Martha Wiatt avait allongé ses foulées, et Davis perdait du terrain. Elle pratiquait le triathlon pour le plaisir. Lui travaillait derrière un bureau. Elle devait toutefois avouer qu'il était plutôt bien bâti, pour un comptable.

— Allez, du nerf, Davis ! lança-t-elle sans se retourner. Ne décroche pas…

Davis, avec qui elle sortait depuis un an, ne répondit pas. Finies, les discussions pour savoir qui, des deux, affichait la meilleure forme physique, qui était l'athlète du couple. Mais cela, Martha le savait depuis longtemps.

Un autre rugissement se fit entendre, beaucoup plus près, et accompagné cette fois d'un craquement de feuilles sous des pas lourds. Ils étaient en train de la rattraper.

Mais qui, que cachait ce « ils » ?

— Martha, il y a quelque chose derrière moi ! hurla Davis. Oh, mon Dieu ! Cours, cours, Martha ! Tire-toi d'ici !

Fouettée par l'adrénaline, Martha avança la tête comme pour franchir une ligne d'arrivée invisible. Elle déroulait ses bras et ses jambes en rythme, comme un mécanisme bien huilé. Elle projeta son poids vers l'avant, comme le font tous les bons coureurs.

Elle entendit d'autres cris derrière elle. Elle se retourna, mais n'apercevait plus Davis. Les hurlements étaient si terrifiants qu'elle faillit s'arrêter, mais elle eut la présence d'esprit de se dire que Davis venait d'être attaqué par un animal féroce, et qu'elle devait avant tout trouver de l'aide. La police. N'importe qui.

Les cris de son ami résonnaient dans ses oreilles, et elle courait, courait, prise de panique, sans savoir où elle allait. Elle trébucha sur une pierre anguleuse et dégringola le long d'un versant abrupt. Heureusement, un petit arbre arrêta sa chute.

Un peu étourdie par le choc, elle parvint néanmoins à se relever. Persuadée de s'être cassé le bras droit, elle se bloqua le coude de la main gauche et repartit à toutes jambes, tant bien que mal.

Elle rejoignit l'une des petites routes qui serpentaient à travers le parc. Les cris de David avaient cessé. Que lui était-il arrivé ? Il fallait qu'elle trouve du secours.

Elle vit des phares approcher et se plaça au beau milieu de la chaussée en se demandant si elle avait perdu la raison. *Attends, on est à San Francisco...*

Elle agita son bras valide et hurla à pleins poumons.

— Arrêtez-vous, s'il vous plaît, arrêtez-vous ! Hé ! Hé ! Hé ! Aidez-moi, je vous en supplie !

La camionnette blanche qui fonçait droit sur elle finit par freiner brutalement. Deux hommes sortirent et se précipitèrent vers Martha. Ils allaient pouvoir l'aider. Elle avait vu la croix rouge sur le capot.

— Je vous en prie, aidez-moi, cria-t-elle. Mon ami est blessé.

Et dès cet instant, les choses ne firent que s'aggraver. L'un des deux hommes lui donna un coup de poing. Avant de comprendre ce qui lui arrivait, Martha s'effondra. Son menton heurta le béton, et elle rebondit comme une balle mouillée, presque assommée par la violence du choc.

Lorsqu'elle ouvrit les yeux, ce qu'elle vit tenait du cauchemar. Des yeux rougeoyants l'observaient. Il y avait une bouche, grande ouverte. Deux bouches, en fait, deux bouches horribles. C'était la première fois de sa vie qu'elle voyait des dents pareilles. De vrais poignards aux lames aiguisées. Les incisives étaient gigantesques.

Elle sentit les dents s'enfoncer dans ses joues, puis dans sa nuque. Comment était-ce possible ? Les crocs la déchiraient. Elle hurla jusqu'à en perdre la voix, se contorsionna, se débattit comme elle le put, mais rien n'y faisait. Ses agresseurs avaient une force stupéfiante. Ils poussaient des grognements.

— L'extase, chuchota l'un d'eux à l'oreille de Martha. C'est magnifique, non ? Vous en avez de la chance. De tous les bienheureux habitants de San Francisco, c'est vous qui avez été choisis. Toi et Davis.

3

Washington s'était réveillée sous un beau ciel bleu, et la matinée s'annonçait parfaite. Ou presque. Le Cerveau m'appelait sur mon portable.

— Bonjour, Alex. Est-ce que je vous ai manqué ? Vous, vous m'avez manqué, camarade.

Depuis plus d'une semaine, chaque matin, cette ordure me donnait un coup de fil assorti d'obscénités ou de menaces. Parfois, il m'insultait pendant plusieurs minutes. Aujourd'hui, il avait l'air résolument courtois.

— Comment se présente la journée ? me demanda-t-il. Avons-nous de grands projets ?

En fait, oui – je projetais de le capturer. Je me trouvais à l'intérieur d'une camionnette du FBI. Nous étions en train de localiser l'appel. Le FBI avait obtenu une injonction du tribunal et l'opérateur nous apportait son concours, indispensable. J'étais à l'arrière du véhicule en compagnie de trois agents fédéraux et de mon équipier, John Sampson. Nous étions partis de chez moi dès le début de l'appel et nous foncions sur l'autoroute I-395, plein nord. Je devais tout faire pour garder le type en ligne jusqu'à ce qu'on ait réussi à le localiser.

— Parlez-moi de Betsey Cavalierre, lui dis-je. Pourquoi vous en êtes-vous pris à elle, et non à moi ?

— Oh, elle est beaucoup, beaucoup plus jolie, répondit le Cerveau. Et plus baisable.

L'un des techniciens parlait derrière, et j'essayais de suivre les deux conversations en même temps.

— Il n'a pas volé son titre. On a mis une écoute en place. Normalement, on aurait dû connaître immédiatement l'origine de l'appel. Et là, mystère, ça ne marche pas.

Sampson se rapprocha des agents.

— Et pourquoi ?

— C'est difficile à dire. On a des sources différentes, mais elles n'arrêtent pas de changer. Il appelle peut-être d'une voiture, sur un portable. C'est plus difficile à localiser.

Je vis que nous prenions la sortie de D Street, puis le tunnel de la Troisième Rue. Où était-il ?

— Tout va bien, Alex ? reprit le Cerveau. Je vous trouve un peu ailleurs.

— Non, je suis toujours là, camarade. Je profite de notre petit déjeuner d'affaires.

— Je me demande pourquoi c'est aussi difficile, se plaignait le technicien du FBI.

« Parce que c'est le Cerveau », aurais-je voulu lui crier.

J'aperçus le centre des congrès de Washington sur ma droite. Nous étions en pleine ville, et nous roulions à cent, cent dix à l'heure.

Nous dépassâmes l'hôtel Renaissance. D'où diable pouvait nous appeler le Cerveau ?

— Je crois qu'on l'a fixé ! s'exclama l'un des jeunes agents. On est tout près.

Le van banalisé du FBI s'arrêta. Branle-bas de combat. Sampson et moi avions déjà dégainé. Nous le tenions. J'avais du mal à y croire.

Puis tout le monde se mit à râler, à jurer. Le nez à la vitre, je compris pourquoi. Il y avait vraiment de quoi être dégoûté.

— Putain, tu y crois, toi ? hurla Sampson en frappant du poing la paroi du véhicule.

Nous étions devant le 935 Pennsylvania Avenue, autrement dit l'adresse du J. Edgar Hoover Building, qui abritait le siège du FBI.

— Il se passe quoi, maintenant ? demandai-je à l'agent responsable. Où est-il, merde ?

— C'est pas vrai, le signal se déplace de nouveau. Il sort de Washington. Et voilà qu'il revient. Oh, non, maintenant, il a quitté le territoire.

— Au revoir, Alex, fit la voix du Cerveau. On se revoit bientôt, de toute manière. Comme je vous l'ai dit, vous êtes le prochain.

Et il raccrocha.

4

Pour le reste, ce fut une longue, pénible et déprimante journée. Il fallait surtout que je me change les idées. Le Cerveau finissait par me taper sur le système.

Je ne sais plus trop quand, ni où, ni comment j'avais trouvé le courage de me lancer, mais j'avais justement un rendez-vous galant ce soir-là. Spécialiste de droit pénal, elle travaillait dans les services du district attorney, ici, à Washington, et s'appelait Elizabeth Moore. C'était une femme très ronde, à l'humour pinçant et au ton agréablement irrévérencieux, dont le sourire était si craquant qu'il me faisait sourire, moi. Nous dînions chez Marcel, à Foggy Bottom, un bon endroit pour ce genre de soirée. Cuisine française, avec une petite touche flamande. J'avais le sentiment que tout se déroulait à la perfection, et qu'Elizabeth partageait ma satisfaction.

Après que nous eûmes commandé les desserts et le café, Elizabeth posa sa main sur la mienne. Notre table n'était éclairée que par une petite bougie toute simple fichée sur un bougeoir en cristal.

— Bon, Alex, me dit-elle, j'ai bien aimé les préliminaires. Maintenant, ce que je voudrais savoir, c'est où est le problème ? Il y a un problème, forcément. Tous les mecs bien sont déjà pris. Je parle par expérience. Explique-moi pourquoi tu es encore sur le marché des célibataires...

Je savais très bien ce qu'elle voulait dire, mais je fis mine d'être vaguement perplexe.

— Quel problème ? dis-je en haussant les épaules, avant d'esquisser un sourire.

Elle s'esclaffa.

— Tu as... quoi, trente-neuf, quarante ans ?

— Quarante-deux, mais merci quand même.

— Tu as réussi tous les tests que j'ai pu te balancer...

— C'est-à-dire ?

— Tu as choisi un restaurant très sympa. Romantique, mais pas trop. Tu es passé me prendre juste à l'heure. Tu as bien voulu écouter certaines des choses qui m'intéressent. Tu es très beau, même si ce n'est pas un critère, pour moi. Oui, voilà.

— Qui plus est, ajoutai-je, j'aime bien les enfants, je suis prêt à en avoir d'autres. J'ai lu tous les romans de Toni Morrison. Je me débrouille en plomberie. Je sais cuisiner s'il le faut.

— Où est le problème ? répéta-t-elle. Bon, après tout, laissons tomber.

Le serveur revint avec les desserts et le café, et au moment où il servait une tasse fumante à Elizabeth, le bipeur que je portais à la ceinture se mit à sonner.

Oh, non...

Je venais d'être pris en flagrant délit !

Je fus le premier à cligner des yeux.

— Tu veux bien que je réponde ? C'est important. Je reconnais le numéro – le FBI, à Quantico. J'en ai pour une seconde, je reviens tout de suite.

Je me rendis dans les toilettes et sortis mon portable pour appeler Kyle Craig en Virginie. Kyle était l'un de mes plus fidèles amis, mais depuis qu'on m'avait chargé de faire la liaison entre le FBI et la police de Washington, je le voyais beaucoup trop souvent. Il m'entraînait toujours dans les affaires de meurtres les plus sordides, et je finissais par ne plus supporter de l'avoir au téléphone. Que s'était-il encore passé ?

Kyle savait que c'était moi qui appelais, et il ne prit même pas la même de dire bonjour.

— Alex, tu te souviens d'une affaire sur laquelle on avait travaillé il y a quatorze mois ? Une fugueuse qu'on avait retrouvée pendue au plafonnier, dans sa chambre d'hôtel ? Patricia Cameron ? Il vient d'y avoir deux meurtres similaires à San Francisco. Hier soir, dans le Golden Gate Park. Pas beau à voir, apparemment. Il y a longtemps que je n'avais pas eu une affaire aussi écœurante sur les bras.

— Kyle, je suis en train de dîner avec une jeune femme attirante, sympathique et intéressante. On en reparle demain. C'est moi qui t'appelle. Ce soir, je ne suis pas en service.

Kyle gloussa. Il m'arrivait de le faire rire.

— Nana m'a déjà tout dit. Ta copine est avocate, c'est ça ? Je vais te raconter une histoire. C'est le diable qui va voir un avocat. Il lui propose la majorité des parts de son cabinet contre son âme et celle de tous les membres de sa famille. L'avocat regarde le diable et fait : « Oui, mais il y a forcément un piège. »

Après cet intermède, Kyle m'abreuva de détails sur les similitudes entre le double meurtre de San Francisco et celui de Washington. Je me souvenais de la victime, Patricia Cameron. Je revoyais son visage. Il fallait absolument que j'essaie de penser à autre chose.

Quand il eut terminé – il faut préciser que Kyle a tendance à ne rien laisser de côté, quitte à se perdre, parfois, dans les détails –, je rejoignis Elizabeth à la table.

Elle me regarda avec un petit sourire désabusé.

— Je crois que j'ai trouvé où était le problème.

Je fis ce que je pus pour rire, mais j'avais déjà le ventre noué.

— Tu sais, ce n'est pas aussi terrible que ça en a l'air, lui dis-je.

C'est bien pire, Elizabeth.

5

Le lendemain matin, en allant à l'aéroport, je déposai les enfants à l'école. Jannie a huit ans, Damon vient d'en avoir dix. Ce sont vraiment des gosses adorables, mais ce sont des gosses. On leur donne la main, ils vous prennent le bras. Quelqu'un, je ne sais plus qui, a écrit un jour que « les enfants américains souffrent d'un excès de mère et d'une carence de père ». Chez nous, c'est exactement le contraire.

— Moi, j'aimerais bien que ce soit tous les jours comme ça, fit Jannie.

Nous venions de nous arrêter devant l'école Sojourner Truth. La douce voix de Sade nous avait bercés pendant tout le trajet.

— Ne t'imagine pas que ça va devenir une habitude. Il n'y a que cinq rues à traverser entre la maison et l'école. Quand j'étais petit, en Caroline du Nord, je faisais huit kilomètres à travers les champs de tabac pour aller à l'école.

— Oui, c'est vrai, renchérit Damon, moqueur. Et tu oublies de dire que tu étais pieds nus, en plus.

— Absolument. Merci de me le rappeler. Je traversais les horribles champs de tabac pieds nus.

Les deux chenapans éclatèrent de rire, et je ne pus que les imiter. Ils sont de bonne compagnie, en général, et je passe mon temps à les filmer au caméscope. Je le fais en me disant que ces cassettes pourront peut-être me réconforter quand ils seront en pleine crise d'adolescence. Et que je serai également content de les avoir si la maladie d'Alzheimer me frappe. Les cas sont de plus en plus nombreux.

— J'ai mon grand concert samedi, me rappela Damon.

C'était sa deuxième année avec le Chœur des Garçons de Washington, et il se débrouillait très bien. Il deviendrait le nouveau Luther Vandross, ou peut-être le nouvel Al Green, ou peut-être simplement Damon Cross.

— Je serai rentré, samedi, Damon. Crois-moi, je ne vais pas manquer ça.

— Tu en as déjà loupé quelques-uns, releva-t-il méchamment.

— Oui, mais c'était moi, avant. Aujourd'hui, j'ai fait beaucoup de progrès. Et je te signale que j'ai aussi assisté à plusieurs de tes concerts.

— Tu me fais trop rire, papa, couina Jannie.

Ils sont futés, tous les deux, et ils en profitent à mes dépens.

— Je serai rentré pour le concert de Damon, promis-je. Aidez votre grand-mère à s'occuper de la maison. Elle a presque cent ans, vous savez.

Jannie leva les yeux au ciel.

— Nana dit qu'elle a à peine quatre-vingts ans. Et elle adore faire la cuisine, la vaisselle, et ranger derrière nous, ajouta-t-elle en imitant le caquètement féroce de Nana. C'est vrai.

— J'ai hâte d'être samedi, dis-je à Damon.

C'était la pure vérité. Le Chœur des Garçons était l'un des trésors cachés de Washington. J'étais heureux de voir que Damon avait la capacité de chanter avec le groupe, mais ce qui me réjouissait le plus, c'était le bonheur que cela lui apportait.

— Bisous, fis-je. Et câlins, aussi.

Damon et Jannie protestèrent, mais ils se penchèrent vers moi. Je me demandais combien de temps encore ils accepteraient de faire des câlins et des bisous, alors j'en profitais tant que je pouvais. Il faut toujours faire durer les bons moments qu'on passe avec ses petits.

— Je vous aime, leur dis-je avant de les libérer. Et vous, vous me répondez quoi ?

— Nous aussi, on t'aime, papa, me lancèrent-ils en chœur.

— C'est pour ça qu'on veut pas que tu nous mettes la honte devant l'école et tous nos copains, ajouta Jannie en me tirant la langue.

— C'est la dernière fois que je vous emmène, rétorquai-je.

J'eus juste le temps de leur tirer la langue, moi aussi, avant qu'ils ne courent rejoindre leurs camarades de classe. Ils grandissaient vraiment trop vite pour moi.

6

J'appelai Kyle Craig depuis l'aéroport. Son équipe de spécialistes, à Quantico, s'employait à vérifier si d'autres cas pouvaient présenter des similitudes, et à répertorier toutes les attaques et agressions par morsures dans le pays. Cette affaire, répétait-il, était aussi grave qu'inquiétante. J'aurais aimé apprendre ce qu'il savait d'autre. Généralement, il ne me disait pas tout.

— Je te trouve bien matinal, Kyle, et tu as l'air débordé. Cette affaire monopolise toute ton énergie. Explique-moi pourquoi.

— Normal, c'est une affaire très spéciale. C'est la première fois que je vois un cas de ce genre, et de loin. L'inspecteur principal Jamilla Hughes passe te prendre à l'aéroport, si elle peut. Elle est censée être compétente. C'est l'une des deux seules femmes de la Criminelle, à San Francisco ; elle doit être assez douée.

Durant le vol, je ne fis que lire et relire les fax que j'avais reçus le matin même. Les notes préliminaires prises par l'inspecteur principal Hughes sur la scène du crime, dans le Golden Gate Park, étaient précises et détaillées. Elles me soulevaient le cœur.

Comme chaque fois, je fis mes propres annotations en utilisant ma sténo maison.

Deux corps retrouvés à 3h20 du matin dans le Golden Gate Park, à San Francisco. Un homme et une femme. Pourquoi là ? Aller voir le parc, si possible.

Victimes pendues par les pieds à un chêne. Pourquoi ? Pour vider les corps ? Pourquoi les vider ? Rite de purification ? Purification spirituelle ?

Corps dénudés et couverts de sang. Pourquoi nus ? Erotisme ? Crime sexuel ? Ou bien simple sauvagerie ? Un besoin de montrer les corps à tout le monde ?

Chez l'homme, jambes, bras, torse terriblement mutilés. La victime semble avoir été mordue à d'innombrables reprises. L'homme est en fait décédé des suites de ses morsures !

Femme également mordue, mais moins gravement. Tailladée aussi avec un objet coupant. Morte d'hémorragie. Classe IV : perdu plus de quarante pour cent de son sang.

Petites taches rouges aux chevilles, là où les victimes ont été attachées. Le médecin légiste les appelle des pétéchies.

Les marques de dents sur l'homme évoquent un animal de grande taille. Inimaginable. Quel animal attaquerait un joggeur dans un parc, en pleine ville ? Hypothèse invraisemblable.

Substance blanche sur les jambes et ventre de l'homme. Peut-être du sperme. A quel jeu jouaient les tueurs ? Sadiques sexuels ?

L'affaire de Washington, qui présentait des points communs avec celle-ci, me revint à l'esprit. Comment aurais-je pu l'oublier ?

On avait retrouvé dans une chambre d'hôtel du centre-ville le corps atrocement mutilé d'une jeune fugueuse originaire d'Orlando, en Floride. Elle s'appelait Patricia Dawn Cameron, elle avait seize ans. Les similitudes avec le double meurtre de San Francisco étaient trop frappantes pour ne pas être prises en compte. La fille de Washington avait été sauvagement mordue sur tout le corps et on l'avait pendue par les pieds au plafonnier.

La lampe avait fini par céder, et c'est le bruit qui avait alerté les occupants des chambres voisines. Patricia Cameron était morte des suites d'une hémorragie. Encore une classe IV. Elle avait perdu près de soixante-dix pour cent de son sang.

Une première interrogation me venait naturellement à l'esprit.

Pourquoi voulait-on tout ce sang ?

7

En descendant de l'avion, je pensais encore à ces horribles morsures, à ces énormes quantités de sang. L'aéroport international de San Francisco était noir de monde. Je cherchai l'inspecteur Jamilla Hughes. Elle était noire, et on la disait assez jolie.

Près de la zone d'arrivée, un homme d'affaires lisait l'*Examiner*. Le journal était barré d'une manchette : DOUBLE MEURTRE AU GOLDEN GATE PARK – L'HORREUR.

Voyant que personne ne semblait m'attendre, je décidai de prendre les transports en commun. Je n'avais qu'un sac de voyage, car j'avais promis d'être de retour samedi, pour le concert de Damon. J'avais ma feuille de route, et je comptais fermement tenir toutes mes promesses. *Croix de bois, croix de fer, si je mens, je vais en enfer*.

J'allais sortir du hall lorsqu'une jeune femme s'approcha de moi.

— Excusez-moi, seriez-vous l'inspecteur Cross ?

Je l'avais remarquée juste avant qu'elle ne m'adresse la parole. Elle portait un jean, un T-shirt bleu pastel et un blouson de cuir noir. Et il y avait ce petit renflement, sous le blouson, trahissant la présence d'une arme. Je lui donnais autour de trente-cinq ans. Elle était mignonne, nature, plutôt avenante. Ce qui me surprenait agréablement, car les femmes qui travaillaient à la Criminelle avaient la réputation d'être un peu sèches.

— Inspecteur principal Hughes ?

— Jamilla. – Elle me tendit la main et me gratifia d'un beau sourire. – Je suis contente de vous voir, inspecteur. D'habitude, je me méfie des idées qui viennent du FBI, mais votre réputation vous a précédé. Et il y a beaucoup de ressemblances entre le meurtre de Washington et cette affaire, n'est-ce pas ? Donc, bienvenue à San Francisco.

— Je suis ravi d'être ici, lui répondis-je en lui serrant la main et en me faisant la réflexion qu'elle avait la poigne ferme, mais pas trop. Je pensais justement à ce fameux meurtre de Washington. Je lisais vos notes sur la scène du crime, et tout m'est revenu à l'esprit. L'enquête sur la mort de Patricia Cameron n'a pas avancé d'un pouce. Vous pouvez ajouter ça au dossier de ma prétendue réputation, celle qui m'a précédé, comme vous dites.

Jamilla Hughes sourit encore. D'un sourire sincère, sans affectation, un peu à son image. Elle n'avait pas la tête de l'emploi, et tant mieux, mais je la trouvais presque trop normale pour un flic.

— On ferait bien de se dépêcher. J'ai pris contact avec un spécialiste de la dentition animale, et il nous retrouve à la morgue municipale. Il est très ami avec le médecin légiste. Vous qui vouliez visiter San Francisco, vous n'allez pas être déçu !

— A dire vrai, c'est exactement ce que j'étais venu voir. J'ai dû lire ça dans l'un de vos dépliants touristiques. « Surtout, ne repartez pas de San Francisco sans avoir admiré la morgue. »

— Dommage que ce ne soit pas dans les dépliants, observa Jamilla. Je vous garantis que c'est beaucoup plus intéressant que la balade en trolley.

8

Trois quarts d'heure plus tard, nous étions à l'intérieur de la morgue du célèbre palais de justice de San Francisco, en compagnie du médecin légiste en chef, Walter Lee, et du Dr Pang, le spécialiste des dentitions animales.

Le Dr Allen Pang examina les deux cadavres sans se presser avant de nous adresser la parole. Il avait déjà étudié les clichés des morsures pris sur le lieu du crime. C'était un petit bonhomme complètement chauve, affublé de lunettes à monture noire dont les verres étaient épais comme des culs de bouteille. Au cours de l'examen, je vis l'inspecteur Hughes lancer un clin d'œil au médecin légiste. Je crois qu'ils trouvaient – comme moi, d'ailleurs – le Dr Pang légèrement bizarre. Ce qui ne l'empêchait pas d'être manifestement très consciencieux et de s'acquitter de sa tâche avec beaucoup de rigueur.

Lorsqu'il eut fini, il se tourna vers nous et déclara :

— Bien, bien, je suis désormais en mesure de parler de la nature de ces morsures. Je crois savoir que vous allez faire des moulages, Walter ?

— Oui, nous avons pris des empreintes et les moulages devraient être prêts dans un jour ou deux. Nous analyserons également les éventuelles traces de salive.

— Parfait. Je pense que c'est la bonne méthode. Je suis prêt, à présent, à vous exposer mon hypothèse.

— Excellent, Allen, commenta Lee.

Il ne parlait pas fort, mais le ton était presque professoral. On lisait, brodé sur la poche de sa blouse blanche, le surnom *Dragon*. Il gérait avec beaucoup d'aisance son gabarit impressionnant – un bon mètre quatre-vingt-cinq et sans doute plus de cent vingt kilos.

— Le Dr Pang est un ami auquel j'ai déjà eu l'occasion de faire appel, m'expliqua-t-il. Il travaille au Centre vétérinaire de Berkeley. C'est l'un des meilleurs spécialistes de la dentition animale dans le monde, et nous avons aujourd'hui la chance de bénéficier de son concours.

— Merci d'avoir accepté de nous consacrer un peu de votre temps, Dr Pang, dit l'inspecteur Hughes. Votre aide va nous être extrêmement précieuse.

— Merci, fis-je à mon tour, pour ne pas être en reste.

— Il n'y a pas de quoi, répondit le Dr Pang. Je ne sais trop par où commencer, si ce n'est que ces deux meurtres m'intéressent au plus haut point. L'homme a été mordu sauvagement, et je suis à peu près certain que c'est... un tigre qui l'a attaqué. Les morsures relevées sur le corps de la femme ont été infligées par deux individus. Comme si les humains et le grand félin se déplaçaient ensemble, en meute. Extraordinaire. Et très étrange, pour ne pas dire plus.

Jamilla fut la première à exprimer notre incrédulité à tous.

— Un tigre ? Vous en êtes sûr ? Cela ne semble pas possible, Dr Pang.

— Allen, fit Walter Lee, expliquez-vous, je vous en prie.

— Eh bien, comme vous le savez, l'homme est hétérodonte. Autrement dit, il possède des dents de tailles et de formes différentes, et dont les fonctions sont également différentes. Les canines, situées entre l'incisive latérale et la première prémolaire de chaque côté de la mâchoire, jouent un rôle primordial. Elles nous servent à déchiqueter la nourriture.

Walter Lee opina, et le Dr Pang poursuivit. Il ne s'adressa pour l'instant qu'au médecin légiste. Mon regard croisa celui de Jamilla, qui me fit un clin d'œil. Elle avait le sens de l'humour, ce qui n'était pas pour me déplaire.

Le Dr Pang était dans sa bulle.

— Contrairement à l'homme, certains animaux ont des dents semblables. Leurs dents ont toutes la même taille, la même forme, et remplissent essentiellement la même fonction. Ce n'est pas le cas, toutefois, chez les grands félins, et notamment chez le tigre. Les dents du tigre se sont adaptées à son mode d'alimentation. Chaque mâchoire comporte six crocs qui servent à couper, deux canines incurvées extrêmement acérées, et des molaires qui, au fil de leur évolution, sont devenues de véritables lames de rasoir.

— Est-ce important en ce qui concerne notre enquête ? voulut savoir Jamilla.

J'avais plus ou moins la même question en tête. Le petit vétérinaire acquiesça avec enthousiasme.

— Oh, oui, bien entendu. La mâchoire du tigre est très puissante, elle est capable de broyer des os. C'est une mâchoire qui ne peut se déplacer que verticalement, et non latéralement. Ce qui signifie que le tigre peut déchirer et broyer ses proies, mais qu'il est incapable de mâcher, de ronger.

Pour illustrer ses propos, il fit jouer ses propres mâchoires. J'étais sidéré. Comment un tigre pouvait-il avoir participé à ces meurtres ?

Le Dr Pang s'interrompit, se gratta vigoureusement la calvitie et reprit :

— Le plus stupéfiant, pour moi, c'est que quelqu'un a donné à ce tigre l'ordre d'abandonner sa proie après l'avoir attaquée, et que le tigre a obéi. Si ça n'avait pas été le cas, la victime aurait été dévorée.

— Hallucinant.

Le médecin légiste donna une petite tape dans le dos du Dr Pang, puis il nous regarda, Jamilla et moi.

— On dit toujours que le plus dur, avec les tigres, c'est de les capturer. Un tigre, ça ne devrait pas être trop difficile à trouver, à San Francisco…

9

C'était un grand tigre blanc, un mâle, dont les halètements ressemblaient à un sifflement sourd, aspiré. Ce bruit presque surnaturel, qui provenait des tréfonds de son immense gorge, fit fuir les oiseaux perchés sur un cyprès, non loin. De petits animaux décampaient dans toutes les directions.

C'était un tigre de deux mètres cinquante, aux muscles saillants, dont le poids atteignait presque trois cents kilos. Dans des circonstances normales, il aurait choisi pour proies des cochons et des porcelets, des cerfs, des antilopes, des buffles de rizière. Il n'y avait pas de circonstances normales en Californie. Mais il y avait beaucoup d'êtres humains.

Le fauve couvrit en quelques bonds la distance qui lui restait à parcourir. Son corps aussi souple que puissant paraissait ne fournir aucun effort. Le jeune homme blond ne tenta même pas de résister.

Le tigre ouvrit largement ses énormes mâchoires et les referma sur la tête du jeune homme. Prêt à lui pulvériser le crâne.

— Arrête ! hurla l'homme. Arrête ! Arrête !

Et, chose incroyable, le tigre s'arrêta.

Aussi simplement que cela. Sur ordre.

— Tu as gagné, fit le jeune homme blond en caressant le pelage du tigre, qui libéra sa tête.

Il virevolta sur la gauche. Ses mouvements étaient presque aussi vifs, aussi instinctifs que ceux du félin. Et, à son tour, il bondit. Il s'attaqua au ventre blanc crème du tigre, et happa la chair vulnérable.

— Je t'ai eu, mon gros bébé ! Tu as perdu. Tu es toujours mon jouet d'amour.

William Alexander, resté à l'écart, observait son frère cadet avec un mélange de curiosité et d'admiration. Michael était un homme-enfant magnifique, un athlète d'une grâce incroyable et d'une force inimaginable. Il portait un T-shirt noir et un short bleu pâle. Il faisait déjà un mètre quatre-vingt-sept pour quatre-vingt-dix kilos. Il n'avait pas un défaut. Son frère non plus, d'ailleurs.

William s'éloigna en contemplant les monts verdoyants qui ondulaient devant lui. Il adorait ce paysage, et cet isolement, qui lui donnaient la liberté de faire tout ce qui lui plaisait.

Il ressentait un grand calme intérieur ; un art qu'il maîtrisait toujours.

Pendant leur enfance, une communauté occupait ces terres. Leurs parents étaient des hippies, toujours en quête d'expériences nouvelles, libertaires et gros consommateurs de drogues. Ils avaient enseigné à leurs deux fils que le monde extérieur était non seulement dangereux, mais aussi dans l'erreur. Leur mère leur avait appris qu'ils pouvaient avoir des relations sexuelles avec n'importe qui, y compris avec elle, si les partenaires y consentaient. Les deux frères avaient ainsi couché avec leur mère, leur père et bien d'autres membres de la communauté. Leur conception de la liberté ayant quelque peu dérapé, ils avaient fini par écoper de deux ans dans un centre de détention pour mineurs. Arrêtés pour possession de stupéfiants, c'était cependant une condamnation pour violences caractérisées qui leur avait valu la prison. On les soupçonnait d'avoir commis des crimes bien plus graves, mais les faits n'avaient pas pu être prouvés.

William contemplait les collines, William rêvait d'un esprit enfin débridé. Jour après jour, il se débarrassait du fardeau médiocre de son passé. Bientôt, il serait libéré de toute prétendue morale, de tous principes hypocrites, de toutes les inhibitions imbéciles que le monde civilisé s'ingéniait à répandre.

Il se rapprochait de la vérité. Tout comme Michael.

William avait vingt ans.

Michael n'en avait que dix-sept.

Ils tuaient ensemble depuis cinq ans, et leur savoir-faire ne cessait de s'améliorer.

Ils étaient invincibles.

Immortels.

10

Ce soir-là, les deux frères allèrent chasser à Mill Town, une petite localité du comté de Marin. C'était un endroit magnifique, vallonné, où prospéraient épicéas et eucalyptus. Le chalet en séquoia se trouvait à une centaine de mètres, perché sur un escarpement rocheux qu'ils gravirent sans peine. Un chemin pavé de briques serpentait jusqu'à la double porte de bois de l'entrée.

— Il faut que nous nous éloignions un certain temps, déclara William sans se retourner. Le Maître nous a confié une mission. San Francisco n'était que le début.

— Excellent, fit Michael avec un sourire. J'ai beaucoup aimé ce qui s'est passé là-bas. Qui sont ces gens, ceux qui vivent dans cette grande et belle maison ?

William haussa les épaules.

— De simples proies. Personne.

— Pourquoi ne veux-tu pas me dire qui ils sont ?

— Le Père a dit de ne pas parler, et ne pas amener le fauve.

Michael ne posa plus de questions. Son obéissance au Père était totale.

Le Maître leur disait comment penser, sentir et agir.

Le Maître n'avait de comptes à rendre à personne, il n'était soumis à aucune autorité.

Le Maître méprisait le monde normal, tout comme eux.

Et c'était bien ce monde dit normal qui semblait les attendre. Tous les signes extérieurs étaient là : des pelouses bien entretenues et arrosées quotidiennement, un petit bassin rempli de poissons rouges, des terrasses en étages, une villa qui comptait plus d'une douzaine de chambres, mais n'était occupée que par deux personnes. C'était de la pure provocation...

William entra directement, suivi de Michael. Le hall ressemblait à une cathédrale. Il y avait un lustre de cristal ridicule suspendu à sept mètres de hauteur, et un immense escalier en spirale.

Ils découvrirent le couple dans la cuisine. Ils étaient en train de se préparer un petit souper, partageant les tâches, en tourtereaux tout mignons qu'ils étaient.

— Alors, les petits bourges, on s'amuse ? lança William, avec un grand sourire.

— Ouah ! fit le mâle en levant les mains.

Il était grand, bien bâti. Son travail consistait à éplucher les légumes.

— Où vous croyez-vous, les gars ? Attendez, on sort.

— C'est vous, l'avocate qui pose problème. – William désignait la femelle. Une petite trentaine d'années, cheveux blonds coupés court, pommettes hautes, svelte, petite poitrine. – On est venu pour le souper.

— Moi aussi, je suis avocat, intervint le mâle dominant. Je ne pense pas que vous ayez été invités. J'en suis même certain. Dégagez ! Vous m'avez entendu ? Tirez-vous, espèce de crétins.

— Vous avez menacé le Maître, poursuivit William, toujours à l'adresse de la femelle. Alors il nous a envoyés ici.

— Arthur, je vais appeler la police, répondit enfin la femme.

Maintenant, elle était dans tous ses états. Les petites bosses de ses seins se soulevaient sous sa chemise. Elle tenait à la main un téléphone mobile, et William se demanda en souriant si elle venait de le sortir de son cul.

En un éclair, il bondit sur elle, et Michael se jeta sur le mari avec la même aisance. Les deux frères étaient capables de faire preuve d'une agilité et d'une force incroyables, et ils en avaient conscience.

Ils poussèrent d'énormes rugissements, mais ce n'était que pour intimider leurs proies.

— Nous avons de l'argent ici, glapit le mâle, presque comme une femme. Mon dieu, ne nous faites pas de mal.

— Ce n'est pas votre argent obscène qui nous intéresse, leur rétorqua William. Nous n'en avons pas l'usage. Et nous ne sommes pas des tueurs en série. Rien d'aussi banal.

Sur quoi il mordit à pleines dents l'appétissant cou rose de la jeune femme, qui cessa aussitôt de se débattre. Elle était désormais à lui. Elle le regarda dans les yeux, et s'affala dans ses bras.

William ne releva la tête qu'une fois repu.

— Nous sommes des vampires, chuchota-t-il enfin au couple qu'ils venaient d'assassiner.

11

Le deuxième jour, on me prêta un petit bureau, près de celui de Jamilla Hughes, au palais de justice. Je pus assister à deux de ses réunions sur les meurtres du Golden Gate Park. Très professionnelle, elle ne laissait rien au hasard. Elle m'impressionnait.

Tout était bizarre, tout était contre nature dans cette affaire. Il n'y avait pas la moindre piste, et je n'avais encore entendu personne émettre une hypothèse sérieuse. Ce que nous savions avec certitude, c'était que des gens se faisaient tuer d'une manière particulièrement horrible. C'est la tendance, de nos jours.

Vers midi, je reçus un appel sur mon mobile.

— Je venais juste aux nouvelles, fit le Cerveau. Comment trouvez-vous San Francisco, Alex ? Belle ville, n'est-ce pas ? Allez-vous y laisser votre cœur, comme dit la pub ? Aimeriez-vous y finir vos jours, Alex ? Parlez-moi aussi de l'inspecteur Hughes. Elle vous plaît ? Elle est très jolie, non ? Tout à fait votre genre. Vous comptez la sauter, Jamilla ? Vous feriez bien de vous dépêcher. *Tempus fugit*.

Et il raccrocha.

Je me replongeai quelques heures dans mon travail. Je commençais à avancer, tout doucement.

Vers 16 heures, en grande conversation avec Kyle

Craig, j'étais en train de contempler les premiers embouteillages. Enfin, il faut préciser qu'à San Francisco, ils ne sont pas bien méchants. Kyle était toujours à Quantico, mais je sentais bien que l'affaire monopolisait toute son attention.

Kyle occupait un poste qui lui permettait de s'impliquer personnellement dans certaines enquêtes, et celle-ci, m'annonça-t-il, en faisait partie. Nous allions de nouveau travailler ensemble, ce dont je me réjouissais.

Du coin de l'œil, je vis Jamilla Hughes s'approcher de mon bureau. Elle avait enfilé une manche de son blouson de cuir et se débattait avec l'autre. Où allait-elle ?

— Kyle, ne quitte pas une minute, fis-je.

— Il faut qu'on aille à San Luis Obispo, m'indiqua-t-elle. Ils vont exhumer un corps. Je pense que c'est en rapport avec notre affaire.

J'avertis Kyle que je devais partir. Il me souhaita bonne chasse. Jamilla et moi prîmes l'ascenseur jusqu'au parking souterrain. Cette femme m'impressionnait de plus en plus. Ce que j'aimais, chez elle, c'était son enthousiasme, autant que son énergie. Au bout de quelques années, la plupart des enquêteurs se disent blasés. Elle, manifestement, ne l'était pas. *Vous comptez la sauter, Jamilla ? Vous feriez bien de vous dépêcher.*

— Etes-vous toujours aussi remontée ? lui demandai-je une fois dans sa Saab bleue, alors que nous roulions vers la 101.

— En général, oui. J'aime bien ce boulot. C'est dur, mais intéressant, et assez honnête la plupart du temps. Dommage que ce soit aussi violent.

— Surtout dans cette affaire-là. Ces pendaisons me font froid dans le dos.

Elle me lança un regard de côté.

— Puisqu'on parle de danger, je vous conseille d'attacher votre ceinture. On a un sacré morceau de route à faire, et j'ai souvent conduit des voitures un peu spéciales, juste pour le plaisir. Ne vous fiez pas à ma Saab.

Elle ne plaisantait pas. Les panneaux annonçaient près de quatre cents kilomètres jusqu'à San Luis Obispo, et une pluie battante nous accompagna pendant la quasi-totalité du trajet, mais à 20 h 30, nous étions sur place.

— Et en un seul morceau, souligna Jamilla, avec un clin d'œil, quand nous sortîmes de l'autoroute.

L'endroit paraissait idyllique, mais nous étions là pour exhumer le cadavre d'une jeune fille. Elle avait été pendue et vidée de son sang.

12

San Luis Obispo est une ville universitaire pleine de charme, du moins vue de l'extérieur. Arrivés dans Higuera Street, nous descendîmes jusqu'à Osos. Il y avait beaucoup de petites boutiques, mais aussi de grandes enseignes comme Starbucks, Barnes & Noble ou le Firestone Grill. D'après Jamilla, à San Luis Obispo, on pouvait deviner l'heure au nez. Marsh Street, l'après-midi, embaumait la viande grillée, et la nuit, devant la brasserie SLO, flottaient des parfums d'orge et de houblon.

L'inspecteur Nancy Goodes nous attendait au commissariat central. C'était une toute petite jeune femme, plutôt mignonne, au bronzage très californien. Elle était presque seule sur l'enquête. Elle suivait également une affaire de double meurtre – deux étudiantes de Cal Poly – sans lien, *a priori,* avec la nôtre, mais comment en avoir la certitude ? Comme la plupart de ses collègues des brigades criminelles, elle avait fort à faire en ce moment.

La pluie avait enfin cessé, et les vents de Santa Ana nous réchauffaient déjà. Nous étions en route pour le cimetière.

— Nous avons toutes les autorisations nécessaires pour procéder à l'exhumation, nous informa Goodes.

— Que pouvez-vous nous dire sur ce meurtre,

Nancy? demanda Jamilla. Vous vous êtes personnellement occupée de ce cas, n'est-ce pas?

L'inspecteur acquiesça.

— Effectivement. Comme tous les collègues d'ici, d'ailleurs. C'est une affaire terrible, qui a fait beaucoup de bruit dans cette ville. Mary Alice Richardson était inscrite au lycée catholique. Son père est médecin, tout le monde l'aime bien. Elle était sympa, mais un peu déjantée. Que voulez-vous que je vous dise? C'était une gosse. Quinze ans.

— Qu'entendez-vous par « déjantée »? voulus-je savoir.

Elle soupira, joua de la mâchoire, et je compris que cette histoire l'avait marquée.

— Elle était souvent absente, elle manquait les cours parfois deux ou trois jours par semaine. C'était une fille assez douée, mais elle se récoltait des notes épouvantables. Elle traînait toujours avec d'autres jeunes, amateurs d'expériences – ecstasy, raves, magie noire, soûleries, nuits blanches. Elle a peut-être touché au crack. Mary Alice n'a été arrêtée qu'une seule fois, mais ses parents se faisaient beaucoup de cheveux gris à son sujet.

— Etes-vous allée sur la scène du crime, Nancy? demanda Jamilla.

Je me rendis compte qu'elle se montrait très respectueuse à l'égard de sa collègue, et qu'elle faisait tout pour la mettre à l'aise.

— Malheureusement, oui. C'est l'une des raisons pour laquelle je me suis donné autant de mal afin d'obtenir l'autorisation d'exhumer le corps. Mary Alice est morte il y a un an et trois mois, mais jamais, jamais je n'oublierai dans quelles circonstances nous l'avons retrouvée.

Jamilla et moi échangeâmes un regard. Nous n'avions pas eu connaissance des détails du meurtre. Nous en étions encore à rassembler les éléments.

— Pour moi, poursuivit Goodes, il est clair qu'on voulait que le corps soit retrouvé. Ce sont deux jeunes étudiants qui l'ont découvert. Ils s'étaient garés dans les hauteurs pour aller se balader au clair de lune. Je suis sûre qu'ils ont dû faire des cauchemars, après ce qu'ils ont vu. Mary Alice était pendue à un arbre, par les pieds. Entièrement nue. On lui avait laissé ses boucles d'oreilles et son petit saphir dans le nombril. Il ne s'agissait donc pas d'un vol ayant mal tourné.

— Et les vêtements ? demandai-je.

— On les a retrouvés. Un pantalon en nylon de marque UFO, des Nike, un T-shirt des Red Hot Chili Peppers. Aucun effet appartenant à la victime n'a été emporté, à notre connaissance.

Je lançai un regard à Jamilla.

— Celui ou celle qui l'a tuée se satisfait de ses souvenirs. Les trophées ne lui sont pas indispensables, apparemment. On est loin du profil classique des tueurs en série.

— Je suis totalement d'accord avec vous, approuva l'inspecteur Goodes. Savez-vous ce que sont les scarifications ?

— Il m'est arrivé d'en voir, répondis-je. Des entailles, des blessures. Le plus souvent sur les jambes et les bras. Parfois sur la poitrine ou dans le dos. Pas le visage, parce que c'est trop voyant et qu'on pourrait les empêcher de continuer. Ce sont souvent des auto-mutilations.

— Exact, confirma Goodes. Soit Mary Alice se coupait depuis quelques mois, soit quelqu'un le faisait pour elle. Elle avait plus de soixante-dix entailles distinctes sur le corps. Partout, sauf sur le visage.

La Suburban blanche s'engagea sur un chemin gravillonné, et franchit un portail de fer forgé passablement rouillé.

— Nous y voici, annonça Nancy Goodes. Bon, qu'on en finisse. Les cimetières, ça me rend nerveuse. Je déteste devoir faire ça. Je suis tellement triste.

Moi aussi, je l'étais.

13

Je n'ai pas encore rencontré une seule personne relativement saine d'esprit qui ne soit pas nerveuse en traversant un cimetière de nuit. Je me considère comme à peu près sain d'esprit, et j'étais donc nerveux. L'inspecteur Goodes avait raison : la fin tragique de cette adolescente était une bien triste affaire.

Derrière le cimetière, on devinait les contreforts du massif de Santa Lucia. Trois voitures de patrouille de la police de San Luis Obispo étaient déjà garées autour de la sépulture de Mary Alice Richardson. Le fourgon du médecin légiste se trouvait non loin. J'apercevais également deux camions en mauvais état et aux flancs dépourvus d'inscriptions.

Quatre terrassiers du cimetière étaient en train de creuser le sol dans la lumière vive des projecteurs des voitures de police. La terre paraissait riche, meuble, et pleine de vers. Quand le trou fut suffisamment profond, on apporta une petite pelleteuse pour faire le gros du travail.

Les observateurs de la police, dont je faisais partie, n'avaient rien à faire, sinon attendre impatiemment. Nous buvions du café, nous bavardions, nous échangions quelques mauvaises plaisanteries, mais personne ne riait.

J'éteignis mon téléphone mobile. Je ne tenais pas à entendre la voix du Cerveau ici. Je ne voulais entendre personne.

Vers 1 heure du matin, les employés finirent par dégager le coffre métallique dans lequel se trouvait le cercueil. Je sentis ma gorge se nouer, mais parvins à ne pas détourner les yeux. Jamilla Hughes frissonnait légèrement à côté de moi, mais elle s'accrochait. Nancy Goodes avait eu la sagesse de se replier dans sa voiture.

On enleva le couvercle au pied-de-biche. Il y eut un affreux grincement, semblable à un immense cri de douleur.

L'excavation, profonde d'environ deux mètres, faisait à peu près deux mètres cinquante de long et moins d'un mètre vingt de large.

Jamilla et moi restions muets. Chaque détail de l'exhumation retenait à présent notre attention. Mes paupières battaient beaucoup trop vite dans cette lumière irréelle. Je respirais par saccades, et je commençais à avoir une sensation de brûlure dans la gorge.

Je revoyais les photos prises sur la scène du crime. Mary Alice, quinze ans, pendue par les chevilles à une soixantaine de centimètres du sol, durant plusieurs heures. Et presque totalement vidée de son sang. Un autre décès de catégorie IV. Elle avait été sauvagement mordue et poignardée.

La victime de Washington, elle, n'avait pas été poignardée. Que fallait-il en déduire ? Pourquoi ces variantes ? Que faisaient-ils de tout ce sang ? Je n'étais même pas sûr de vouloir connaître les réponses aux questions qui tourbillonnaient dans mon crâne.

On arrima le cercueil à l'aide de vieilles sangles grisâtres et, lentement, on le hissa jusqu'à la surface.

J'avais du mal à respirer. Brusquement, je me fis l'impression d'être un intrus, comme si j'avais le sentiment qu'il ne fallait pas déranger cette pauvre fille dans sa tombe, que nous étions en train de nous livrer à un acte impie, qu'elle avait déjà été suffisamment violentée.

— Je sais, je sais, marmonna Jamilla. C'est nul. Je ressens la même chose que vous. – Elle me toucha le coude. – Nous devons le faire. Nous n'avons pas le choix. Il faut que nous sachions s'il s'agit des mêmes tueurs.

— J'en suis bien conscient, répondis-je à mi-voix, mais je ne me sens pas mieux pour autant. Je suis complètement retourné.

— La pauvre fille. Pauvre Mary Alice. Pardonne-nous.

Le gérant d'une entreprise de pompes funèbres locale avait accepté de nous prêter son concours. Il ouvrit précautionneusement le cercueil, puis recula comme s'il venait d'entrevoir un spectre.

Je fis un pas pour regarder. Je faillis m'étrangler, et Jamilla se couvrit la bouche. Deux employés du cimetière se signèrent et courbèrent la tête.

Mary Alice Richardson était là, sous nos yeux. Vêtue d'une ample robe blanche, avec ses tresses blondes, elle donnait l'impression d'avoir été ensevelie vivante. Le corps paraissait quasiment intact.

— Il y a une explication à cela, s'empressa de préciser le patron du funérarium. Les Richardson sont des amis. Ils m'ont demandé de faire tout ce que je pouvais pour la conserver aussi longtemps que possible. Ils devaient se douter que leur petite fille serait de nouveau, un jour ou l'autre, exposée aux regards.

« L'état du corps, une fois que celui-ci a été enterré, peut varier énormément. Tout dépend des produits utilisés lors de la préparation de la dépouille. Pour l'embaumement, je me suis servi d'une solution à l'arsenic, comme dans le temps. Vous pouvez constater le résultat.

Il marqua un temps d'arrêt. Nous, nous contemplions toujours le cercueil.

— Mary Alice était comme ça le jour où on l'a enterrée. Voici la pauvre fille qu'on a tuée et pendue.

14

Il était déjà 7 heures du matin quand nous revîmes enfin San Francisco. Je me demandais comment Jamilla avait fait pour tenir le choc au volant, mais elle s'en était parfaitement sortie. Nous nous étions forcés à parler pendant presque tout le trajet pour ne pas piquer du nez, en nous offrant même quelques rires. Epuisé, je parvenais à peine à garder les yeux ouverts. Quand je finis par les fermer dans ma chambre d'hôtel, ce fut pour voir Mary Alice Richardson dans son cercueil.

A mon arrivée au palais de justice, vers 14 heures, l'inspecteur Hughes était dans son bureau, en train de boire un café. Elle avait l'air en pleine forme, et ses traits n'accusaient pas la fatigue du voyage. Peut-être consacrait-elle encore davantage d'énergie que moi aux affaires qu'elle cherchait à résoudre. Il fallait espérer qu'elle y trouvait son compte.

— Vous arrive-t-il de dormir ?

Elle travaillait au milieu d'un véritable capharnaüm. Sur son bureau, je vis le portrait d'un très bel homme, souriant. Savoir qu'elle avait au moins une vie sentimentale me rassurait. J'eus une pensée pour Christine Johnson, qui vivait maintenant sur la côte Ouest, et une sensation d'abandon m'envahit brusquement. L'amour de ma vie ? Non, c'était fini. Malheureusement, c'était fini. Christine avait quitté Washington pour s'installer à Seattle. Elle s'y plaisait beaucoup et avait repris l'enseignement.

Jamilla haussa les épaules.

— Je me suis réveillée vers midi. Impossible de me rendormir. Je dois être trop fatiguée. Le médecin légiste de San Luis Obispo nous enverra un rapport en fin de journée. Mais écoutez ça : je viens de recevoir un e-mail de Quantico. Il y a eu huit meurtres, en Californie et dans le Nevada, qui présentent des similitudes avec ceux du Golden Gate Park. Les victimes n'ont pas toutes été pendues, mais elles ont été mordues. Les affaires remontent parfois à six ans. On est en train de voir s'il n'y a rien avant.

— Dans quelles villes ? voulus-je savoir.

Elle consulta ses notes.

— Sacramento, notre chère capitale administrative. San Diego. Santa Cruz. Las Vegas. Le lac Tahoe. San Jose. San Francisco. San Luis Obispo. Il y a de quoi avoir la chair de poule, Alex. Un seul de ces meurtres pourrait m'empêcher de dormir pendant des mois.

— Et n'oublions pas celui de Washington, ajoutai-je. Je vais demander au FBI de s'intéresser à la côte Est.

— Je m'en suis déjà chargée, me dit-elle avec un petit sourire penaud. Ils sont dessus.

— Et maintenant, que fait-on ?

— On fait ce que font tous les flics qui attendent. On mange des beignets et on boit du café.

Elle fit rouler ses beaux yeux marron. Le manque de sommeil n'avait pas altéré sa beauté naturelle, et elle avait beaucoup de charme.

Nous nous offrîmes donc un petit déjeuner tardif au Roma, au coin de la rue. Il fut question du dossier, puis je demandai à Jamilla de me parler des affaires qu'elle avait déjà résolues. Elle était très sûre d'elle, mais évoquait son parcours avec la plus grande modestie, ce qui me la rendait encore plus sympathique. Elle, au moins, n'avait pas la grosse tête. Lorsqu'elle eut fini son omelette, elle se mit à pianoter nerveusement sur la table. Elle avait des tics, elle était tendue. Je compris qu'elle ne pensait déjà plus qu'à son enquête.

— Qu'y a-t-il ? lui demandai-je. J'ai l'impression que vous ne m'avez pas tout dit.

Elle acquiesça.

— J'ai reçu un coup de fil d'une chaîne de télé, KRON-TV. Ils vont diffuser un reportage et révéler qu'il y a eu une série de meurtres en Californie.

— Qui les a mis au courant ?

— Comment savoir ? Je vais donner le feu vert à un journaliste de l'*Examiner*, que je connais, pour qu'il sorte le sujet avant eux.

— Attendez, fis-je, vous êtes sûre ?

— Absolument. Je lui fais entièrement confiance. Lui, au moins, ne racontera pas n'importe quoi. Maintenant, aidez-moi : puisque nos tueurs vont voir l'article, y a-t-il quelque chose que nous aimerions leur faire lire ? C'est le moins que mon copain puisse faire pour moi.

Retour au palais de justice. De mauvaises nouvelles nous attendaient. Les tueurs avaient frappé encore une fois.

15

Encore un double assassinat, horrible, avec pendaison.

Nous nous séparâmes dès notre arrivée sur le lieu du crime, dans Mill Valley. Nos méthodes différaient, nous n'avions pas la même approche, mais j'avais le sentiment que nous allions parvenir aux mêmes conclusions. Je percevais déjà tous les signes. Rien de bon.

Les deux corps étaient pendus, tête en bas, à un suspensoir servant à accrocher des casseroles de cuivre. Le double meurtre avait eu lieu dans la cuisine, une cuisine ultra-moderne, à l'image de la maison, aussi vaste que luxueuse. Dawn et Gavin Brody devaient avoir aux alentours de trente-cinq ans. Comme les victimes des autres crimes, ils avaient, eux aussi, été presque entièrement vidés de leur sang.

Première curiosité : les corps étaient nus, mais les tueurs n'avaient pas touché aux bijoux. Deux Rolex, deux alliances, une grosse bague de fiançailles sertie d'un diamant, des pendants d'oreilles avec d'innombrables petites pierres. Les tueurs ne s'intéressaient ni aux bijoux, ni à l'argent, et peut-être voulaient-ils nous le faire savoir.

Où donc étaient passés les effets des victimes ? Avaient-ils servi à éponger le sang ? Les tueurs les avaient-ils emportés ?

Apparemment, ils avaient interrompu les Brody au beau milieu de la préparation d'un repas. Fallait-il y voir un geste symbolique ? Ou de l'humour noir ? Etait-ce une coïncidence, ou avaient-ils volontairement agressé le couple au moment du repas ? Pour dévorer les riches, puisque les Brody gagnaient beaucoup d'argent ?

Plusieurs policiers du coin et des techniciens du FBI s'affairaient autour de nous. J'avais de bonnes raisons de croire que la police de Mill Valley avait déjà eu le temps de commettre l'irréparable. Ces hommes voulaient bien faire, mais c'était la première fois qu'ils étaient confrontés à un crime de cette envergure, et j'aurais volontiers parié que les empreintes que l'on distinguait sur les dalles en pierre de la cuisine n'appartenaient ni aux tueurs, ni aux victimes.

Jamilla me retrouva après avoir fait le tour de la pièce. Elle en avait vu suffisamment. Elle secouait la tête, l'air incrédule, et je devinais ce qu'elle pensait. La police locale avait sérieusement massacré la scène du crime.

— Ça me dépasse, finit-elle par murmurer. Ces tueurs ont en eux une telle haine… C'est la première fois que je vois ça. Une férocité pareille. Et vous, Alex ?

Je la regardai dans les yeux, sans rien dire. Pour moi, malheureusement, ce n'était pas la première fois.

16

L'article décrivant dans le détail une « série de crimes » sur la côte Ouest accaparait la une du *San Francisco Examiner.* Un vent de panique s'était levé.

William et Michael regardèrent les reportages à la télé ce soir-là. Ce qu'on disait d'eux les impressionna, même s'ils s'attendaient à voir leurs exploits faire les gros titres. Ils comptaient dessus, en fait. C'était prévu.

Leur rôle était spécial. Ils constituaient l'équipe à laquelle on avait choisi de confier le travail. Ils avaient repris la route. Ils étaient en mission.

Ils s'étaient arrêtés dans un café-restaurant de Woodland Hills, au nord de Los Angeles, le long de l'autoroute, pour manger un morceau. Tout le monde les regardait, ce qui n'avait rien d'étonnant : blonds et très grands, à la fois élancés et très musclés, ils portaient le catogan et n'étaient vêtus que de noir. William et Michael étaient les archétypes de la jeunesse moderne, à mi-chemin entre l'animal sauvage et le prince en titre.

C'était l'heure des journaux télévisés. Il était surtout question des meurtres, bien entendu ; toutes les chaînes y allaient de leur reportage, sans lésiner sur le sensationnel. Terrorisés, les habitants de Los Angeles, de Las Vegas, de San Francisco et de San Diego s'épanchaient devant la caméra et débitaient des inepties consternantes.

Michael se renfrogna et regarda son frère.

— Ils sont complètement à côté de la plaque. Enfin, presque. Ce qu'ils peuvent être nuls, ces crétins...

William mordit dans son sandwich insipide. Ses yeux se fixèrent de nouveau sur l'écran.

— Les journaux et la télé sont toujours à côté de la plaque, frangin. Ils font aussi partie du problème, et il faudra qu'on s'en occupe un jour. Comme ces deux avocats de Mill Valley. Tu as fini ?

Michael engloutit d'un geste vorace le reste de son cheeseburger saignant.

— Oui, j'ai fini, et j'ai faim. Il faut que je me nourrisse.

Ses beaux yeux bleus étaient devenus vitreux.

William sourit et embrassa son frère sur la joue.

— Allez, viens. J'ai une bonne idée pour ce soir.

Michael se figea.

— Nous devrions peut-être nous montrer prudents, non ? La police nous recherche. Nous sommes connus, maintenant.

William souriait toujours. La naïveté de son frère l'enchantait.

— Tu veux dire que nous sommes de vraies vedettes. Allez, viens, petit frère. Il faut qu'on s'alimente. On l'a bien mérité. De plus, la police ne sait pas qui nous sommes. N'oublie jamais que les flics sont des crétins incompétents.

William prit le volant de la fourgonnette blanche et ils reprirent la route en sens inverse. Il regrettait de ne pas avoir pu emmener le fauve, mais ce trajet-ci était trop long. Il s'arrêta sur le parking d'un centre commercial excessivement éclairé et examina les enseignes : Wal-Mart, Denny's, Staples, Circuit City, banque Wells Fargo. Il les méprisait autant qu'il méprisait leur clientèle.

— Ne me dis pas que nous allons chasser ici ? fit Michael, inquiet, dont l'œil parcourait les boutiques.

William secoua la tête en fouettant l'air de sa queue-de-cheval blonde.

— Non, bien sûr que non. Ces gens-là ne sont pas dignes de nous, Michael. Encore que la petite blonde, là-bas, en jean moulant, puisse présenter un certain intérêt.

Michael pencha la tête de côté, puis se pourlécha les babines.

— Elle fera l'affaire. Une mise en bouche.

William sauta à terre et se dirigea vers le fond du parking d'un pas guilleret, la tête haute, sourire aux lèvres. Michael le suivit. Les deux frères passèrent derrière la banque Wells Fargo, puis traversèrent le parking du restaurant Denny's. Tous les emplacements étaient occupés, et William crut déceler une odeur de lard grillé et d'obèse.

Michael esquissa un sourire lorsqu'il comprit ce que son frère mijotait. Ils avaient déjà fait ce genre de choses.

Face à eux, il y avait une lugubre enseigne en noir et blanc, éclairée par-derrière. Pompes funèbres Sorel.

17

En moins d'une minute, William parvint à forcer la porte de derrière du funérarium. Un jeu d'enfant. Elle n'était même pas blindée.

— Maintenant, on va se repaître, dit-il.

L'excitation le gagnait, et son odorat le guida vers la salle d'embaumement. Il découvrit trois cadavres dans les tiroirs réfrigérés.

— Deux mâles et une femelle, chuchota-t-il.

Il examina rapidement les corps. Ils étaient tout frais. Deux d'entre eux avaient été embaumés, l'autre pas. Les techniques de conservation des corps n'avaient guère de secrets pour William, il savait ce qui se passait à l'intérieur d'un funérarium. L'embaumement consistait notamment à retirer le sang des veines pour le remplacer par une solution à base de formol. On insérait dans la carotide et la jugulaire des tuyaux reliés à des pompes. Ensuite, on vidait les organes internes de leurs liquides. Le reste était essentiellement d'ordre cosmétique. On fermait les mâchoires avec du fil d'acier, on utilisait une colle spéciale pour sceller les lèvres, on plaçait des coupelles sous les paupières pour empêcher les globes oculaires de disparaître au fond des orbites.

William désigna une centrifugeuse qui servait à vider les corps de leur sang et autres fluides.

— Nous n'aurons pas besoin de ça ce soir, s'esclaffa-t-il.

Tous ses sens étaient en éveil. Il avait l'impression d'être plus grand que nature. Sa vision de nuit était excellente. La lumière d'une simple lampe de bureau lui suffirait amplement.

Il ouvrit l'un des tiroirs et prit dans ses bras le cadavre qui n'avait pas été embaumé, celui d'une femme d'une quarantaine d'années. Il le déposa sur une table de porcelaine.

Il regarda son frère et, doucement, se frotta les mains. Il respira à fond. Ce n'était pas la première fois qu'ils s'attaquaient à un funérarium, et même si rien ne valait la chair fraîche, une proie restait une proie.

La morte était en outre en bonne condition physique pour son âge. Elle était plutôt bien faite et n'avait rien à envier à la femelle qu'ils avaient attaquée et dont ils s'étaient repus à San Francisco. Le corps portait une étiquette : *Diana Ginn*.

— J'espère que personne, ici, n'a profité de Diana, souffla William.

Il arrivait que de pauvres tarés cherchent à travailler dans un funérarium pour pouvoir ravager les morts à leur convenance. Ils se livraient à des examens superflus des cavités vaginale et anale. Une autre activité passablement perverse consistait à se livrer à des actes sexuels avec un mort dans un cercueil. Cela se produisait plus souvent que les gens ne l'imaginaient.

William constata qu'il était excité. Rien ne pouvait être comparé à cela. Il grimpa sur la table d'embaumement et enfourcha la jeune femme morte.

Bien que livide, le corps nu de Diana Ginn était assez beau dans la pénombre. Diana avait les lèvres pleines et bleuâtres. Il se demanda de quelle manière elle était morte, car elle n'avait pas l'air malade. Il n'y avait aucune blessure apparente, ce qui excluait la thèse de l'accident.

Avec précaution, il lui écarta les paupières et la regarda dans les yeux, en chuchotant d'un ton rêveur :

— Bonsoir, ma douce. Tu es magnifique, Diana. Et je ne dis pas ça juste pour draguer, je le pense. Tu es extraordinaire. Tu es digne de cette soirée, de Michael et de moi. Et nous serons dignes de toi.

Il fit glisser ses doigts sur ses joues, puis le long de son cou gracile, et enfin sur ses seins, qui avaient perdu leur aplomb et ressemblaient maintenant à des sacs de pudding. Il examina l'entrelacs de ses veines. Elles étaient si belles... Le désir que lui inspirait Diana Ginn lui faisait presque tourner la tête.

Tandis que son frère se penchait sur le cadavre, Michael caressa doucement les pieds osseux, les fines chevilles, puis, lentement, tendrement, remonta le long des jambes, des jambes qui n'en finissaient plus, en poussant des petits gémissements, comme s'il tentait d'arracher la jeune femme au plus profond des sommeils.

— Nous t'adorons, murmura Michael. Nous savons que tu nous entends. Tu es toujours là, dans ton corps, n'est-ce pas ? Nous le savons, Diana. Nous savons très bien ce que tu ressens. Nous revenons d'entre les morts.

18

La discipline et l'énergie extraordinaires dont Jamilla Hughes faisait preuve m'impressionnaient toujours. Quelle était sa motivation ? Une page cachée de son passé ? Un événement récent plus flagrant ? Fallait-il chercher l'explication dans le fait qu'elle était l'une des deux seules femmes gradées de la brigade Criminelle de San Francisco ? Ou bien était-ce un peu tout cela à la fois ? Jamilla m'avait déjà dit qu'elle n'avait pas pris un seul jour de récupération en près de deux ans de service. Cela me rappelait quelqu'un.

Le lendemain, au palais de justice, je fis plusieurs fois allusion à son sérieux et à sa puissance de travail, mais elle se contenta de hausser les épaules. Ses collègues la respectaient. C'était quelqu'un de normal, qui ne cherchait pas à se donner des airs. Elle était nature. J'appris qu'elle avait un surnom. Jam. Ça lui allait bien.

L'après-midi, je passai deux heures à essayer de trouver tout ce que je pouvais sur les tigres. Nous étions en train de faire le tour des zoos et des refuges de la région afin de localiser tous les tigres présents sur le sol californien. Le félin meurtrier demeurait pour l'instant notre meilleure piste.

Pour ma part, j'avais dressé une liste de faits et d'observations.

Quelqu'un avait réussi à se faire obéir du tigre avant et après l'attaque du Golden Gate Park. Un dresseur ? Un vétérinaire ?

Ses mâchoires sont si puissantes qu'elles peuvent pulvériser un os. Quelqu'un était pourtant parvenu à ordonner au tigre de lâcher sa proie.

Toutes les espèces de tigres sont considérées comme menacées. Leur habitat se réduit d'année en année, et le braconnage fait des ravages. Les tueurs pourraient-ils être également des écologistes ?

Les braconniers chassent le tigre parce qu'on lui prête des pouvoirs thérapeutiques. Presque toutes les parties de son corps ont de la valeur et certaines sont même réputées sacrées.

Le tigre a un symbole magique dans certaines cultures, notamment dans plusieurs régions d'Afrique et d'Asie. Cet élément jouait-il un rôle dans notre enquête ?

J'avais perdu la notion de l'heure. Quand je finis par lever les yeux de mon calepin, la nuit tombait déjà. Je vis Jamilla arriver.

Elle avait mis sa veste de cuir noire et semblait prête à partir. Elle s'était maquillée. Peut-être avait-elle rendez-vous avec un petit copain. Je la trouvais resplendissante.

— Tigre ! Tigre ! Embrasé de lumière, déclama-t-elle, citant un vers du poème de Blake.

En réponse, je ne pus que réciter le seul autre vers dont je me souvenais :

— Est-ce celui qui a fait l'Agneau qui vous a faite ?

Elle prit un air songeur, puis sourit.

— Quelle équipe. Les policiers-poètes. Allez, on va se boire une bière.

— Je suis un peu crevé, et je dois encore jeter un œil sur deux ou trois dossiers. Je crois que je n'ai pas encore digéré le décalage horaire.

Je m'écoutais parler, en me demandant pourquoi j'étais en train de répondre une chose pareille.

Elle leva la main.

— C'est bon, c'est bon. Vous auriez pu dire simplement : non, désolée, vous n'êtes pas mon genre. Enfin… A demain matin. Et merci quand même pour votre aide. Je suis sincère.

J'entrevis un sourire, puis elle me tourna le dos et s'engouffra dans l'immense couloir qui menait aux ascenseurs. En balançant la tête d'un air vaguement dépité.

Après son départ, dans mon bureau d'où je pouvais contempler les rues de San Francisco, il ne me resta plus qu'à pousser des soupirs. C'était à moi, maintenant, de prendre un air dépité. Je sentais une lassitude qui m'était familière me gagner. Je me retrouvais de nouveau seul, et je ne pouvais accuser personne. Pourquoi avoir refusé de prendre un verre avec Jamilla ? J'aimais être avec elle, je n'avais rien de mieux à faire, et je n'étais pas terrassé à ce point par le décalage horaire.

Je savais bien, en fait, pourquoi j'avais réagi ainsi. Ce n'était pas très compliqué. J'avais été très proche de mes deux dernières partenaires. Deux femmes avec lesquelles je m'entendais très bien, deux femmes qui étaient mortes.

Le Cerveau était toujours en liberté.

Pouvait-il être à San Francisco en ce moment ?

Jamilla Hughes était-elle en sécurité, dans sa propre ville ?

19

Le lendemain matin, à l'hôtel, la sonnerie du téléphone me réveilla de très bonne heure. J'étais cassé, je dormais encore à moitié en décrochant.

C'était Jamilla, et elle paraissait un peu essoufflée.

— J'ai eu un coup de fil de mon copain Tim, à l'*Examiner*, m'expliqua-t-elle. Il a une piste pour nous, et je pense qu'on tient peut-être quelque chose.

Elle m'exposa sommairement une vieille affaire de tentative de meurtre. Cette fois-ci, nous disposions d'un témoin. Nous repartions. Elle ne me demanda pas si je voulais l'accompagner ; pour elle, cela allait de soi.

— Je passe vous prendre dans une demi-heure – trois quarts d'heure au grand maximum. On va à Los Angeles. Habillez-vous en noir. Peut-être qu'un producteur de film vous proposera un rôle...

Une navette United Airlines relie toutes les heures San Francisco et Los Angeles. Nous réussîmes à prendre celle de 9 heures, de justesse, et il nous fallut à peine plus d'une heure pour arriver à LA. Pendant le vol, nous ne cessâmes pas de parler. Le temps de louer une voiture chez Budget, et nous partîmes vers Brentwood, le quartier où vivait autrefois O.J. Simpson, ex-footballeur, ex-acteur et ex-inculpé d'un double meurtre. Nous étions tous deux surexcités à l'idée d'explorer cette première piste sérieuse. Le FBI avait, lui aussi, mobilisé ses hommes.

Durant le trajet, Jamilla appela son copain journaliste, Tim. Je me demandais s'il s'agissait de son petit ami.

— As-tu d'autres renseignements ? fit-elle.

Elle l'écouta, puis me répéta sa réponse. Nous en connaissions déjà une partie :

— Deux inconnus ont agressé la femme que nous allons voir, mais elle a réussi à leur échapper. Elle a eu énormément de chance. Ils l'ont mordue sauvagement. La poitrine, le cou, le ventre, le visage. Pour elle, les agresseurs avaient environ quarante-cinq ans. Les faits se sont produits il y a plus d'un an, Alex. Toute la presse à sensation en a parlé.

Je ne disais rien, je me contentais d'écouter et d'enregistrer. Jamais je n'avais été confronté à une affaire aussi bizarre.

— Ils s'apprêtaient à la pendre à un arbre, poursuivit-elle. Il n'est pas question de tigre dans les articles que mon copain a réussi à retrouver. Un inspecteur de la police de Los Angeles nous attend au commissariat. Je suis sûr qu'il nous en dira plus. C'est lui qui était en première ligne pendant l'enquête.

Elle me lança un regard. Elle avait gardé le meilleur pour la fin.

— Tenez-vous bien, Alex. D'après mon contact, la femme est persuadée que ses assaillants étaient des vampires.

20

Nous avions rendez-vous avec Gloria Dos Santos au commissariat de Brentwood, un bâtiment en béton, d'un seul niveau, aussi gai qu'un bureau de poste. L'inspecteur Peter Kim nous rejoignit dans la salle d'interrogatoire, une minuscule pièce de deux mètres sur un mètre cinquante, insonorisée, aux murs capitonnés. Grand et mince, il ne devait pas avoir encore atteint la trentaine. Il était si élégamment vêtu qu'à mes yeux, il ressemblait davantage à une caricature de jeune cadre dynamique qu'à un officier de police.

Manifestement, Gloria connaissait déjà Kim, et ils ne s'appréciaient guère. Elle ne cessait de l'appeler « inspecteur Fuhrman », et il finit par lui demander de « la fermer », sans quoi il la bouclerait.

Dos Santos portait une jupe courte noire, et des bottes noires elles aussi. Elle collectionnait les bracelets de cuir, et les piercings : une douzaine d'anneaux stratégiquement disséminés. Quant à la chevelure, elle tenait en grande partie de la choucroute frisée. Le reste lui dégringolait sur les épaules. Assez petite – je lui donnais un mètre cinquante-cinq, à tout casser –, elle avait le visage dur, avec des cils tartinés de mascara et de l'ombre à paupière violette. Comme toutes les autres victimes, elle semblait être en bonne forme physique.

Elle nous dévisagea. D'abord Kim, puis moi, et enfin Jamilla. Air consterné, sourire en coin. Elle ne nous aimait pas, ce qui était son droit le plus absolu. Je ne l'aimais pas beaucoup non plus.

— Je peux fumer, dans ce piège à rat ? cracha-t-elle. Je vais fumer d'ailleurs, que ça vous plaise ou non. Si ça vous plaît pas, je me tire et je rentre chez moi.

— Fumez, dans ce cas, rétorqua Kim, mais je vous préviens : vous ne rentrez pas chez vous. C'est hors de question.

Il sortit des graines de tournesol préparées à la texane et commença à les manger. C'était un cas, lui aussi.

Dos Santos alluma une Camel et lui souffla un panache de fumée en plein visage.

— L'inspecteur Fuhrman sait tout ce que je sais. Pourquoi vous lui demandez pas directement ? C'est une tête, vous savez. Il a fait la fac, il a plein de diplômes.

— Il y a quelques éléments qui nous échappent encore, dis-je. C'est pour cela que nous sommes venus de San Francisco. Moi, en réalité, je viens de Washington.

— T'as fait beaucoup de chemin pour rien, Shaft.

Gloria Dos Santos n'était jamais à court de reparties. Elle s'essuya plusieurs fois le visage dans les mains comme si elle tentait de se réveiller.

— Je ne sais pas ce que vous avez pris, intervint Jamilla, mais vous m'avez l'air bien chargée. Pour nous, peu importe. Détendez-vous un peu. Les types qui vous ont agressée vous ont bien esquintée.

Ricanement de Dos Santos.

— Bien esquintée ? Ils m'ont cassé deux côtes, ils m'ont cassé le bras, ils m'ont donné des coups de poing. J'ai dû m'écrouler six fois. Heureusement, je me suis retrouvée en haut d'une pente, j'ai dégringolé jusqu'au pied de la butte, je me suis relevée et j'ai réussi à me sauver en courant comme une malade.

— D'après le premier rapport, vous ne les avez pas bien distingués, ni l'un, ni l'autre. Ensuite, vous avez déclaré qu'ils avaient la quarantaine ou la cinquantaine.

Elle haussa les épaules.

— Je sais pas. Il y avait de la brume. J'ai eu cette impression. Ce soir-là, j'étais allée au Fang Club, sur West Pico. C'est la seule boîte où on peut rencontrer des vrais vampires sans y laisser sa peau. C'est ce qu'on dit, en tout cas. Je sortais beaucoup dans les boîtes gothiques, à l'époque – Stigmata, Coven Thirteen, Vampiricus, à Long Beach. J'ai bossé chez Necromane. Necromane ? – Elle devançait opportunément notre question. – C'est une boutique pour tous ceux qui sont dans le trip mort. On y vend de vrais crânes humains. Des doigts, des orteils. Tout un squelette si c'est votre truc.

— Ça n'est pas mon truc, fit Jamilla, mais j'ai déjà mis les pieds dans un magasin de ce genre, à San Francisco, qui s'appelle Le Coroner.

La fille lui décocha un regard méprisant.

— Et vous croyez peut-être que ça m'impressionne ? Vous devez être hyper-branchée. Vous vivez dangereusement.

Je repris la parole.

— Nous essayons de vous aider. Nous…

— Racontez pas de conneries. C'est vous qui êtes dans la merde, oui. Vous avez une grosse affaire sur les bras. Les meurtres zarbis de San Francisco, c'est ça, hein ? Je sais lire, ok. Vous vous foutez complètement de Gloria Dos Santos et de ses problèmes. Des problèmes, j'en ai un sacré paquet. Vous pouvez pas imaginer. Et personne n'en a rien à foutre, évidemment.

— Deux personnes ont été tuées dans le Golden Gate Park, lui dis-je. On les a mises en pièces. Vous l'avez lu, ça, dans la presse ? Nous pensons que les auteurs pourraient être vos agresseurs.

— Moi, je vais vous dire un truc. Il faut que vous vous mettiez bien ça dans le crâne : les deux mecs qui m'ont attaquée étaient des vampires ! Vous percutez ? Je sais que pour vous, avec vos petites cervelles, c'est une chose impossible à assimiler, mais les vampires existent. Ils sont en marge de l'humanité, ce qui veut dire qu'ils ne sont pas comme vous !

« Il y en a deux qui ont bien failli me tuer. Ils chassaient à Beverly Hills. Des gens, ils en tuent tous les jours, à LA ! Ils boivent leur sang. C'est ce qu'ils appellent « se repaître ». Ils leur rongent les os comme si c'était du poulet frit. Je vois bien que vous me croyez pas. Vous feriez bien de me croire, pourtant.

La porte du local s'ouvrit sans un bruit. Un homme en tenue passa la tête à l'intérieur et chuchota quelque chose à l'oreille de l'inspecteur Kim.

Le visage de Kim s'assombrit. Son regard glissa sur nous, puis s'arrêta sur Dos Santos.

— On me signale qu'il vient d'y avoir un meurtre sur Sunset Boulevard. Quelqu'un a été mordu et pendu dans un hôtel assez chic.

Les traits de Gloria Dos Santos se déformèrent. Ses yeux se rétrécirent, une lueur de colère intense illumina son regard. Folle de rage, elle s'époumonna :

— Ils vous ont suivis jusqu'ici, bande de connards ! Vous ne comprenez pas ? Ils vous ont suivis ! Oh, mon Dieu, ils savent que je vous ai parlé. Oh, nom de Dieu, ils vont m'avoir. Je suis fichue, à cause de vous !

II

L'odeur du sang

1

J'avais toujours aimé travailler avec Kyle Craig sur les affaires difficiles, et j'étais ravi de savoir qu'il allait nous rejoindre à Los Angeles dans la journée, mais en arrivant sur la scène du crime, à Beverly Hills, j'eus la surprise de voir qu'il était déjà sur place. Le corps avait été retrouvé au Château Marmont, l'hôtel où l'acteur John Belushi était mort d'une overdose.

L'établissement, reproduction d'un château français, dominait le Sunset Strip de ses sept étages. En pénétrant dans le hall, je découvris un décor vieillot sorti tout droit des années 20. On racontait qu'un patron de studio avait un jour dit au comédien William Holden : « Si vous devez faire des conneries, faites-les au Château Marmont. »

Kyle nous attendait à la porte de la chambre. Il avait lissé ses cheveux châtain foncé en arrière, et avait l'air un peu bronzé. Ce n'était pas dans ses habitudes. J'eus presque du mal à le reconnaître.

— Je te présente Kyle Craig, du FBI, dis-je à Jamilla, que je m'étais enfin décidé à tutoyer. C'est le meilleur enquêteur avec lequel j'aie jamais travaillé. Avant que je te rencontre, bien sûr.

Ils se serrèrent la main. Nous suivîmes Kyle à l'intérieur de la chambre. Il s'agissait, en fait, d'un véritablement appartement avec vue sur les collines. Deux chambres, un salon, une vraie cheminée, et une entrée privative côté rue.

La scène du crime était à la limite du supportable, comme d'habitude. Je repensais à ce mot sinistre de Schopenhauer, qui m'était déjà venu à l'esprit en Caroline du Nord, dans des circonstances analogues : « L'existence humaine doit être une sorte d'erreur. Elle est mauvaise et elle s'aggrave de jour en jour, jusqu'à ce que survienne le pire. » Ma philosophie personnelle était un brin plus optimiste, mais il m'arrivait de donner raison au à Schopenhauer.

Le pire, c'était ce que venait de subir Jonathan Mueller, vingt ans, cadre d'une maison de disques. Et de la plus atroce des façons. Son cou portait des traces de morsures, mais je ne voyais pas de blessures par arme blanche. Mueller avait été pendu au crochet du plafonnier. Sa peau était cireuse, presque translucide. Il ne devait pas être mort depuis longtemps.

Nous nous approchâmes du corps qui se balançait légèrement, encore dégoulinant de sang.

— Toutes les morsures importantes se trouvent sur le cou, fis-je remarquer. J'ai l'impression que nos apprentis-vampires sont passés par là. La pendaison doit être leur rituel, voire leur signature.

— J'en ai presque la chair de poule, murmura Jamilla. Ce pauvre type s'est fait littéralement sucer le sang. Ça ressemble presque à un crime sexuel.

— Je pense que c'en est un, déclara Kyle. Je pense qu'ils l'ont d'abord séduit.

Juste à cet instant, mon mobile se mit à sonner. Le moment n'aurait pu être plus mal choisi.

Avant de répondre, je lançai un regard à Kyle.

— C'est peut-être lui. Le Cerveau.

Je collai l'appareil contre mon oreille.

— Alors, Los Angeles vous plaît ? me demanda le Cerveau, de sa voix déformée, au débit mécanique. Les morts se ressemblent tous, vous ne trouvez pas ?

J'opinai en direction de Kyle, qui comprit que mon interlocuteur n'était autre que le Cerveau.

Il me fit signe de lui passer le téléphone. Je le lui tendis. Il écouta. Son visage s'assombrit. Il éloigna l'appareil de son oreille.

— Il a raccroché. Comme s'il savait que tu n'étais plus en ligne. Comment a-t-il su, Alex ? Comment ce salopard fait-il pour être toujours au courant de tout ? Qu'attend-il de toi ?

Je contemplais le corps qui tournoyait lentement. Je n'avais pas la moindre réponse. Je me sentais vidé, moi aussi.

2

On était déjà vendredi, et nous étions toujours englués dans une affaire aussi sanglante que sordide qui ne risquait pas d'être résolue de sitôt. Dans l'après-midi, je dus passer un coup de fil délicat à Washington. Nana Mama décrocha au bout de deux sonneries. J'aurais préféré entendre la voix d'un des enfants.

— C'est Alex. Tu vas bien ?

Elle me répondit aussitôt :

— Tu ne rentres pas pour le concert de Damon, demain soir, c'est ça, Alex ? Ou bien tu as déjà oublié que c'est demain ? Oh, Alex, Alex. Pourquoi nous as-tu abandonnés ? Ce n'est pas bien.

J'aime énormément Nana, mais il lui arrive d'en faire un peu trop pour souligner son point de vue.

— Pourquoi tu ne me passes pas Damon ? Je vais lui en parler.

— Il ne sera bientôt plus un petit garçon. D'ici peu, il sera comme toi, il n'écoutera plus un mot de ce qu'on lui dira. Et là, tu verras. Je te garantis que tu ne vas pas aimer.

— Je culpabilise déjà suffisamment comme ça. Tu n'es pas obligée de m'enfoncer, ma vieille.

— Bien sûr que si. C'est mon boulot, et je le fais aussi sérieusement que tu fais le tien.

— Nana, il y a des gens qui meurent, ici. Quelqu'un est mort de façon atroce, à Washington, ce qui justifie que je sois impliqué dans cette histoire. Et ça continue. Il y a lien que je dois découvrir. Il faut au moins que j'essaie.

— Oui, il y a des gens qui meurent, Alex. Je comprends bien. Et il y en a d'autres qui grandissent sans voir leur père autant qu'il le faudrait, et ce alors qu'ils ont perdu leur mère. En es-tu conscient ? Il m'est impossible d'être leur père et leur mère.

Je fermai les yeux.

— Je te suis parfaitement. Je ne peux même pas dire que tu aies tort, crois-le si tu veux. Maintenant, passe-moi Damon. Dès que j'aurai raccroché, j'irai chercher une mère pour mes enfants. En fait, en ce moment, je travaille avec une femme inspecteur très sympa. Elle te plairait.

— Damon n'est pas là. Il m'a dit que si tu appelais pour annoncer que tu ne rentrais pas, je devais dire « merci bien » de sa part.

Je finis par sourire malgré moi.

— Tu l'imites parfaitement. Où est-il ?

— Il est en train de jouer au basket avec ses copains. De ce côté-là, il se débrouille très bien aussi. Je suis sûre qu'il fera un arrière épatant. L'as-tu seulement remarqué ?

— Il a les mains souples et il démarre très vite. Bien sûr que je l'ai remarqué. Sais-tu avec quels copains il est ?

— Bien sûr. Et toi, tu le sais ? – Les reparties de Nana étaient impitoyables, comme toujours. – Il est avec Louis et Jamal. Il choisit bien ses amis.

— Il faut que je te laisse, maintenant, Nana. Tu embrasses très fort Damon et Jannie de ma part, et tu fais un gros, gros bisou au petit Alex.

— Alex, tu n'as qu'à les embrasser et leur faire des bisous toi-même.

Et elle me raccrocha au nez.

C'était la première fois qu'elle me faisait ça. Enfin, presque…

Je restais là, cloué sur ma chaise, à ressasser notre conversation, à me demander si ses reproches étaient justifiés. Je savais que je passais plus de temps avec mes enfants que bien d'autres pères, mais comme Nana l'avait habilement souligné, ils grandissaient vite, et sans mère. Je devais faire encore mieux, et il ne s'agissait pas de trouver des excuses.

Je composai encore trois ou quatre fois le numéro, mais personne ne répondit, et j'en déduisis qu'on avait décidé de me mettre en pénitence. Je finis par avoir Damon vers 18 heures. Il venait de rentrer de sa répétition avec la chorale. En entendant sa voix, je me mis à chantonner un petit passage de rap de Tupac qu'il aimait.

Ma prestation le fit rire, ce signifiait que tout allait bien. Il m'avait pardonné. C'est un brave gosse, et je n'aurais pas pu espérer mieux. L'image de Maria me revint brusquement à l'esprit. J'aurais tant aimé qu'elle voie ce qu'il était devenu. *Damon te plairait, Maria. Je regrette tellement que tu ne sois pas là.*

— J'ai bien eu le message. Je suis désolé, Damon. J'aurais vraiment aimé aller t'écouter demain soir, et tu sais que c'est vrai. Je ne peux pas faire autrement, mon grand.

Il poussa un immense soupir.

— Les regrets, ça ne coûte rien...

C'était l'une des phrases préférées de sa grand-mère. Je l'avais entendue depuis que j'avais son âge.

— Je mérite des coups, lui dis-je.

— Non, papa, c'est pas grave, me répondit-il avec un nouveau soupir. Je sais que tu as du travail et que c'est sûrement quelque chose d'important. C'est juste que, parfois, pour nous, c'est dur. Tu le sais.

— Je t'adore, et je devrais être là demain soir, et le prochain concert, je t'assure que j'y serai.

— Tu as intérêt à tenir parole.

— Je la tiendrai, ma parole.

3

Ce soir-là, vers 19 h 30, je me trouvais encore au commissariat de Brentwood. J'étais crevé. J'avais passé des heures à éplucher une épaisse liasse de rapports de police sur les meurtres sadiques commis dans neuf agglomérations de la côte Ouest, ainsi que celui de Washington. Cette affaire m'inquiétait au plus haut point, et certainement pas parce que je croyais aux vampires.

Je croyais, moi, aux choses insensées et horribles que les gens étaient parfois capables de s'infliger : ces morsures terribles, ces pendaisons cruelles, ces corps vidés de leur sang, ces tigres utilisés comme des armes. Mais j'étais incapable, cette fois, d'imaginer le profil des tueurs. Et de l'aveu même de Kyle Craig, les spécialistes du FBI n'étaient pas plus avancés. C'est pour cette raison qu'il avait décidé de se rendre sur place. Kyle piétinait, lui aussi. Cette série de meurtres était sans précédent.

Jamilla fit son apparition devant mon bureau vers 19 h 45. Elle avait travaillé toute la journée, un peu plus loin. La fatigue marquait ce soir son beau visage. C'est l'une des particularités du travail de l'enquêteur. Quand on est sur une affaire difficile, l'adrénaline circule et les sentiments s'exacerbent. On voit naître des phénomènes d'attraction mutuelle qui entraînent parfois des problèmes inattendus. J'étais déjà passé par là, et Jamilla aussi, sans doute. En tout cas, elle donnait cette impression. Peut-être était-ce la raison pour laquelle nous tournions aussi timidement l'un autour de l'autre.

Quand elle se pencha au-dessus de mon bureau, un léger parfum d'eau de toilette me caressa les narines.

— Alex, il faut que je rentre à San Francisco. Je vais à l'aéroport. J'ai étudié un certain nombre de dossiers et j'ai laissé un paquet de notes que Kyle et toi pourrez étudier. Mais je vais te dire une chose : à mon sens, tous les meurtres ont été commis par les mêmes auteurs. C'était ma contribution pour aujourd'hui.

— Pourquoi dis-tu cela ?

En fait, j'avais plus ou moins le même sentiment qu'elle. Rien n'étayait mon impression. Ce n'était qu'une réaction instinctive, au vu des rares indices dont nous disposions.

Jamilla se frotta l'arête du nez, puis tortilla le bout. Ses drôles de gestes m'amusaient.

— Le mode opératoire ne cesse d'évoluer. Surtout si on compare les meurtres les plus récents à ceux commis il y a un ou deux ans. Au début, les tueurs agissaient avec méthode, très prudemment. Dans les deux derniers cas, il y a eu précipitation. Et ils ont franchi un degré de plus dans la violence.

— Tu n'as peut-être pas tort. Je vais soigneusement étudier les dossiers. Kyle et son équipe de Quantico vont en faire autant. Quelque chose d'autre te tracasse ?

Au bout de quelques secondes de réflexion, elle me répondit :

— On nous a signalé un délit bizarre ce matin. Il y a peut-être un rapport. Un funérarium de Woodland Hills. Quelqu'un est entré par effraction et a ravagé l'un des corps. Nos tueurs ont peut-être fait des émules. Je t'ai laissé le dossier. Bon, il faut que je file si je ne veux pas rater la prochaine navette. Tu m'appelles ?

— Bien sûr. Absolument. Tu ne vas pas m'échapper aussi facilement.

Elle m'adressa un petit signe et disparut dans le couloir.

En la voyant partir, j'eus un pincement au cœur.

Jam.

4

Dix minutes après le départ de Jamilla, Kyle fit son apparition. Avec son costume en tweed froissé, je lui trouvais un peu l'air d'un docteur en criminologie émergeant de sa bibliothèque après avoir passé des jours à se documenter pour préparer son article dans une gazette d'études judiciaires.

— Tu as percé le code ? lui demandai-je. Si oui, je peux prendre l'avion ce soir ? Si je traîne encore ici, je vais me faire assassiner en rentrant chez moi.

— Je n'ai rien percé du tout, geignit-il, avant de bâiller. Mais j'ai vaguement l'impression d'avoir le crâne fendu. Comme si j'avais une petite fuite, ou je ne sais quoi.

Il se frotta la tête à grands coups de phalanges.

— Tu crois aux vampires modernes ? Aux gens qui voudraient jouer aux vampires ?

Il m'infligea l'un de ses sourires en coin.

— Oh, j'ai toujours cru aux vampires. Depuis que je suis petit. J'ai d'abord vécu en Virginie, puis en Caroline du Nord. Les vampires, les fantômes, les zombies, les autres créatures diaboliques de la nuit. Quand on vit dans le Sud, on croit à ces choses-là. C'est notre héritage gothique, j'imagine. En fait, notre spécialité, ce serait plutôt les fantômes. Je crois réellement aux fantômes.

J'aimerais bien que tout ceci ne soit qu'une histoire de fantômes.

— C'est peut-être le cas. J'en ai vu un, l'autre soir. Celui de Mary Alice Richardson. Ces ordures l'ont pendue et massacrée au cours de l'une de leurs petites fêtes.

Vers 21 heures, nous finîmes par sortir, histoire de manger un morceau et de boire éventuellement quelques bières. J'étais content de pouvoir passer un peu de temps avec Kyle. Je broyais du noir, des soupçons et des angoisses me traversaient l'esprit. Et je n'oubliais pas le Cerveau, toujours susceptible de m'appeler, de m'envoyer un fax ou un e-mail.

Sur le chemin de l'hôtel, nous nous arrêtâmes dans un petit bar baptisé le Knoll, pour prendre un verre et bavarder tranquillement. Nous le faisions souvent quand nous étions en déplacement ensemble.

Kyle but une gorgée d'Anchor Steam, puis me demanda :

— Alors, Alex, tu t'en sors, ici ? Ça va ? Tu tiens le coup, pour l'instant ? Je sais que tu n'aimes pas être loin de Nana et des enfants. Je suis désolé. Pas moyen de faire autrement. C'est une grosse affaire.

J'étais trop fatigué pour le contredire.

— Comme dirait Tiger Woods, je n'étais pas au mieux de ma forme aujourd'hui. Je suis un peu vanné, Kyle. Tout ça m'est tombé dessus brusquement, et c'est si glauque...

— Je ne te parle pas d'aujourd'hui, fit-il en opinant. Dans l'ensemble, d'une manière générale, comment ça va ? Je te trouve tendu. On l'a tous remarqué, Alex. On ne te voit plus beaucoup à Saint Anthony's, dans l'équipe de bénévoles. Des petits détails de ce genre.

Il me fixait de ses yeux marron. Kyle était un ami, mais je le savais également calculateur. Il voulait quelque chose. Que recherchait-il ? Qu'avait-il en tête ?

— D'une manière générale, je suis complètement azimuté. Non, en gros, ça va. Les enfants vont bien, et je suis plutôt content. Le petit Alex me console de tout. Damon et Jannie sont en pleine forme. Christine me manque toujours, énormément. Je ne sais pas comment je fais pour passer autant de temps à enquêter sur les crimes les plus odieux, les plus pervers qui aient jamais été imaginés.

— C'est toi qui es demandeur, me répondit Kyle, parce que tu es doué pour ça. C'est comme ça. Ton flair, ta sensibilité, quelque chose fait que tu n'es pas comme les autres flics.

— Tu sais, je me demande si je ne préférerais pas être moins doué. Et il est d'ailleurs possible que je ne le sois plus autant qu'avant. Ces enquêtes criminelles ont affecté tous les domaines de ma vie, et j'en arrive à m'interroger : ne suis-je pas en train de changer, moi aussi ? Parle-moi de Betsey Cavalierre. Rien de nouveau dans l'enquête ? Il y a forcément quelque chose.

Kyle secoua la tête. Visiblement, il compatissait.

— Nous n'avons strictement rien appris de plus sur son meurtre, Alex. Et toujours rien de neuf en ce qui concerne le Cerveau. Ce connard t'appelle toujours jour et nuit ?

— Oui. Il ne fait plus allusion à Betsey, ni à son meurtre.

— On pourrait mettre de nouveau tes lignes sur écoute pour essayer de le localiser. Je vais faire ça pour toi.

— Ça ne servirait à rien.

Kyle continuait de sonder mon regard. J'avais le sentiment qu'il s'inquiétait pour moi, mais avec lui, c'était toujours difficile à dire.

— Tu crois qu'il est peut-être en train de t'observer ? Qu'il te suit ?

— J'ai parfois cette impression, oui. Il faut que je te pose une question, puisque je t'ai sous la main. Pourquoi me fais-tu toujours travailler sur ces affaires tordues, Kyle ? On s'est occupé de Casanova à Durham, de l'enlèvement de Dunne et Goldberg, de la série de braquages. Et aujourd'hui, cette histoire de merde.

Kyle avait décidé de ne pas tourner autour du pot.

— Tu es le meilleur que je connaisse, Alex. Tes premières impressions sont presque toujours les bonnes. Tes contributions à ces enquêtes ont souvent été essentielles. Tu réussis parfois à résoudre l'affaire, parfois pas, mais tu n'es jamais loin. Pourquoi ne pas venir travailler avec nous, au FBI ? Je suis tout à fait sérieux, et oui, il s'agit bien d'une offre d'emploi.

Voilà donc ce qu'il avait en tête. Il voulait que je vienne le rejoindre à Quantico.

J'éclatai de rire, et il ne tarda pas à m'imiter.

— Pour ne rien te cacher, finis-je par avouer, je n'ai vraiment pas l'impression d'approcher du but, cette fois-ci. Je me sens complètement largué, Kyle.

— Il est encore tôt, me dit-il. L'offre tient toujours, que tu ressortes de cette affaire gagnant ou perdant. Je veux que tu viennes à Quantico, je veux que tu travailles à mes côtés. Rien ne me ferait plus plaisir.

5

L'occasion était trop belle, quasiment inespérée. Au volant de leur van, William et Michael suivirent les deux as de la police depuis le commissariat de Brentwood, en prenant soin de demeurer à bonne distance. S'ils les perdaient, c'était sans grande importance. Ils savaient dans quel hôtel séjournaient les deux hommes, et donc comment les retrouver.

Ils connaissaient même leurs noms.

Kyle Craig, du FBI. Un responsable de secteur venu de Quantico, spécialiste des « grosses affaires ». L'un des meilleurs enquêteurs du Bureau.

Alex Cross, de la police de Washington. L'expert en psychologie Criminelle, le chouchou des médias.

William avait envie de leur murmurer à l'oreille une devise : si tu chasses le vampire, le vampire te chassera.

C'était la vérité, mais cela ressemblait un peu trop à une règle, et William détestait les règles. Les règles vous rendaient plus prévisible, elles vous faisaient ressembler aux autres. Les règles, c'était moins de liberté, moins d'authenticité, moins de personnalité. Et au bout du compte, les règles risquaient de vous faire prendre.

William posa légèrement le pied sur la pédale de frein. Peut-être avaient-ils tort de vouloir traquer les deux flics, songea-t-il, avant de les tuer comme des chiens. Ils avaient sans doute mieux à faire ici à Los Angeles.

Michael et lui allaient souvent dans un endroit un peu particulier. L'Eglise du Vampire était fréquentée par tous ceux qui « cherchaient leur dragon intérieur ». Il s'agissait d'une véritable église, avec d'immenses salles aux voûtes très hautes, remplies de vieux meubles victoriens invraisemblables, de chandeliers dorés au dessin extrêmement travaillé, de crânes humains et autres ossements, de tapisseries qui mettaient en scène la vie de buveurs de sang célèbres. L'église accueillait les habituels frimeurs venus exhiber leur panoplie, mais aussi de vrais vampires. Comme William et Michael.

A l'intérieur de l'Eglise du Vampire, on se livrait à des actes de sadisme sexuel très particuliers, et immensément excitants. La plus aiguë des douleurs devenait extase. En se remémorant sa dernière visite, William sentit un arc électrique lui zébrer le corps. Il avait trouvé un jeune garçon de dix ans, un ange blond, un prince. Ce soir-là, le garçon était entièrement vêtu de noir, et il portait même des lentilles noires. Sublime, totalement sublime. Pour montrer à William qu'il était un vrai vampire, le cher petit s'était lui-même percé la carotide pour boire son propre sang. Puis il avait demandé à William d'en boire à son tour, de ne faire qu'un avec lui. Lorsque Michael et lui avaient pendu le garçon afin de le vider entièrement de son sang, c'était par amour, par adoration pour ce corps parfait, ce corps d'ange. Ils n'avaient fait qu'obéir à leur nature. Le sadisme sexuel était leur raison d'être.

William émergea de ses délicieuses rêveries au moment où les deux flics pénétraient dans un bar, le Knoll, juste à côté de Sunset Boulevard. Un endroit tout simple, très populaire. Pour eux, c'était parfait.

— Ils vont boire un verre ensemble, expliqua William. Camaraderie de flics.

Michael ricana, leva les yeux au ciel.

— Ce ne sont que deux vieux. Inoffensifs. Edentés.

Il rit de son propre mot.

William regarda Alex Cross et Kyle Craig disparaître à l'intérieur de l'établissement.

— Non, corrigea-t-il. Il faut faire attention à eux. L'un des deux est extrêmement dangereux. Je capte son énergie.

6

J'avais enfin une piste, grâce à Tim, le contact de Jamilla au *San Francisco Examiner*. La traque était lancée, ou du moins l'espérais-je. Le lendemain matin, je pris la Route 101 jusqu'à Santa Barbara, qui se situe à environ cent quatre-vingts kilomètres au nord de LA.

Le ciel devenait de plus en plus bleu à mesure que je m'éloignais de Los Angeles, nappée de son smog gris-ocre. Ce qui en disait long sur la pollution de la ville.

J'avais rendez-vous avec un certain Peter Westin, à la bibliothèque Davidson, sur le campus de l'université de Californie. Cette bibliothèque était réputée abriter la plus vaste collection d'ouvrages sur les vampires et leur mythologie de tous les Etats-Unis. Selon Tim, Westin, pour être un irrécupérable excentrique, n'en restait pas moins le grand expert des vampires d'hier et d'aujourd'hui.

Peter Westin m'attendait dans un petit salon privé, juste à côté de la grande salle de lecture. Je lui donnais une petite quarantaine d'années. Entièrement vêtu de violet et de noir, il arborait des ongles mauves. Jamilla m'avait précisé qu'il tenait une boutique de vêtements et de bijoux dans un petit centre commercial du nom d'El Paseo, sur State Street, à Santa Barbara. Sa longue chevelure noire striée de mèches argentées accentuait son aspect macabre et dangereux.

— Je suis l'inspecteur Alex Cross, dis-je en lui serrant la main et en constatant avec un certain étonnement que ses ongles vernis ne l'empêchaient pas d'avoir la poignée franche.

— Westin, descendant de Vlad Tepes. Je vous souhaite la bienvenue. La nuit tombe, l'air se fait frais, il vous faut manger et vous reposer.

Ce discours tout fait, débité sur un ton théâtral à souhait, me fit sourire.

— J'ai l'impression d'entendre Dracula dans un vieux film, dis-je.

Westin acquiesça et sourit. Je pus alors constater que sa dentition était parfaitement normale. Il n'avait pas de crocs.

— On retrouve la phrase dans plusieurs films, en fait. C'est l'invitation officielle de la Société Transylvanienne de Dracula, à Bucarest.

Une question me vint immédiatement à l'esprit :

— Est-elle implantée aux USA ?

— Aux USA et au Canada. Elle est également présente en Afrique du Sud, et à Tokyo. Il y a plusieurs centaines de milliers d'hommes et de femmes qui se passionnent pour les vampires. Cela vous surprend, inspecteur ? Vous pensiez que notre culte était bien plus modeste ?

— Il y a une semaine, cela m'aurait peut-être surpris, répondis-je, mais aujourd'hui, plus grand-chose ne me surprend. Je vous remercie de bien vouloir m'accorder un peu de votre temps.

Nous prîmes place de part et d'autre d'une immense table de lecture en chêne. Westin avait préparé une bonne douzaine d'ouvrages consacrés aux vampires, pour que je puisse les compulser.

— Je vous recommande tout particulièrement *Soif de sang : entretiens avec de vrais vampires* de Carol Page, me dit-il en poussant le livre vers moi. C'est du sérieux.

Elle a tout compris. Elle a rencontré des vampires et elle rapporte leurs activités avec justesse et précision. Lorsqu'elle a entamé son enquête, elle faisait partie des sceptiques. Comme vous, j'imagine.

— Vous avez raison, je suis extrêmement sceptique, admis-je.

Je commençai par lui parler du dernier meurtre commis à Los Angeles, puis il m'invita à lui poser toutes les questions que je souhaitais sur l'univers des vampires. Il répondit patiemment à chacune d'entre elles, et j'eus vite fait d'apprendre qu'il existait une sous-culture du vampire dans presque toutes les métropoles, ainsi que dans des villes moins importantes telles que Santa Cruz, en Californie, Austin, au Texas, Savannah, en Géorgie, Batavia, dans l'Etat de New York, ou encore Des Moines, dans l'Iowa.

— Le vrai vampire, m'expliqua-t-il, est une personne née avec un don extraordinaire. Il ou elle a la capacité d'absorber, de canaliser, de transformer et de manipuler l'énergie pranique – qui est la force vitale. Les vampires sérieux sont généralement très spirituels.

— Quel est le rapport avec le fait de boire du sang humain ? voulus-je savoir, en m'empressant d'ajouter : Si rapport il y a.

Westin me répondit calmement :

— On dit que le sang est la plus importante source d'énergie pranique connue. Si je bois votre sang, je m'empare de votre force.

— Mon sang ?

— Oui, je pense que vous feriez parfaitement l'affaire.

L'affaire du funérarium, au nord de Los Angeles, me revint à l'esprit.

— Et le sang d'un cadavre ? D'un individu mort depuis un ou deux jours ?

— Si un vampire, ou celui qui veut se faire passer pour tel, est vraiment aux abois, j'imagine qu'un cadavre pourrait lui suffire. Je vais vous parler des vrais vampires, inspecteur. La plupart d'entre eux sont en demande, ils veulent qu'on s'intéresse à eux, sont manipulateurs. Ils sont souvent assez séduisants, principalement à cause de leur absence de morale, de leurs désirs interdits, de leur esprit de rébellion, de leur pouvoir, de l'érotisme qu'ils dégagent, de la conscience qu'ils ont de leur propre immortalité.

— Vous insistez sur le terme « vrai vampire ». Quelle distinction essayez-vous de faire ?

— La plupart des jeunes gens qui gravitent dans la culture vampire ne font que s'inventer des personnages. Ils font des expériences, ils cherchent à s'insérer dans un groupe susceptible de satisfaire leurs besoins du moment. Il existe même un jeu de société très populaire, *Vampire : le bal masqué*. Les moins de vingt ans sont particulièrement attirés par le mode de vie des vampires. Les vampires ont une tout autre manière de regarder le monde. Et qui plus est, les vampires font la fête tard dans la nuit. Jusqu'aux premières lueurs de l'aube.

Un sourire s'ourla sur les lèvres de Westin.

Je me demandais ce qui pouvait le pousser à se montrer si loquace, et s'il prenait réellement cet univers au sérieux. Après tout, la clientèle de sa boutique se composait essentiellement de jeunes en quête de vêtements et d'accessoires originaux. Peter Westin jouait-il lui-même au vampire, ou en était-il réellement un ?

— La mythologie du vampire remonte à des milliers d'années, poursuivit-il. Elle est présente en Chine, en Afrique, en Amérique latine. Et en Europe centrale, bien entendu. Pour beaucoup de gens, ici, aux Etats-Unis, il s'agit d'une forme de fétichisme esthétique, à la fois sexuel, théâtral, et très romantique. Le vampirisme dépasse en outre la notion de sexe masculin ou féminin, ce qui le rend très actuel.

Je me dis qu'il était temps de mettre un terme à ce petit numéro.

— Que pensez-vous des meurtres, de tous les crimes horribles commis ici, en Californie et dans le Nevada ?

Un masque de douleur assombrit son visage.

— J'ai entendu parler de Jeffrey Dahmer, qu'on appelait le vampire-cannibale. Et de Nicolas Claux, dont le nom ne vous dit peut-être rien. Claux était un thanatologue parisien qui a avoué un certain nombre de meurtres vers le milieu des années 90. Après son arrestation, il a pris beaucoup de plaisir à décrire de quelle manière il mangeait la chair des cadavres qu'il ramenait dans son laboratoire. On l'appelait, dans toute l'Europe, le Vampire de Paris.

— Avez-vous entendu parler de Rod Ferrell, en Floride ? lui demandai-je.

— Bien évidemment. Certains en ont fait leur héros des ténèbres. Il cartonne sur le web. Entouré de ses disciples, il a matraqué à mort les parents de l'un d'eux avant de graver des symboles occultes sur la peau des cadavres. Je sais tout de Rod Ferrell. On raconte qu'il avait l'obsession d'ouvrir les portes de l'enfer. Il était persuadé de devoir tuer beaucoup de gens et de consommer leur âme pour acquérir la puissance qui lui permettrait d'accéder à l'enfer. Qui sait ? Il y est peut-être parvenu…

Peter Westin me dévisagea longuement.

— Je vais vous dire quelque chose, inspecteur Cross. C'est l'absolue vérité. Je crois qu'il est important que vous le compreniez. Les vampires ne sont pas plus enclins à se transformer en psychopathes ou en meurtriers que tout un chacun.

Cette affirmation me laissait perplexe.

— Je demande à vérifier l'exactitude de vos statistiques. En attendant, un ou plusieurs vampires, qu'ils soient authentiques ou déguisés, ont assassiné au moins une douzaine de personnes.

Westin afficha un petit air triste.

— Oui, inspecteur, je sais. C'est pour cela que j'ai consenti à vous parler.

J'avais une dernière question à lui poser :

— Etes-vous un vampire ?

— Oui, me dit-il après un silence.

Sa réponse me transperça. Cet homme était parfaitement sérieux.

7

Ce soir-là, à Santa Barbara, j'eus à peine un tout petit peu plus peur du noir que d'habitude. Dans ma chambre, je lus un roman émouvant de Ha Jin intitulé *Waiting* – l'attente. Moi aussi, j'attendais. Ce soir-là, je téléphonai chez moi à deux reprises. Etait-ce parce que je me sentais seul, ou parce que je m'en voulais de ne pas assister au concert de Damon ?

Ou peut-être était-ce parce que Peter Westin avait réussi à m'effrayer avec ses histoires, ses bouquins, ses yeux sombres au regard halluciné. En tout cas, après l'avoir rencontré, je prenais désormais les vampires plus au sérieux. C'était vraiment un homme étrange, inquiétant, marquant. Quelque chose me disait que j'étais appelé à le revoir, ou au moins lui parler de nouveau.

Mes angoisses ne disparurent pas cette nuit-là, pas même quand les premières lueurs du jour firent surgir de l'obscurité, dans toute leur splendeur, les monts Santa Ynez. Quelque chose d'horrible était en train de se passer. Nous avions affaire à des individus pervers, voire à une secte occulte. Sans doute existait-il un rapport avec cette sous-culture du vampire, mais s'il s'avérait que ce n'était pas le cas, l'enquête n'aurait pas progressé d'un pouce.

A 7 h 30, j'étais au volant de ma voiture de location.

Il y avait un brouillard à couper au couteau, et ça roulait mal. Je chantonnais du Muddy Waters. Le blues convenait parfaitement à mon humeur du moment.

Je pris la direction de Fresno. Je devais rencontrer un autre « expert ».

J'avais deux bonnes heures de route. A Santa Maria, j'empruntai la 166, direction est, à travers la Sierra Madre, jusqu'à la 99. Et là, cap au nord. C'était la première fois que je voyais la Californie, et je n'étais pas déçu. Le paysage était très différent de celui de la côte Est, et les couleurs aussi.

Je roulais tranquillement en écoutant un CD de Jill Scott. Je pensais à mes deux dernières années. Je savais que certains de mes amis commençaient à se faire du souci pour moi, y compris John Sampson, mon meilleur pote, qui est tout sauf un angoissé. Sampson m'avait plusieurs fois fait remarquer que je jouais avec le feu, et il était allé jusqu'à suggérer que l'heure était peut-être venue, pour moi, de changer de métier. Je savais que le FBI m'accueillerait à bras ouverts, mais comme changement, il y avait mieux. Je pouvais également reprendre la psychiatrie à temps plein – donner soit des consultations, soit des cours – et pourquoi pas à Johns Hopkins, où j'avais passé mon doctorat et où je disposais encore de bons contacts.

Et puis, il y avait le refrain préféré de Nana Mama : il fallait que je trouve quelqu'un et que je me calme un peu, il fallait que j'aie quelqu'un à aimer.

J'avais essayé, pourtant. Ma femme, Maria, était morte, abattue en pleine rue, à Washington, par des tireurs inconnus, depuis une voiture. On ne les avait jamais retrouvés. Damon et Jannie étaient alors tout petits, et sans doute ne m'en étais-je jamais réellement remis. Peut-être la blessure ne se refermerait-elle jamais. Il m'arrivait encore aujourd'hui de souffrir le martyr en pensant à Maria et à sa mort absurde. Quel gâchis... J'avais laissé Damon et Jannie sans mère.

Je m'étais donné beaucoup de mal pour trouver quelqu'un, mais peut-être la chance ne me sourirait-elle pas deux fois dans la même vie. Il y avait Jezzie Flanagan, la pire des erreurs. Puis Christine Johnson, la mère d'Alex junior. Elle était enseignante dans le primaire et elle vivait désormais ici, sur la côte Ouest. Elle s'en sortait bien, elle adorait Seattle et elle avait « trouvé quelqu'un ». Je me posais encore beaucoup de questions. Elle avait souffert à cause de moi. C'était de ma faute, pas la sienne. Elle m'avait fait clairement comprendre qu'elle ne pouvait pas vivre avec un flic de la Criminelle. Plus récemment, j'avais commencé à sortir avec un agent du FBI, Betsey Cavalierre. Et Betsey était morte. On ignorait toujours l'identité du meurtrier. Maintenant, j'en arrivais à appréhender la simple perspective de prendre un verre avec Jamilla Hughes. Le passé me hantait de plus en plus.

— Tu parles d'un inspecteur… bougonnai-je en apercevant la pancarte de Fresno.

J'étais venu voir quelqu'un pour une histoire de dents.

Enfin, disons plutôt de crocs.

8

« Tatouages, crocs, griffes », pouvait-on lire sur la vitrine. La boutique était située à la périphérie d'un quartier du centre de Fresno regroupant un certain nombre de petits commerces. Dans la devanture passablement délabrée trônait un vieux fauteuil de dentiste. Et sur ce fauteuil, une jeune fille qui ne devait pas avoir plus de quatorze ou quinze ans, la tête penchée en avant, offrait sa nuque maigrelette et constellée de taches de rousseur à l'aiguille d'un tatoueur, en grimaçant à chaque piqûre.

Perché sur un tabouret haut, un bandana bleu et jaune vif fermement noué autour du crâne, le jeune homme qui la torturait choisit un flacon d'encre.

Je passai plusieurs minutes à observer ses gestes depuis le trottoir, en songeant au rôle que jouait la douleur dans le processus du tatouage, tout comme dans les meurtres sur lesquels j'enquêtais.

Je connaissais les rudiments de l'art du tatouage. L'artiste braqua une lampe flexible sur la base de la nuque de la jeune fille. Il utilisait deux appareils de tatouage commandés par une pédale, l'un pour les contours, l'autre pour les surfaces et les couleurs. Sur le plateau, entre les deux machines, il y avait quatorze aiguilles différentes. Plus on utilisait d'aiguilles, plus le dessin ressortait.

Un passant, un homme d'une cinquantaine d'années, coupe en brosse, s'arrêta pour bougonner: « Faut être taré pour faire des choses pareilles, et vous aussi, pour regarder ça. »

De nos jours, tout le monde a un avis sur tout. Je finis par entrer dans la boutique et je pus admirer le chef-d'œuvre du maître tatoueur, un petit symbole celte, vert et or. Je lui demandai où je pouvais me procurer des crocs et des griffes. D'un mouvement de la tête, ou plus exactement du menton, il désigna un couloir à sa gauche. Sans daigner prononcer un mot.

Sur les présentoirs, il y avait des clous destinés à la langue et au nombril – certains étaient fluorescents –, des chevalières énormes, des lunettes de soleil, des pipes, des bidules avec des boules. Je vis une affichette vantant deux griffes très populaires – Ogre et Faust.

« Tu chauffes », me dis-je en entrant dans le couloir. Et en me retrouvant face à face avec le grand spécialiste des crocs.

Il m'attendait. Dès que j'eus mis les pieds à l'intérieur de sa petite échoppe, il se lâcha:

— Ah, vous voici enfin arrivé, pèlerin. Vous savez, quand on va dans les boîtes à vampires les plus intéressantes et les plus dangereuses, celles qu'on trouve à LA, à New York ou à La Nouvelle-Orléans, on voit des crocs partout. C'est hyper-tendance. Et il y en a pour tous les goûts. Gothique, edwardien, victorien, SM. J'ai été l'un des premiers à faire des crocs sur mesure ici. J'ai démarré à Laguna Beach, je suis remonté et maintenant, je prospère à Fresno.

A la faveur de son laïus, je vis qu'il s'était fait allonger les incisives. De quoi infliger de sévères blessures.

Il s'appelait John Barreiro. Il était tout petit, maigre à faire peur et presque entièrement vêtu de noir, à l'instar de Peter Westin. Je ne me souvenais pas avoir jamais croisé un personnage aussi sinistre.

— Vous savez pour quelle raison je suis ici, lui dis-je. Les meurtres du Golden Gate Park.

Il opina, avec un sourire carnassier.

— Oui, je suis au courant, pèlerin. C'est Peter Westin qui vous a envoyé. Peter est très persuasif, n'est-ce pas ? Suivez-moi.

Barreiro m'entraîna à l'arrière de sa boutique, dans une petite remise encombrée d'objets, aux murs bleu nuit, noyée sous une lumière pourpre.

C'était un vrai paquet de nerfs, toujours en mouvement.

— Il y a une boîte spécialisée géniale, à Los Angeles. A les entendre, c'est le seul club où on peut rencontrer des vampires et être encore en vie le lendemain. Le week-end, on y trouve jusqu'à quatre cents ou cinq cents personnes. Dans le tas, il y a peut-être une cinquantaine de vrais vampires. Presque tout le monde porte des crocs, même les vampires du dimanche.

— Et vos dents, elles sont d'origine ? voulus-je savoir.

— Attendez que je vous morde un petit coup, et vous verrez bien. – Il se mit à rire. – La réponse à votre question est oui. Je me suis fait poser des couronnes et ensuite, on me les a aiguisées. Je mords. Je bois du sang. Je suis un type dangereux, un vrai, inspecteur.

J'acquiesçai, tout disposé à le croire. Son personnage me paraissait extrêmement convaincant.

— Laissez-moi prendre une empreinte de vos canines, et je vous fais une paire de crocs. Et là, l'expression « la police est sur les dents » prendra enfin tout son sens.

Je consentis à sourire, et le laissai poursuivre :

— Je produis plusieurs centaines de jeux de crocs par an. Pour le haut ou pour le bas. Des doubles crocs, parfois. De temps à autre, j'en fais en or ou en argent. Je trouve que vous auriez un look d'enfer avec des canines en argent.

— Avez-vous lu des articles sur les autres meurtres commis en Californie ?

— J'en ai entendu parler, oui. Bien entendu. Des amis ou des connaissances comme Peter Westin. Certains vampires sont très excités par ce qui s'est passé. Ils y voient l'annonce de temps nouveaux : un autre Maître va peut-être leur être donné.

Je l'interrompis. Un frisson venait de me parcourir le dos.

— Les vampires ont-ils un chef ?

Les yeux de Barreiro se réduisirent à des meurtrières.

— Non. Bien sûr que non. S'il y en avait un, d'ailleurs, je ne vous le dirais pas.

— C'est donc qu'il y a un Maître, conclus-je.

Il me lança un regard noir et recommença à s'agiter dans tous les sens.

J'avais une dernière question à lui poser.

— Pouvez-vous faire des dents de tigre ? Pour un homme ?

— Je peux, me répondit-il. Je l'ai déjà fait.

Et brusquement, avec une agilité surprenante, il se jeta sur moi. D'une main il empoigna mes cheveux, de l'autre mon oreille. Bien qu'étant plus grand et beaucoup plus lourd que lui, j'étais sans défense. Il était petit, mais vif et très fort. Sa bouche béante s'approcha de ma gorge. Il se figea.

— Ne nous sous-estimez jamais, inspecteur Cross, siffla-t-il avant de me relâcher. Bon, maintenant, ces crocs, vous êtes sûr que vous ne les voulez pas ? Je vous les offre. Pour votre sécurité personnelle.

9

La fourgonnette blanche couverte de poussière fonçait dans le désert de Mojave à près de cent quatre-vingts à l'heure. William était au volant. Ils écoutaient le disque de Marshall Mathers à plein volume. Prochain arrêt, Las Vegas.

L'idée était des plus ingénieuses. Une fourgonnette de collecte de sang, avec tous les autocollants officiels de la Croix-Rouge. Michael et lui étaient habilités à accepter le sang de tout donneur volontaire.

— Encore quelques kilomètres, et on y est, lança William à son frère, qui s'amusait à laisser pendre sa jambe nue par la vitre ouverte.

— Il y a quoi, là-bas ? miaula Michael, en adolescent gâté-pourri qu'il était resté. Des proies, j'espère. Je m'emmerde à mourir. Il faut que je me repaisse. J'ai soif. Je ne vois rien, là-bas. Ne me fais pas le coup du mirage. Je ne vois strictement rien.

— Tu verras bientôt, lui dit William, énigmatique. Je te promets que tu vas vraiment t'éclater.

Quelques minutes plus tard, ils faisaient halte dans un centre de parachutisme ouvert au public. Michael se redressa en poussant un cri d'enthousiasme et en frappant la planche de bord du plat de la main. Un vrai gamin.

— Je sens que j'ai besoin de vitesse ! hurla-t-il en imitant la voix de Tom Cruise à ses débuts.

Les deux frères pratiquaient le parachutisme depuis leur sortie de prison. C'était l'une des meilleures drogues légales, et cela leur permettait de penser à autre chose qu'à la chasse. Ils sautèrent du véhicule et pénétrèrent dans un bâtiment de béton au toit plat qui avait connu des décennies meilleures.

William remit vingt dollars directement au pilote pour un vol sur un Twin Otter. Il y avait deux appareils identiques stationnés à proximité de la minuscule piste, mais un seul pilote, et le centre était totalement désert.

Le pilote était une jeune femme aux cheveux châtains, d'une vingtaine d'années, à peine plus âgée que William. Elle avait un joli corps, bien ferme, mais un petit visage de fouine agressive, aux joues grêlées. En revanche, visiblement, le physique des deux frères lui plaisait bien. Rien que de très normal, finalement...

Elle avait un fort accent du Sud-Ouest.

— Pas de planches, vous ne faites donc pas de skysurf. Ce qui vous branche, c'est quoi ? Au fait, je m'appelle Callie.

— Nous, presque tout nous branche ! s'exclama Michael, hilare. Et je dis ça sérieusement. On est partant pour tout ce qui est intéressant.

— Je vous crois, fit Callie en le regardant quelques secondes dans les yeux. Alors, on y va.

Ils grimpèrent dans l'un des Otter.

Moins d'une minute et demie plus tard, le petit appareil cahotait sur la piste rocailleuse. Les deux frères sanglèrent leur parachute en riant et en criant à tue-tête.

— Vous m'avez l'air drôlement remontés, en tout cas, hurla Callie pour couvrir le bruit des moteurs. Vous faites de la chute libre, c'est ça ? Vous avez tous les deux votre brevet.

William trouvait sa voix rauque franchement énervante. Il aurait bien voulu lui ouvrir la gorge, mais ce n'était pas vraiment le moment.

— Entre autres, oui, lui répondit-il. Montez à seize mille pieds.

— Ouah ! Treize mille, c'est bien assez. Vous savez qu'à treize mille pieds, la température est de quatre degrés. A seize mille, c'est l'hypoxie garantie. Vous avez la peau trop fine, les enfants, pour vous lâcher d'aussi haut.

— On vous dira quand ce sera trop pour nous, rétorqua Michael. On l'a déjà fait.

Un peu vexé, il montrait les dents, mais peut-être ne voyait-elle là qu'un petit sourire enjôleur. Ce ne serait pas la première fois...

William lui tendit un autre billet de vingt dollars.

— Seize mille, insista-t-il. Faites-nous confiance. On a l'habitude.

— Moi, je veux bien. C'est vous qui aurez les doigts et les oreilles gelés. Je vous aurai prévenus.

— Ne vous en faites pas pour nous, on a le sang chaud, fit William. Vous pilotez depuis longtemps ?

Callie ricana.

— Vous verrez bien. Si c'est juste pour m'impressionner, je pense que vous perdez votre temps. Je ne suis plus une gamine, vous savez.

William surveilla les cadrans pour s'assurer qu'elle grimpait à l'altitude requise. Une fois à seize mille pieds, l'Otter se stabilisa en douceur. Les vents étaient faibles, et la visibilité extraordinaire. L'avion volait quasiment tout seul.

— Ce n'est pas vraiment une bonne idée, réitéra la jeune femme. Il fait sacrément froid, dehors.

— Si, c'est une excellente idée ! s'écria William. Et ça aussi, d'ailleurs !

Il se jeta sur elle et mordit profondément sa gorge bien exposée. Tout en maintenant sa nuque dans l'étau de ses puissantes mâchoires, il commença à boire, à se repaître, à seize mille pieds d'altitude.

C'était le sommet du sadisme sexuel. Callie hurlait, donnait des coups de pied dans le vide, se débattait comme elle le pouvait, mais sans parvenir à se libérer de son étreinte. Un sang rouge vif se mit à gicler dans tout le cockpit. William était tellement fort. En tentant désespérément de s'extraire de son siège, elle ne fit que se déboîter la hanche.

Ses genoux heurtèrent plusieurs fois le tableau de bord, ses yeux noisette, devenus vitreux, se figèrent. Elle cessa de lutter. Les deux frères s'abreuvèrent de son sang. Ils étaient rapides et efficaces, mais ils ne parvinrent pas à vider la proie de son sang à l'intérieur du cockpit.

Quand William ouvrit la portière de l'appareil, l'air glacé lui fit l'effet d'une gifle.

— C'est parti !

Ils se jetèrent hors de l'avion, en chute libre.

Le terme n'était pas très approprié. Ils n'avaient pas, en effet, la sensation de tomber, mais plutôt de piloter leur corps.

A l'horizontale, ils filaient vers le sol à une vitesse d'environ cent kilomètres à l'heure. A la verticale, c'était quasiment le double.

Ils vivaient des instants indescriptibles, et leurs corps vibraient comme des diapasons, fouettés par le sang tout frais de Callie circulant dans leurs veines.

A de telles vitesses, le moindre mouvement d'une jambe vers la gauche faisait automatiquement pivoter le corps sur la droite.

Ils se placèrent en position verticale et demeurèrent ainsi. Presque jusqu'en bas.

Ils n'avaient toujours pas déclenché l'ouverture des parachutes. C'était la plus exquise des sensations : le risque d'une mort subite.

Le vent les poussait et les soulevait avec une force incroyable.

Ils n'entendaient que cela : le vent.

Extase.

Ils n'avaient toujours pas ouvert leurs parachutes. Combien de temps pouvaient-ils encore tenir ?

William se fit la réflexion que le moment était presque parfait. Il ne manquait que la douleur. La douleur donnait à toutes les expériences humaines un relief supplémentaire. Elle était le secret du plaisir, ce que peu comprenaient. Michael et lui, en revanche, le savaient bien.

Lorsque, enfin, ils tirèrent sur leurs cordons, ils n'auraient pu attendre une seconde de plus. Les parachutes se déployèrent. La secousse fut violente. Le sol montait vers eux à une vitesse vertigineuse.

Ils touchèrent le sol et roulèrent à terre juste à temps pour voir le Twin Otter s'écraser, puis s'embraser, à moins de deux kilomètres d'eux, en plein désert.

— Plus de preuves, fit crânement William, l'œil brillant de plaisir et d'excitation. On s'est vraiment éclaté.

10

La marée pourpre. C'était ainsi que William avait baptisé leur sanglante équipée. Michael et lui désormais lancés, rien ne pourrait entraver leur mission. Rien. Ni la pluie, ni la grêle, ni le FBI.

La fourgonnette de la Croix-Rouge descendait lentement Fremont Street, l'ancienne artère principale de Las Vegas. Au milieu de tous ces néons, ils avaient l'impression d'être invisibles. Et comme tant de jeunes hommes, ils se sentaient également invulnérables. Jamais on ne les capturerait, jamais on ne pourrait les empêcher de continuer.

Le spectacle de la rue était un vrai régal. Ces ridicules fontaines devant chaque casino, ou presque, cette chapelle pour mariages express qui passait *Love me tender* en boucle, ces bus à touristes voyants à souhait, comme celui qui les précédait, affrété par la Confédération des plombiers-zingueurs.

— C'est une vraie ville de vampires, proclama William. Je perçois son énergie. Même ces vermisseaux pathétiques, dans la rue, doivent se sentir vivants lorsqu'ils sont ici. C'est absolument génial. Tous ces décors, ces paillettes, cette mise en scène. Moi, je trouve ça extraordinaire. Pas toi ?

Michael applaudit.

— Je suis aux anges. Ici, au moins, il y a du choix.

— C'est le but du jeu, lui répondit William. Nous allons pouvoir nous montrer très difficiles.

Vers minuit, ils se rendirent sur le nouveau Strip, sur Las Vegas Boulevard. Ils s'arrêtèrent au Mirage. L'immense panneau qui surplombait la rue noire de monde annonçait, en lettres de néon, le Magic Show de Daniel et Charles.

— Est-ce vraiment une bonne idée? s'interrogea Michael tandis qu'ils se dirigeaient vers la billeterie à l'intérieur de l'hôtel.

Ignorant ses doutes, William retira les billets qu'ils avaient réservés. Tous deux étaient vêtus de noir: tenues de cuir, et bottes de chantier. A Las Vegas, on pouvait bien s'habiller n'importe comment, tout le monde s'en fichait. Ils prirent place à leur table, près de la scène, quelques instants avant le début du spectacle.

Le décor de la salle était aussi grandiose qu'extravagant. Derrière l'immense scène recouverte d'une mousse à l'aspect de velours noir, des rétroprojecteurs tapissaient d'images une structure métallique d'une dizaine de mètres de hauteur. Une demi-douzaine de techniciens étaient chargés de manœuvrer les spots, les éclairages savamment étudiés accentuant l'impression d'espace.

William se servit de la bougie qui se trouvait sur la table pour allumer son cigare.

— Le spectacle va commencer, mon cher frère. Souviens-toi de ce que tu as dit – nous allons pouvoir nous montrer difficiles. Ne l'oublie pas.

L'entrée en scène des illusionnistes fut des plus spectaculaires. Daniel et Charles descendirent des cintres en vol plané, d'une hauteur de quinze ou vingt mètres, pour disparaître aussitôt, devant un public médusé.

Un tonnerre d'applaudissements secoua la salle. William et Michael manifestèrent, eux aussi, leur enthousiasme. La vitesse de fonctionnement des mécanismes hydrauliques les impressionnait beaucoup.

Daniel et Charles ne tardèrent pas à réapparaître à la tête d'une troupe composée de deux petits éléphants, d'un étalon blanc et d'un magnifique tigre du Bengale.

— Ça, c'est moi, murmura William à l'oreille de Michael. C'est moi, ce beau félin. Je suis juste à la droite de Daniel. Il a intérêt à être prudent.

Dans toute la salle résonna, en son *surround*, le *Stairway to Heaven* de Led Zeppelin. La mise en scène, décidément, ne faisait pas dans la dentelle. Tandis qu'un puissant système de ventilation évacuait les odeurs des déjections animales, un vaporisateur diffusa un parfum d'ambiance aux senteurs vanille-amande presque supportables.

Pendant ce temps, sur scène, les deux illusionnistes se chamaillaient.

William se pencha vers un jeune et beau couple que l'on venait de placer à la même table, à sa gauche. Un mâle et une femelle d'environ vingt-cinq ans. Il les reconnut immédiatement : tous deux jouaient dans une sitcom à succès. Il lui était difficile de dire qui, des deux, était le plus beau. Ils étaient l'un comme l'autre si fins, si sûrs d'eux. Il savait qu'ils s'appelaient Andrew Cotton et Dara Grey. Eh, oui, à ses moments perdus, il lisait *Entertainment Weekly* et la presse people, comme tout le monde.

— Fantastique, non ? leur lança-t-il. J'adore les numéros de magie. C'est tellement bizarre, tellement drôle. C'est à mourir de rire !

Dara Grey, la femelle, jeta un coup d'œil dans sa direction. Elle s'apprêtait à le remettre à sa place quand leurs regards se croisèrent. Et, instantanément, elle tomba sous son emprise. William prit alors le temps de la regarder : robe moulante bleu électrique, ceinture de créateur, chaussures incrustées de pierres, sac à main brodé Fendi. Joli, très joli. Il avait envie de la dévorer.

Voilà qui promettait d'être un vrai régal.

Il ne lui restait plus qu'à séduire le petit ami. Andrew, cher et adorable Andrew.

Ensuite… ils feraient la fête jusqu'à l'aube.

11

Le regard de William glissa vers les deux artistes qui faisaient mine de s'étriper sous les feux des projecteurs. Un sourire se dessina sur son visage. Les illusionnistes jouaient, eux aussi, un rôle dans ses projets. Un rôle des plus importants.

Daniel et Charles avaient tout juste la quarantaine. Ils étaient plutôt beaux gosses, malgré un physique un peu vulgaire, et très sûrs d'eux. Pour Las Vegas, qui n'était pas, à proprement parler, la capitale du raffinement, c'était parfait.

Daniel s'adressait au public comme un avocat haranguant les jurés en plein procès, et brandissait une longue et rutilante épée pour souligner ses propos.

— Nous sommes des artistes de scène, et notre spectacle est peut-être le meilleur qui soit, à l'heure actuelle, dans le monde. Nous nous sommes produits au Madison Square Garden de New York, au Magic Castle et au Palladium de Londres, au Crazy Horse Saloon à Paris. Nous avons rempli des salles à Francfort, à Sydney, à Melbourne, à Moscou et à Tokyo, bien entendu.

Charles, feignant de ne plus supporter le discours satisfait de son partenaire, alla s'asseoir au bord de la scène et se mit à bâiller à s'en décrocher la mâchoire.

— Ils se fichent pas mal de tes états de service,

Daniel, lâcha-t-il. La plupart de ces péquenauds seraient incapables de faire la différence entre Houdini et Sigfried et Roy. Montre-leur un tour facile, ils sont venus pour ça. Les tours, c'est pour les gosses, et ce sont tous de grands gosses ! Montre-leur un tour ! Quelque chose de facile, de bien carré !

Daniel pointa son épée sur son partenaire et l'agita d'un air menaçant.

— Je te préviens, crétin.

William se tourna vers le couple assis à côté de lui et murmura :

— Là, ça devient intéressant. Je vous assure.

Il croisa le regard du mâle, mais celui-ci s'empressa de détourner les yeux. Trop tard. Il l'avait ferré à son tour. Visiblement, il lui plaisait. Quoi de plus naturel ? Dieu, ce qu'il était assoiffé. Il aurait tant voulu pouvoir se satisfaire ici, tout de suite…

Daniel s'était mis à hurler.

— J'en ai assez, de tes grands airs, de tes réflexions prétentieuses ! J'en ai marre de toi ! J'en ai marre !

— Dommage, fit William en singeant la réplique suivante, parce que je n'en étais qu'au début ! Vous n'avez pas fini de souffrir, toi et les péquenauds !

Son imitation parfaitement synchronisée fit rire les deux comédiens. Ils étaient désormais sous son charme. Le mâle n'arrivait quasiment plus à détacher son regard de William. Pauvre, pauvre Andrew.

Sur la scène, brusquement, Daniel se rua sur Charles et lui plongea son épée en pleine poitrine. Charles poussa un cri perçant extrêmement convaincant. Le sang jaillit. Il y en avait partout. Les spectateurs, terrorisés, retenaient leur souffle. La salle était soudain devenue silencieuse.

William et Michael, eux, gloussaient. Leurs voisins aussi. Dans le public, on entendait des chuts !

Daniel entreprit de traîner le corps de Charles à travers la scène, en insistant bien pour qu'on comprenne que sa victime était très lourde. Théâtral à souhait. Il s'arrêta devant un billot de boucher, posa le corps sur le bois.

Il se saisit d'une hache, la leva bien haut et trancha la tête de Charles.

Hurlements dans la salle. Certaines personnes se cachèrent le visage. « Ce n'est pas drôle ! » cria quelqu'un.

William riait à gorge déployée, en applaudissant et en tapant du pied tandis que, tout autour de lui, les spectateurs réclamaient le calme. Le public était horrifié, mais il en voulait plus. Le couple, à côté, riait aussi fort que William. La femme lui tapota le bras, avec un grand sourire.

Ensuite, le geste emphatique, Daniel déposa la tête de Charles dans un panier en osier. Puis il fit une révérence à la salle. Le public finit par comprendre.

William fronça les sourcils, baissa la tête.

— On a vu le meilleur. A partir de là, ça se gâte.

Daniel remporta le panier à l'autre bout de la scène, en marchant très lentement. Avec les plus grandes précautions, il fit rouler la tête de Charles sur un plateau d'argent.

— Et comme par hasard, il avait un plateau d'argent sous la main ! chuchota William à l'adresse du couple.

Daniel se tourna vers la salle.

— Quelqu'un, parmi vous, a-t-il deviné ? Non ?... Vraiment pas ?... Il est mort.

— Menteur ! hurla William depuis son fauteuil. C'est faux ! C'est ton numéro qui est mort, mais Charles est toujours en vie ! Malheureusement.

Soudain, sur le plateau, la tête bougea. Les yeux de Charles s'ouvrirent. Le public s'enflamma. L'illusion était stupéfiante, et certainement inédite.

— Mon Dieu, glapit Charles, regarde ce que tu as fait, Daniel. Tous ces témoins ont assisté à ton crime. Tu n'échapperas pas à la justice, assassin.

Daniel haussa les épaules.

— Oh, bien sûr que si. Les gens, ici, se fichent pas mal de toi, et de tout le monde, d'ailleurs. Ils ne t'aiment pas. Ils ne s'aiment même pas eux-mêmes. Tu as mérité ce qui t'est arrivé, Charles.

— Une décapitation publique ? reprit la tête sur le plateau. Fais quelque chose pour moi, Daniel.

— Quel est le mot magique, Charles ?

— Je t'en supplie, répondit-il. Daniel, je t'en supplie, viens à mon secours.

Daniel plaça délicatement le panier sur la tête de Charles, retraversa la scène avec le plateau et là, très théâtralement, il fixa de nouveau la tête sur le corps. Charles se releva et saisit la main de son partenaire.

Côte à côte, les deux illusionnistes saluèrent d'une révérence, puis hurlèrent littéralement :

— Mesdames et messieurs, Daniel et Charles, les meilleurs magiciens du monde !

Un tonnerre d'acclamations résonna longuement dans la salle. Les gens, debout, lançaient des « bravo ! ». Les deux artistes s'inclinèrent encore plusieurs fois face à leur public.

— Hou ! Ils sont bidon ! hurlèrent William et Michael, en restant assis.

Ils virent deux types de la sécurité se diriger vers eux.

William se pencha vers Andrew Cotton et Dara Grey.

— Vous aimez la magie, l'aventure ? Je m'appelle William Alexander et voici mon frère Michael. Allons quelque part. Fichons le camp d'ici. Si on s'amusait un peu, pour de bon ?

Le couple se leva. Les employés de la sécurité arrivèrent.

— On veut être remboursés, leur lança William. Daniel et Charles sont bidon.

12

— On va chez vous ou chez nous ? demanda William.

Il avait adopté un ton des plus légers, car il ne tenait pas à perdre Dara et Andrew maintenant. Il avait des projets pour eux.

— Où êtes-vous descendus ? voulut savoir Dara.

Elle était incroyablement sûre d'elle. Elle s'imaginait déesse. Diva. Encore une…

— Michael et moi sommes au Circus Circus, répondit William.

— Nous avons une suite au Bellagio, dit Andrew. Allons là-bas. C'est génial, c'est ce qu'il y a de mieux à Vegas. Nous avons aussi quelques produits illicites intéressants. La MDMA, ça vous tente ?

— Et des tas de gadgets rigolos, précisa Dara.

Elle caressa doucement, à rebrousse-poil, la crinière blonde de William. Il aurait pu la tuer pour la punir d'un tel affront, mais au lieu de cela, il lui prit la main et l'embrassa. Il y avait tant de vie en elle, tant de sang, bien chaud, bien riche.

La suite du Bellagio, située à un étage élevé, donnait sur un lac artificiel. Des jets d'eau de plusieurs dizaines de mètres de hauteur dansaient au rythme d'un air de *A Chorus Line*. William se fit la réflexion que c'était gâcher décidément beaucoup d'eau en plein désert. Il contempla les lieux. Il ne la détestait pas totalement, cette suite. Il n'y avait pas de tapis en nylon, ni d'acrylique sur les murs, en tout cas. Il remarqua, en différents endroits, des corbeilles de fruits et des fleurs. Dieu qu'il était affamé, mais ce n'était pas du raisin et des pommes qu'il lui fallait…

Sitôt le seuil de la porte franchi, Dara fit glisser sa robe Bob Mackie et se débarrassa de son beau soutien-gorge, dévoilant des petits seins fiers, aux pointes dressées. Tout son corps était bronzé. Elle conserva son string couleur crème. Et ses chaussures à talons, signées Jimmy Choo.

Le couple faisait sourire William. Cette coquetterie, ces avances à demi voilées dont ils étaient visiblement coutumiers. Il s'attendait presque à voir une maquilleuse surgir d'un placard, et essaya d'imaginer Brad Pitt et Jennifer Aniston au lit. Tout blonds, tout mignons. Ils devaient s'ennuyer à mourir…

— A votre tour, lança Dara, taquine. Montrez-nous ce que vous avez. Débarrassez-vous de vos affaires. Il faut qu'on se mette dans l'ambiance.

— Vous ne serez pas déçue, fit William.

Il commença à se dévêtir. Il retira ses bottes hautes en prenant son temps puis, lentement, fit glisser la fermeture Eclair de sa combinaison de cuir moulante.

— Vous ne voulez pas m'aider à enlever cet accoutrement ? demanda-t-il à Dara.

Elle avait les yeux écarquillés. Comme Andrew.

William défit le catogan de Michael, libérant une crinière blonde qui ruissela sur les épaules de son frère. Ensuite il l'embrassa sur la joue, puis sur l'omoplate, avant de commencer à le déshabiller.

— Oh ! la la ! murmura Dara, vous êtes vraiment superbes, tous les deux…

Ils étaient bien membrés, et ils bandaient. Ils étaient là, nus, le sexe palpitant. Ils ignoraient la timidité. La nudité, ils y étaient habitués depuis l'enfance. Tout comme ils avaient l'habitude de coucher avec des inconnu(e)s.

Dara contempla les trois hommes.

— Je suis minoritaire, mais ça ne me fait pas peur.

Elle prit de la coke dans son sac à main.

William lui saisit le poignet en douceur.

— Tu n'as pas besoin de ça. Allonge-toi sur le lit. Aie donc un peu confiance en moi. Et en toi, Dara.

Tel un magicien, il sortit de nulle part quatre foulards de soie, rouge, bleu et argent, et entreprit d'attacher Dana aux montants du lit. Elle se débattit un peu en faisant mine d'avoir peur. Tous trois prirent plaisir à la regarder faire son numéro. Michael attrapa Andrew par l'épaule. Un peu dépassé par la situation, le regard voilé, il planait, lui aussi.

— Mets-toi à l'aise, lui chuchota Michael. On est entre amis.

Il y avait, par terre, un sac en cuir noir. Andrew en retira une paire de menottes.

— Tiens, c'est pour toi. Juste pour rigoler, d'accord ?

Michael tendit obligeamment les deux mains, prêt à se laisser faire.

— Juste pour rire, répéta-t-il en gloussant.

— Ça va être génial, fit Andrew d'une voix devenue sérieusement pâteuse. Je sens déjà que ça monte. Je crois que je vais bientôt partir.

— Non, non, tu as encore le temps, lui dit Michael.

Tout se passa incroyablement vite. Andrew se retrouva les menottes aux poignets, puis Michael se jeta sur lui pour le plaquer au sol. Les deux frères bâillonnèrent l'acteur avec des foulards de soie. Il ne leur fallut que quelques secondes pour lui enlever ses vêtements, et lui lier les chevilles à l'aide d'autres foulards.

— Fais-nous confiance, Andrew, chuchota William. Tu verras, ça va être d'enfer. Tu n'imagines pas à quel point.

Et il regarda Michael lui mordre la gorge. Rien qu'une petite gorgée. Quelques délicieuses gouttes. Un apéritif.

Les beaux yeux bleus d'Andrew Cotton se révulsèrent de peur et de désarroi. C'était un regard à nul autre pareil. Andrew comprit qu'il allait mourir. Bientôt, très bientôt. Dans quelques minutes, peut-être.

Dara ne pouvait pas voir ce qui se passait.

— Hé, les hommes, qu'est-ce que vous êtes en train de faire, là, par terre ? C'est cochon ? Vous êtes en train de vous enculer ? J'ai l'impression que personne ne s'occupe de moi, ici. Je voudrais bien que quelqu'un vienne m'enculer, moi aussi.

William se releva, le sexe majestueux, le ventre invraisemblablement plat, le sourire enchanteur et irrésistible. Et il le savait.

— Le diable est sorti de sa boîte, fit-il.

— Embrasse-moi, démon, susurra-t-elle en battant des paupières. Fais-moi l'amour. Oublie ce vieil Andrew. Et Michael. Tu n'es pas amoureux de ton frère, j'espère ?

— Bien sûr que si, comme tout le monde.

Il s'agenouilla au-dessus d'elle, se baissa tout doucement, referma les bras autour d'elle. Et soudain, Dara se mit à trembler. Elle devinait ce qui allait se passer. Comme tant d'hommes et de femmes dont William s'était repu, elle avait envie de mourir, sans se rendre compte que c'était ce qu'elle recherchait. Il savait qu'elle voyait son reflet dans le bleu profond de ses yeux. Il savait qu'elle ne ne s'était jamais sentie aussi désirable.

Et William la désirait. En cet instant précis, il la désirait plus que toute autre chose au monde. Il la huma – parfums de chair et de savon, senteurs citronnées, et cette odeur de sang, le sang riche qui coulait dans ses veines. Puis, il lui lapa doucement le lobe de l'oreille. Il pensait bien que Dara, elle, avait l'impression d'avoir été touchée à l'intérieur. Comme si sa langue était entrée profondément en elle, même si c'était physiquement impossible.

Soudain, elle vit Michael porter Andrew sur l'immense lit. Il y avait bien assez de place pour eux aussi. Andrew fut attaché à l'aide des foulards de toutes les couleurs et des menottes. Il y avait une vilaine marque rouge sur son cou. Et du sang dégoulinant sur son torse. Il était déjà mort.

Dara commençait à tout comprendre. William ne s'était pas trompé – c'était bien mieux que la cocaïne. Il la touchait partout, il était si chaud, si brûlant, un vrai bonheur. Elle se tortillait sur le lit, déjà prête à atteindre l'orgasme, incapable de contenir le désir qui la consumait.

— Ce n'est que le début, lui chuchota William, à quelques centimètres de la gorge. Ton plaisir ne fait que commencer. Je te le promets, Dara.

Il lécha son parfum aigre-doux. Il l'embrassa encore et encore. Puis il lui mordit la gorge.

De mieux en mieux.

L'extase de la douleur.

Mourir de cette façon.

Personne ne comprenait avant le dernier instant.

13

Ils avaient récidivé. Mon Dieu. Deux nouveaux meurtres inhumains. Un hélicoptère du FBI m'attendait à l'aéroport de Fresno. Il m'emmena à Las Vegas, où une voiture du FBI passa me prendre. Mon chauffeur, un agent du nom de Carl Lenards, m'informa que le directeur d'enquête, Kyle Craig, se trouvait déjà sur la scène du crime, avant de me donner les détails de l'affaire.

Le double meurtre avait été commis au Bellagio, un casino cinq étoiles. A son ouverture en 1998, c'était l'hôtel le plus cher jamais construit dans le monde, un établissement de grand luxe, où on pouvait venir en famille – jusqu'à ce jour, en tout cas. Toutes les traces du Las Vegas d'hier avaient été gommées – pas de filles nues, pas de mafiosi en costards brillants.

La voie d'accès de l'hôtel depuis le boulevard, qui correspond à la Route 604, était saturée de voitures de police et d'ambulances. Il y avait au moins une demi-douzaine de fourgons TV, et j'estimais à cinq ou six cents le nombre de badauds qui s'étaient attroupés devant le Bellagio. Pourquoi une telle foule ? Que s'était-il exactement passé à l'intérieur ? Je ne disposais pour l'instant que d'une description sommaire. Je savais que les victimes avaient été vidées de leur sang. Mais pas pendues.

En me frayant un chemin dans la foule des curieux, je remarquai quelque chose qui me heurta plus encore que la nouvelle du double meurtre.

Il y avait au moins une douzaine de personnes qui arboraient une panoplie gothique noire : redingotes, hauts-de-forme, pantalons de cuir, bottes. L'un des hommes me lança un sourire, dévoilant du même coup une paire de crocs redoutablement affûtés. Je voyais rougeoyer ses lentilles teintées. Il semblait savoir qui j'étais.

— Hé, mec, bienvenue en enfer !

Ne pouvant rien faire, je poursuivis mon chemin. Ces amateurs de déguisements sinistres s'étaient regroupés sur le lieu du crime sans le moindre état d'âme. Les tueurs se trouvaient-ils parmi eux ? Epiaient-ils le déroulement de l'enquête ? Qu'espéraient-ils voir ? Que signifiaient ces meurtres ?

Pourvu, me disais-je, que la police de Vegas ou le FBI aient eu la bonne idée de filmer les badauds. Mais Kyle avait sans doute veillé à faire le nécessaire. Moi, j'étais là pour une seule et unique raison : en observant les détails de la scène, je suis capable de faire des rapprochements qui échappent, en général, aux autres flics. Kyle Craig, qui connaissait mes points forts et probablement aussi mes faiblesses, m'avait donc demandé de venir.

La suite dans laquelle le couple avait été assassiné était spacieuse et meublée avec une relative sobriété, ce qui m'étonnait presque dans une ville pareille. Et la première chose que l'on remarquait en pénétrant dans la salle de bains, c'était cette baignoire de marbre, cette paroi de verre teinté et, en contrebas, le plan d'eau.

Deux cadavres gisaient dans la baignoire. Je distinguais le haut des crânes et des pieds nus. En me rapprochant, je vis que l'homme et la femme portaient des traces de morsures et de nombreuses coupures. Les corps, entièrement dévêtus, étaient d'une blancheur irréelle.

On n'avait pas pu les pendre dans la salle de bains, faute de crochet.

Il y avait peu de sang dans la baignoire, mais le bouchon était mis. Ce qui m'ennuyait, c'était le monde qui s'agitait dans la suite. Des inspecteurs de la police de Las Vegas, des secouristes, des techniciens de scène de crime, un médecin pathologiste, l'équipe des enquêteurs du coroner, et le FBI, bien entendu.

Il y avait foule et moi, j'avais besoin de calme.

Je passai plusieurs minutes à examiner les corps, si blêmes, si pathétiques. Comme lors des agressions précédentes, il s'agissait d'un couple assez séduisant.

Des spécimens parfaits. Choisis précisément pour cette raison ? Sinon, laquelle ?

La jeune femme devait avoir un peu plus de vingt ans. Petite, blonde, mince, probablement moins de cinquante kilos. Elle n'était pas large d'épaules. Sa poitrine, menue, avait été quasiment déchiquetée, et elle portait des traces de morsures profondes sur les jambes. L'homme semblait avoir environ le même âge. Blond, les yeux bleus, l'air nourri au grain, bronzé et bodybuildé. Lui aussi avait été mordu. On lui avait également tranché la gorge et les poignets.

Je ne distinguais pas sur leurs mains de contusions montrant qu'ils s'étaient débattus.

Ils ne s'étaient pas défendus ? Ils connaissaient donc leurs agresseurs.

— As-tu vu les vampires amateurs, dehors ? me demanda Kyle. Les phénomènes de foire ? Ils sont vraiment à la limite de l'humain.

J'acquiesçai.

— Oui, mais il fait encore jour. Ceux-là ne doivent pas être très dangereux. Il faut qu'on trouve ceux qui se terrent dans leur crypte.

Kyle approuva, et s'éloigna.

Après que la plupart des techniciens eurent quitté les lieux, je pris le temps de traîner plusieurs heures encore dans la suite. C'est pour moi une sorte de rituel, lié à mes obsessions personnelles. Peut-être le fais-je par égard pour les morts. Je contemplais la vue, ce lac que les victimes avaient eu le loisir d'admirer. Je notais chaque détail du décor de la pièce, ces blanc crème, ces roses vifs, ces jaunes Parrish, très années 60. Les miroirs encadrés éclairés par des spots invisibles, les corbeilles de fruits, les bouquets de fleurs.

Les victimes avaient défait leurs valises et rangé leurs vêtements. Des robes Bob Mackie, des chaussures à talons hauts signées Jimmy Choo et Manolo Blahnik, deux jupes. Ce qu'il y avait de mieux et de plus cher.

Le couple ne s'attendait visiblement pas à vivre ses derniers instants.

Sur la commode, bien en évidence, une pile de jetons de casino de cinquante et cent dollars, estampillés Venetian ou New York-New York. Les tueurs n'y avaient pas touché. Et, dans le sac à main de la jeune femme, deux petites boîtes de cocaïne pleines. Et une cartouche de Marlboro Lights.

Etait-ce pour nous faire comprendre qu'ils ne s'intéressaient pas à l'argent ni à la drogue ? Au jeu, aux cigarettes ? Qu'ils étaient attirés par… le meurtre ? Le sang ?

Le sac à main renfermait également des talons de billets. Des souvenirs ? Des laissez-passer pour le parc MGM Grand Adventures. Des billets pour le spectacle du Circus-Circus, la revue Folies-Bergère au Tropicana, le show des illusionnistes Siefried et Roy. Et un flacon de parfum Lolita Lempicka à moitié plein.

L'homme, lui, avait conservé des notes de restaurant : Le Cirque au Bellagio, Napa, le Palm, et Spago au Caesar's Palace.

— Je ne vois pas de talons ni de fiche pour hier soir, fis-je remarquer à Kyle. Il faut qu'on sache où ils sont allés. C'est peut-être là qu'ils ont fait la connaissance de leurs meurtriers. Ils ont dû sympathiser, puisqu'ils les ont invités ici.

14

On m'appelait sur mon mobile. Et merde ! Pourquoi est-ce que je m'obstine à trimballer ces gadgets insupportables ? Pourquoi vouloir toujours être joignable ? Il faut vraiment que je sois fou.

Avant de décrocher, je jetai un coup d'œil à ma montre. Il était déjà 23 heures. Quelle vie… Pour l'instant, nous savions que Andrew Cotton et Dara Grey étaient allés boire un verre au Rum Jungle avant d'assister au spectacle de magie du Mirage. On les avait vus adresser la parole à deux personnes, mais dans la pénombre de la salle, on ne distinguait pas grand-chose. Nous n'avions rien récolté d'autre pour l'instant, mais il était encore tôt.

J'étais au Bellagio depuis le début de la soirée, et cette affaire commençait à me perturber sérieusement. Ces meurtres étaient d'une sauvagerie, d'une brutalité sans nom. J'avais lu des articles sur des crimes semblables commis à Paris et à Berlin, des « agressions par morsures », mais jamais je n'avais vu cela de mes propres yeux.

— Alex Cross.

Je me tournai vers la baie. Le spectacle du plan d'eau et du désert dans le lointain avait quelque chose d'apaisant. Quel contraste avec le drame qui s'était joué dans la suite !

— Alex, c'est Jamilla. Je te réveille ?

— Oh, non, mais j'aurais bien aimé. Je suis sur une scène de crime. A Las Vegas, j'admire le désert. Je trouve que tu te couches bien tard, toi aussi.

J'étais content d'entendre sa voix. Jamilla donnait l'impression d'être normale et d'avoir la tête sur les épaules. C'était le cas. Moi, j'avais effectivement un problème.

— Il m'arrive de faire des heures sup'. Il n'y a plus un chat dans les bureaux, et je peux abattre l'équivalent d'une journée de travail en une soirée. Alex, j'ai du nouveau sur les attaques par morsures.

Son ton m'incitait à penser que, pour moi, les choses n'allaient pas s'arranger.

— Vas-y, Jamilla, je t'écoute.

— Voilà. J'ai mis à contribution deux médecins légistes dans les autres villes où nos suceurs de sang ont frappé. Je pense qu'on a peut-être soulevé quelque chose d'important à San Luis Obispo et à San Diego.

J'étais tout ouïe.

— Dans ces villes, continua-t-elle, les toubibs se sont vraiment impliqués dans l'affaire, ils ont tout fait pour nous aider. Comme tu le sais, on a procédé à une exhumation à San Luis Obispo. Et de son côté, Guy Millner, le médecin légiste de San Diego, en a fait autant. Je ne vais pas t'ennuyer maintenant avec tous les détails, mais je peux te les faire expédier par messagerie express à ton hôtel et tu pourras les lire tranquillement demain.

— Ce serait parfait. Il vaut mieux éviter les fax.

— Voici ce qu'on a découvert. Dans les deux cas, les marques de morsures diffèrent de celles constatées à San Francisco et à Los Angeles. Elles ont été faites par des dents humaines, Alex. Mais il ne s'agissait pas des mêmes tueurs. C'est quasiment une certitude.

« Alex, il y a au moins quatre individus. Au moins quatre. Nous avons identifié, pour l'instant, quatre empreintes de mâchoires différentes.

J'essayais de comprendre ce que je venais d'entendre.

— On parle des corps qui ont été exhumés ? Des dents humaines auraient laissé des marques de morsures sur les os ?

— Oui, c'est ce que pensent les médecins légistes. L'émail des dents est la substance la plus dure du corps humain. Et comme tu le sais, il est possible que les tueurs aient porté des prothèses.

— Des crocs ?

— Exactement. A San Diego, les os ont carrément été rongés. C'est la raison pour laquelle on a retrouvé des traces bien visibles.

— Rongés ? répétai-je en grimaçant.

— C'est toi le psychologue, pas moi. Ronger, cela suppose un acte affirmé, répétitif, intentionnel. Cela correspond bien à ce qu'on a retrouvé. La victime avait la cinquantaine. Ce qui nous a également aidés, d'une certaine manière. D'après mes renseignements, sa densité osseuse était moindre, à cause de l'ostéoporose. D'où les marques bien nettes. Mais pourquoi avoir rongé les os ? Trouve-moi la réponse.

Je gambergeais.

— Que dis-tu de cela ? A l'intérieur de l'os, il y a la moelle. Et la moelle est riche en vaisseaux sanguins.

— Oh, Alex, beurk ! C'est peut-être l'explication. Quelle horreur !

15

L'assassinat des deux comédiens fit la une des journaux, et déclencha une véritable psychose.

Nous fûmes soudain inondés d'appels, et lancés sur d'innombrables fausses pistes. S'il fallait en croire cette pluie de renseignements, Dara Grey et Andrew Cotton avaient été aperçus dans tous les bars et tous les hôtels de Las Vegas, ou presque. Nous n'avions pas besoin de cela. Nous avions choisi de ne pas révéler qu'il existait peut-être plusieurs équipes de tueurs. La Californie et le Nevada n'étaient pas encore prêts à encaisser la nouvelle.

Kyle Craig décida de rester deux jours de plus sur la côte Ouest. Moi aussi, bien entendu. Je n'avais guère le choix. L'enquête avait atteint des proportions trop importantes, et ce n'était pas fini. Elle mobilisait déjà plus d'un millier de policiers de la région et d'agents du FBI, à des degrés divers.

Puis les meurtres s'arrêtèrent, sans la moindre explication.

L'escalade de l'horreur prit fin; les tueurs, qui s'étaient montrés chaque fois plus audacieux, semblaient s'être brusquement volatilisés. Ou alors, nous ne trouvions plus les corps de leurs victimes.

J'appelais quotidiennement les profilers de Quantico, mais aucun d'entre eux n'était capable de comprendre la logique des tueurs. Jamilla Hughes n'avait, elle non plus, aucune théorie intéressante.

L'enquête ne progressait pas d'un pouce.

Et les mystérieux tueurs avaient cessé de sévir.

Pourquoi ? Que se passait-il ? Le battage médiatique les avait-il effarouchés ? Y avait-il une autre explication ? Où étaient-ils allés ? Combien étaient-ils ?

Il y avait au moins une bonne nouvelle : il était temps que je rentre chez moi. Kyle était du même avis. Je repris donc l'avion pour Washington avec la pénible impression d'avoir échoué, en me disant que les meurtriers allaient peut-être échapper à la justice.

J'arrivai chez moi, dans la Cinquième Rue, un lundi, à 16 heures. La façade de la maison me parut à la fois fatiguée et rassurante. Elle avait besoin d'un bon coup de peinture. Il fallait également que je rafistole les gouttières. J'avais presque hâte de m'y mettre.

Il n'y avait personne à la maison. J'étais resté absent deux semaines.

J'avais voulu débarquer par surprise, mais sans doute était-ce une mauvaise idée. Une de plus...

Je fis le tour de la maison en notant tous les petits détails, ce qui avait changé depuis mon départ. La roue arrière de la trottinette était cassée. La robe blanche que Damon mettait pour chanter chevauchait la rampe de l'escalier, protégée par le plastique de la blanchisserie.

Je culpabilisais déjà énormément, et le silence qui régnait dans cette maison vide n'arrangeait pas les choses. Je regardais les photos sous cadres accrochées au mur. Celles du mariage avec Maria. Les photos scolaires de Damon et Jannie. Les photos d'Alex junior. Celle de la chorale au grand complet, que j'avais prise à la cathédrale.

— Papa est rentré, papa est rentré, chantonnai-je en inspectant les chambres de l'étage.

Puis j'ajoutai à mi-voix, histoire de citer mes sources : *Shep et les Limelites*.

Mais il n'y avait personne pour m'écouter fredonner un tube de rock des années 60 en tentant vainement d'égayer l'atmosphère. Nous n'habitions pas très loin du Capitole et de la bibliothèque du Congrès, et je savais que Nana aimait bien, de temps en temps, y emmener les enfants. Peut-être y étaient-ils allés...

Je soupirai, en me demandant une nouvelle fois si l'heure n'était pas venue de quitter la police. Il n'y avait qu'un hic : ce boulot, je l'avais toujours dans la peau. J'avais peut-être échoué en Californie, mais en général, j'obtenais des résultats. Au cours des dernières années, j'avais réussi à sauver quelques vies. Le FBI faisait appel à mes services dans les cas les plus difficiles. En fait, c'était mon ego meurtri qui s'exprimait. Je mis brutalement fin à ce monologue sans intérêt.

Je pris une douche bien chaude, enfilai un T-shirt, un jean et des tongs. Je me sentais déjà beaucoup plus à l'aise, j'avais l'impression d'être de nouveau moi-même. J'aurais presque pu me persuader que les sinistres tueurs vampires avaient définitivement disparu de ma vie. Je crois que c'est ce que j'aurais voulu. Qu'ils retournent tout bonnement se terrer dans leurs trous.

J'allai dans la cuisine pour me prendre un Coke. Sur la porte du frigo, Nana avait scotché deux des chefs-d'œuvre des enfants. « Rencontre galactique intérieure » par Damon, et « Marina Scurry sauve la journée – pour la deuxième fois » par Janelle.

Il y avait un livre ouvert sur la table. *Les dix mauvais choix qui gâchent la vie des Noires*. Ah, quand Nana lisait, ça ne rigolait pas.

Après avoir feuilleté le bouquin pour voir si j'étais l'un des dix mauvais choix, je fis quelques pas jusqu'à la terrasse. Rosie dormait sur le rocking-chair de Nana. En me voyant, elle bâilla, mais refusa de se lever pour venir se frotter contre ma jambe. J'avais été absent trop longtemps.

— Traîtresse, lui dis-je avant d'aller lui gratter le cou, sans rencontrer de résistance.

J'entendis un bruit de pas côté rue. Je me précipitai dans l'entrée, ouvris la porte. C'était comme si le soleil s'était invité.

Jannie et Damon me regardèrent en braillant :

— Qui êtes-vous ? Qu'est-ce que vous faites dans notre maison ?

— Très drôle, fis-je. Allez, venez, que votre petit papa chéri vous serre dans ses bras. On se dépêche.

Ils se précipitèrent vers moi. J'étais aux anges. Quel bonheur d'être enfin chez soi ! Puis une pensée inopportune vint obscurcir mon petit morceau de ciel bleu : le Cerveau savait-il que j'étais ici ? Etions-nous toujours en sécurité dans cette maison ?

16

La vie peut être si simple et si agréable quand elle le veut bien. Il faudrait que ce soit toujours comme ça. Le samedi matin, Nana m'aida à préparer les enfants. Nous les emmenions au Smithsonian, leur endroit préféré de Washington, ce gigantesque et merveilleux complexe où il n'est pas interdit de s'instruire. Nous étions tous tombés d'accord : aujourd'hui, ce serait le Smithsonian, ou « Smitty », comme l'appelait affectueusement Jannie depuis son plus jeune âge.

Restait à décider où aller une fois sur place.

Etant donné que Nana ne resterait que quelques heures, avec Alex junior, nous lui accordâmes le choix de la première étape.

— Attends, laisse-moi deviner, fit Jannie en roulant des yeux. Le musée des Arts africains ?

Nana Mama agita un doigt au nez de la petite.

— Eh non, madame Je-sais-tout. En fait, j'ai envie d'aller à l'espace de l'Art et de l'Industrie. Voilà ce que j'ai choisi aujourd'hui. Surprise, petite madame ? Surprise ? Etonnée de voir que Nana n'a pas que des habitudes ?

— Nana veut voir l'histoire des photographes noirs, pépia Damon. J'en ai entendu parler à l'école. Y a des super photos de cow-boys noirs. C'est pas vrai, Nana ?

— Et bien d'autres choses encore, lui répondit

Nana. Tu vas voir, Damon. Tu seras fier, tu n'en reviendras pas, et cela te donnera peut-être envie de prendre un peu plus de photos qu'aujourd'hui. Toi aussi, Jannie. Et c'est aussi valable pour Alex. Plus personne ne prend de photos, dans cette famille, à part moi.

Nous commençâmes donc par l'espace des Arts et de l'Industrie, et ce fut passionnant, comme d'habitude. A l'intérieur, le ronronnement de la climatisation et les lamentations d'un disque de gospel se mêlaient agréablement. Nous vîmes les cow-boys noirs, ainsi qu'une série de photos exceptionnelles du Harlem de la grande époque.

Nous nous trouvions devant un agrandissement de quatre mètres de largeur : des hommes à l'allure fière, des Noirs, en costume-cravate et haut-de-forme, vus du ciel. Une scène extraordinaire qui resterait inscrite dans nos mémoires.

— Si je voyais ça dans la rue, s'exclama Jannie, c'est sûr que je prendrais une photo !

Cette première visite achevée, après avoir calmé Jannie, nous allâmes au planétarium Einstein pour regarder une quatrième ou cinquième fois – voire une sixième ou septième fois, mais quand on aime, on ne compte pas – le spectacle « Et une étoile pour guide ». Nana ramena ensuite Alex junior à la maison pour lui faire faire sa sieste, tandis que nous poursuivîmes notre balade dans le musée de l'Air et de l'Espace. A en croire Jannie, c'était la partie destinée à Damon, « avec que des avions et des trains, des trucs de mecs ».

Ce qui ne l'empêcha pas d'apprécier les lieux, elle aussi. Le magnifique avion des frères Wright flottait au-dessus de nous, suspendu à d'immenses filins. Longerons en épicéa, voilure en toile blanche. A sa droite, il y avait le Breitling Orbiter 3, le premier ballon à avoir fait le tour du monde sans escale – une autre page importante de l'histoire de l'aéronautique. Et, un peu plus loin, « un petit pas pour l'homme », les six tonnes du module lunaire Apollo 11. Tout cela peut faire sourire, ou bien laisser admiratif. Moi, je préfère admirer. Ça simplifie grandement la vie et ça la rend plus intéressante.

Lorsque nous eûmes fini d'examiner plusieurs de ces miracles de l'aéronautique, Damon insista pour que nous allions voir *Mission Mir* sur écran IMAX, au Langley Theater.

— Un jour, j'irai dans l'espace, annonça-t-il fièrement.

— Pas la peine, rétorqua Jannie, tu planes déjà assez comme ça.

En l'honneur de Nana, nous fîmes une halte au musée des Arts africains. Les enfants adorèrent les masques et les vêtements de cérémonie, mais plus encore les anciennes monnaies d'échange : coquillages, bracelets, anneaux. Un silence étonnant, apaisant, régnait dans les salles spacieuses, au milieu de toutes ces couleurs chatoyantes. Notre dernière étape devait être le hall des Dinosaures, au musée d'Histoire naturelle, mais Jannie et Damon décrétèrent qu'il fallait absolument assister au repas de la tarentule, au zoo des insectes. Sur les murs représentant un décor de forêt pluviale, un panneau affirmait : « Les insectes n'hériteront pas de la Terre, ils la possèdent déjà. »

— Tu as de la chance, ricana Jannie à l'intention de son frère. C'est ta race qui a pris le pouvoir.

Finalement, vers 18 heures, nous traversâmes Madison Drive pour nous rendre au centre commercial. Les enfants ne disaient plus rien. Ils étaient fatigués, ils avaient faim, et moi aussi. En guise de dîner, nous nous offrîmes un pique-nique à l'ombre des arbres, au pied du Capitole.

Je n'avais pas passé une aussi belle journée depuis des semaines.

Pas un seul coup de téléphone.

17

Comme il l'avait déjà fait si souvent, une douzaine de fois sans doute, le Cerveau épiait Alex Cross et sa famille.

Amour égale haine, songea-t-il. Une équation invraisemblable et qui, pourtant, se vérifiait parfaitement. Une équation qui faisait tourner le monde, et il fallait qu'Alex Cross apprenne la leçon. L'optimisme de ce connard l'énervait au plus haut point.

Si quelqu'un s'était donné la peine d'examiner son passé avec un tant soit peu de sérieux, il aurait découvert les clés de tout ce qui s'était produit jusqu'à ce jour. Son parcours criminel, l'un des plus insolent de l'Histoire, s'étalait sur au moins vingt-huit ans. Il pouvait compter les erreurs qu'il avait commises sur les doigts d'une main. Les signes étaient là, bien visibles.

Un narcissisme pathologique.

Tout avait commencé par ça, et s'achèverait par ça.

Un sentiment d'importance démesuré.

Oui, c'était bien lui.

S'attend à voir sa supériorité reconnue alors qu'il n'a rien réussi d'extraordinaire.

En proie à des fantasmes de succès, de puissance, rêve d'être admiré, de trouver l'amour idéal.

Aime exploiter la personnalité de l'autre.

On pouvait le dire. C'était sa grande motivation.

Fait souvent preuve d'insensibilité.

C'était le moins qu'on pût dire.

Mais notez bien, Dr Cross et vous autres qui voudriez étudier ce long et sinueux parcours, qu'il s'agit de troubles de la personnalité et qu'on ne parle pas de psychose. J'ai un mode de raisonnement organisé, parfois même obsessionnel. Je suis capable de mettre au point les stratagèmes les plus élaborés pour satisfaire mon besoin de concurrencer, de critiquer et de contrôler. Les trois C. Je suis rarement impulsif.

Les questions que vous devriez vous poser à mon sujet :

Mes parents sont-ils toujours en vie ? Réponse : *oui et non.*

Ai-je déjà été marié ? Réponse : *oui.*

Des frères et sœurs ? Réponse : *oui.*

Si je me suis marié, ai-je des enfants ? Réponse : *deux ravissantes blondinettes, américaines jusqu'au bout des ongles. Au fait, j'ai vu le film,* American Beauty. *Kevin Spacey était génial. Je l'ai adoré.*

Et enfin, suis-je bel homme, ou suis-je affecté d'une très légère difformité ? Réponse : *oui et oui !*

Maintenant, au travail ! Dessine les triangles d'amour et de haine de ma vie, docteur. Toi, tu es à l'intérieur de ces triangles, bien entendu. De même que tes proches – Nana, Damon, Jannie et Alex junior. Tous les êtres qui te sont chers, tous ceux que tu t'es promis de défendre, se trouvent à l'intérieur de ces jolis triangles, emmaillotés dans mes obsessions.

Alors délivre-les avant qu'il ne soit trop tard pour toi comme pour moi. Et pour toutes les personnes, dans le monde, auxquelles tu tiens, bien entendu.

Je suis dans la Cinquième Rue, juste devant chez toi, et ce serait si facile de faire irruption à ton domicile là, tout de suite. Je n'aurais eu aucun mal à vous abattre, toi et toute ta famille, au Smithsonian, au « Smitty » comme l'appelle ta fille.

Mais ce serait trop facile, trop mesquin, or, comme j'ai essayé de te le faire comprendre…

Dans la main du Cerveau, un téléphone mobile. Il essayait de joindre quelqu'un. Il écouta les sonneries se succéder, patiemment.

Et Cross, enfin, décrocha.

— J'ai un sentiment d'importance démesuré, lui dit le Cerveau.

18

Je repris mes fonctions à Washington, où mes collègues de la Criminelle me firent méchamment remarquer que je donnais l'impression de prendre beaucoup de plaisir à travailler avec le FBI. Ils ignoraient qu'on m'avait proposé d'y entrer et que j'étais effectivement en train de réfléchir à cette proposition, mais je n'en restais pas moins toujours attiré par les rues impitoyables de la capitale.

Ce fut une semaine bien remplie, et elle allait s'achever sur un rendez-vous galant. Je savais depuis longtemps qu'épouser Maria et avoir avec elle deux enfants formidables était ce qui m'était arrivé de mieux dans la vie. Pas facile, à mon âge, de me mettre en quête d'une partenaire, surtout avec des enfants, mais j'étais bien décidé à le faire. J'avais très envie de redevenir amoureux, de me calmer, de changer de vie. J'imagine que c'est le cas de la plupart des gens.

De temps à autre, j'entendais mes tantes se lamenter : « Pauvre Alex, il n'a pas de chérie. Il est tout seul, ce pauvre bébé. »

Ce n'était pas tout à fait exact. Pauvre Alex, tu parles. J'ai Damon, Jannie et Alex junior. J'ai aussi Nana. Et j'ai beaucoup d'excellents amis à Washington. Je me fais facilement des amis ou amies, comme Jamilla Hughes. Et je n'ai jamais eu de difficulté à trouver une petite amie. Jusqu'à maintenant.

Macy Francis venait du même quartier que moi, et nous nous connaissions depuis l'enfance. Elle était allée à Howard puis à Georgetown pour décrocher quelques diplômes de littérature et d'enseignement, et moi, après Georgetown, j'avais passé mon doctorat de psychologie à Johns Hopkins.

Environ un an plus tôt, Macy était revenue dans la région; elle enseignait la littérature anglaise à Georgetown. Nous nous étions retrouvés lors d'une fête chez Sampson. Ce soir-là, nous avions bavardé pendant plus d'une heure, et je m'étais rendu compte qu'elle me plaisait toujours. Nous nous étions promis de nous revoir prochainement.

J'avais appelé Macy dès mon retour de Californie. Nous avions rendez-vous au restaurant 1789 pour prendre un verre, et éventuellement dîner ensemble. C'était elle qui avait choisi l'endroit. Elle n'habitait pas très loin.

Le restaurant se trouve dans un immeuble d'allure austère, à l'angle de la Trente-sixième et de Prospect. Macy arriva quelques minutes après moi. Elle m'embrassa tendrement sur la joue et nous nous assîmes. L'endroit, fidèle reproduction d'un pub anglais, était agréable. J'aimais sentir les lèvres de Macy m'effleurer, j'aimais les senteurs citronnées de sa nuque. Elle avait mis un pull à col roulé, mais sans manches, couleur lilas, et une longue jupe noire qui caressait ses escarpins en daim. Elle portait des petits diamants à chaque oreille.

J'avais toujours conservé le souvenir d'une Macy pimpante, bien habillée.

Lorsque nous eûmes commandé deux verres de vin, elle se pencha vers moi :

— Tu sais, Alex, je vais te dire un secret. Quand je t'ai vu chez Sampson, je me suis dit : Alex Cross est plus beau que jamais. Désolée, mais c'est exactement ce qui m'a traversé l'esprit.

Rires.

Elle avait de belles dents étincelantes, des yeux marron, un regard vif et intelligent. Elle avait toujours été la meilleure de sa classe.

— J'ai pensé la même chose de toi, lui avouai-je. L'enseignement te plaît ? Ton nouveau poste à Georgetown, ça va ? Les jésuites ne t'embêtent pas trop ?

Elle acquiesça.

— Mon père m'avait dit, un jour, qu'on a de la chance quand on trouve quelque chose qu'on aime faire et que c'est un miracle quand quelqu'un vous paie pour le faire. Je crois que j'ai trouvé les deux. Et toi ?

— Oh, moi, répondis-je très sérieusement, je ne parviens pas à savoir si j'aime mon métier ou si je suis accro, tout simplement. Non, en fait, le plus souvent, j'aime vraiment ce que je fais.

— Tu passes ton temps à travailler ? Dis-moi la vérité tout de suite.

— Oh, non… Enfin, disons qu'il y a des semaines où ça m'arrive.

— Mais pas cette semaine ? Pas ce soir, en tout cas.

— Non, la semaine a été assez calme. Et ce soir, je me détends. Il faudrait que je le fasse beaucoup plus régulièrement.

— Je te trouve en forme, Alex. Je suis tellement contente de te revoir.

Nous bavardions tranquillement. Quelques personnes, sur les banquettes, étaient déjà en train de dîner, mais il n'y avait pas beaucoup de bruit. Les parents des étudiants de Georgetown invitent fréquemment leurs enfants au 1789. Qu'il s'agisse du cadre ou de la cuisine, l'endroit sort vraiment de l'ordinaire. Macy avait eu une bonne idée.

— Je me suis renseignée sur toi auprès de quelques copines, m'avoua-t-elle avant de glousser. Certaines m'ont dit : Alex Cross « n'est pas disponible ». Une m'a sorti : il est un peu fêlé. Mais d'après les autres, c'est elle qui a une araignée au plafond. Dis-moi, es-tu vraiment fou ?

Je pris un air faussement abattu.

— C'est marrant comme les gens se sentent le besoin d'émettre des jugements sur tout le monde. Moi, je vis toujours dans le même quartier, je suis resté simple et je ne pense pas avoir changé.

— Tu as raison, Alex. Peu de personnes comprennent ce que nous avons vécu ici pendant toute notre jeunesse. Quand tu vois qu'on m'a donné le nom d'un grand magasin…

— Eh oui, Macy. Moi, je peux comprendre.

Nous trinquâmes en riant.

— Il ne faut pas que je me plaigne. Mes parents auraient pu m'appeler Bloomingdale.

A deux ou trois reprises, je fis allusion au dîner, mais Macy préférait rester là et bavarder. Je connais bien le chef, qui est une femme, Ris Lacoste, et j'adore sa cuisine. Je voulais commander les beignets de crabe avec leurs petits légumes émincés, mais on nous servit deux autres verres, et Macy commença à prendre de l'avance.

— Tu ne veux rien manger, tu es sûre ? finis-je par lui demander.

— Je t'ai déjà dit que je n'y tenais pas, il me semble ? me répondit-elle avant d'ajouter, avec un sourire forcé : Moi, ça me plaît bien, de traîner, de bavarder, comme ça. Pas toi ?

J'étais ravi de discuter avec Macy, mais je n'avais rien mangé depuis le petit déjeuner et il fallait absolument que j'avale quelque chose de solide. J'aurais tout donné pour une bonne soupe aux haricots noirs, bien épaisse. Il était déjà 22 h 30. Jusqu'à quelle heure servait-on, dans ce restaurant ?

Macy commença à me parler de ses ex. Son premier mari était un bon à rien, un loser. Le deuxième, originaire de la Grenade, plus jeune qu'elle, était encore pire. Elle parlait de plus en plus fort et les gens, au bar, commençaient à nous remarquer.

— Et voilà, aujourd'hui, j'ai trente-sept ans. Il a fallu que je me remette à travailler, même si ça ne me plaisait pas. J'ai des classes de première année. Composition anglaise, littérature. Nous, on n'est déjà pas doués, mais alors eux…

J'étais certain de l'avoir entendue dire qu'elle aimait enseigner, mais peut-être avais-je mal compris, ou peut-être ne s'agissait-il que de sarcasmes. Je n'ouvrais plus beaucoup la bouche, je ne faisais que l'écouter, et elle finit par s'en rendre compte. Elle posa sa main sur la mienne. Sa peau brune était d'une infinie douceur.

— Excuse-moi, Alex, je m'emporte. Je parle trop, hein ? On me le dit souvent. Je suis vraiment désolée.

— Ah, on ne s'est pas vus depuis longtemps. Il y a beaucoup de choses à raconter.

Elle avait des yeux magnifiques, de grands yeux marron. J'étais triste pour elle. Elle n'avait pas eu beaucoup de chance en amour. Cela arrive aux personnes les meilleures, parfois. Et manifestement, Macy souffrait encore.

— Toi, tu as l'air en pleine forme, me dit-elle. Et je trouve que, pour un homme, tu sais écouter. C'est important.

— Tu me parais resplendissante, toi aussi. J'aime bien tes histoires.

Sa main était toujours posée sur la mienne, ses ongles effleuraient ma peau. C'était plutôt agréable, même si l'heure n'était pas à la subtilité. Macy s'humectait la lèvre supérieure, puis mordillait l'autre. J'étais presque sur le point d'oublier les beignets de crabe et la soupe aux haricots noirs. Macy me dévisageait langoureusement. Nous étions tous deux adultes et libres, et beaucoup de choses m'attiraient chez elle.

— J'habite tout près d'ici, Alex, me dit-elle. Normalement, je ne fais pas ça. Viens à la maison. Raccompagne-moi.

Il n'y avait que quelques centaines de mètres à parcourir, et j'acceptai de la raccompagner. Elle avait un peu de mal à marcher droit et à articuler. Je la pris par l'épaule pour l'aider.

Elle habitait au rez-de-chaussée d'un immeuble en pierre de taille, non loin de l'université. La déco était minimaliste. Des murs vert pâle, un piano droit laqué noir, un article du pédagogue Rudy Crew, sous cadre, avec en exergue : « Lorsqu'on parle d'éducation, on parle de distribution du savoir. A qui offrir ce bien particulier ? Voilà l'une des grandes questions que doit se poser notre pays. »

Nous restâmes un moment serrés l'un contre l'autre sur le canapé du salon. J'aimais sentir la peau de Macy contre moi, j'aimais ses baisers, mais quelque chose n'allait pas. Je ne voulais pas être là, je le savais. Pas un soir comme celui-ci, où Macy n'était pas au mieux de sa forme.

— Pas facile de trouver un type bien, murmura-t-elle en me tirant à elle, la voix toujours un peu pâteuse. Tu n'imagines pas à quel point c'est dur. Un vrai cauchemar.

Si, j'imaginais assez bien à quel point il était difficile de trouver l'âme sœur, mais je ne voulais pas en rajouter. Une autre fois, peut-être.

— Macy, je vais rentrer chez moi, finis-je par lui dire. J'étais content de te revoir. C'était vraiment bien.

— Je m'en doutais ! explosa-t-elle. Je le savais ! Va-t'en, Alex ! Tire-toi ! Je ne veux plus jamais te revoir !

Avant que la colère ne la submerge, j'avais entrevu dans son regard une lueur magnifique, presque irrésistible. Elle s'était évanouie. Peut-être Macy parviendrait-elle à la faire renaître, ou peut-être pas. Lorsqu'elle fondit en larmes, je sus qu'il valait mieux ne pas tenter de la réconforter. Je ne tenais pas à faire preuve de condescendance.

Je me bornai à quitter cet appartement, avec son superbe piano et sa citation de Rudy Crew. Cette femme n'était pas celle qu'il me fallait. Pas maintenant, en tout cas.

Triste soirée.

Pas facile, non plus, de trouver une femme bien, aurais-je voulu lui dire.

Dieu que je détestais ces rendez-vous de célibataires...

19

Le souvenir de ma désastreuse soirée avec Macy Francis me hanta durant plusieurs jours, comme une chanson mélancolique et obsédante. Quelle désillusion ! Je ne parvenais à me défaire du regard de Macy, cette douleur, cette vulnérabilité et cette colère mêlées qui mettraient tellement de temps à s'estomper.

Je réussis à retrouver mon copain Sampson le mercredi soir, après le boulot. Nous avions prévu d'aller boire un verre au Mark, un bar de quartier, à quelques rues de chez moi. Plafond en zinc, plancher en grosses planches de sapin, comptoir d'acajou usé par des générations de pochetrons et ventilateur en préretraite.

En débarquant, il me surprit les yeux fixés sur la vieille pendule Pabst, une bière à la main.

— Dis donc, ma poule, ne m'en veux pas, mais je te trouve une sale gueule. Tu dors normalement ? Tu dors toujours seul, rassure-moi ?

— Moi aussi, je suis content de te voir. Assieds-toi et fais-toi servir une bière.

Avec son énorme bras, il me prit par l'épaule et me serra contre lui comme si j'étais son gamin.

— C'est quoi, ton problème ?

— Je ne sais pas trop. L'enquête sur la côte Ouest s'est mal passée. Enfin, je veux dire qu'on se retrouve sans la moindre piste. Toujours pas de nouveau en ce qui concerne le meurtre de Betsey Cavalierre. Et avant-hier soir, j'avais un rencart. Un vrai désastre. De quoi renoncer à faire des rencontres.

Sampson acquiesça.

— Je connais les paroles de cette triste chanson.

Il commanda une Bud au barman, un ex-flic que nous avions côtoyé tous les deux, Tommy DeFeo.

— L'affaire sur laquelle j'ai travaillé en Californie est un vrai fiasco, John. Les tueurs se sont tout bonnement volatilisés. Et toi, comment tu vas ? Je te trouve en pleine forme. Enfin, presque.

Il leva l'index, le pointa entre mes deux yeux.

— Je suis toujours en pleine forme. C'est une constante. Ne cherche pas à détourner la conversation. On parlait sérieusement.

— Oh, merde, John, tu sais bien que je n'aime pas parler de mes problèmes. Raconte-moi plutôt les tiens.

Il me laissa rire seul, me regarda sans ajouter un mot, attendit, et finit par gagner.

— Tu ferais sûrement un assez bon psy, lui dis-je.

— Justement, à ce propos, es-tu allé voir l'excellent Dr Finally récemment ?

Adele Finally est ma psychiatre. Sampson l'avait également consultée une ou deux fois. Elle nous aide bien. Nous le reconnaissons tous les deux. Nous sommes des inconditionnels d'Adele.

— Non, elle m'en veut. Elle pense que je ne fais pas assez d'efforts, que je refuse d'assumer ma souffrance. Des paroles de ce genre.

Sampson hocha la tête et me demanda pourquoi, avec un petit sourire.

— Je n'ai pas dit que je partageais son avis, rétorquai-je.

Je bus une autre gorgée de Foggy Bottom. Cette bière n'était pas mauvaise, et j'aimais soutenir les petits brasseurs locaux.

— Quand j'essaie d'assumer ma souffrance, j'en reviens toujours au conflit entre mon métier et la vie que j'aimerais, en théorie, mener. J'ai encore loupé un des concerts de Damon quand j'étais en Californie. Et c'est toujours comme ça.

Sampson me donna un coup de poing dans l'épaule.

— Eh, tu sais, c'est pas la fin du monde. Damon sait bien que tu l'aimes. Le petit gars et moi, on en parle, de temps en temps. Il a digéré tout ça. Maintenant, c'est à toi d'en faire autant.

— J'ai peut-être tout simplement traité trop d'affaires criminelles lourdes ces dernières années, et j'en subis le contrecoup.

Sampson opina. Ma réponse, cette fois, lui convenait.

— Tu donnes l'impression d'être au bout du rouleau.

— Non, j'ai plutôt l'impression d'être prisonnier d'un cauchemar épouvantable qui ne se dissipe jamais. Il y a trop de coïncidences, un vrai tourbillon. Le Cerveau qui m'interpelle, qui me menace. Je ne sais pas comment faire pour que cela cesse.

Le regard de Sampson se riva au mien.

— Tu viens de parler de coïncidences, ma poule. Or je te signale que tu ne crois pas aux coïncidences.

— C'est bien ce qui me fait peur. Si tu veux savoir toute la vérité, je crois que quelqu'un me pourchasse effectivement, et depuis longtemps. Je ne sais pas de qui il s'agit, mais il m'inquiète beaucoup plus que les vampires. Quelqu'un qui n'arrête pas de m'appeler, John. Tous les jours, ou presque. Impossible de localiser les appels.

Sampson s'essuya le front.

— Maintenant, c'est toi qui commences à me faire peur. Qui peut bien te traquer ? Qui serait assez stupide pour vouloir s'attaquer au tueur de dragons ?

— Il est tout sauf stupide, crois-moi.

20

Nous restâmes au Mark beaucoup plus longtemps que nous ne l'aurions dû. Nous bûmes beaucoup de bière jusqu'à la fermeture vers 2 heures. Il nous restait cependant encore suffisamment de lucidité pour laisser les voitures au parking et rentrer à pied, sous une belle lune. Cela me rappela notre enfance à Southeast. Nous nous déplacions presque toujours à pied, et nous ne prenions le bus que lorsque nous nous sentions vraiment au bord de l'épuisement. Sampson me raccompagna jusqu'à chez moi et poursuivit son chemin jusqu'au quartier des Arsenaux, où il habitait.

Le lendemain matin, je dus aller rechercher ma voiture de bonne heure. Nana était debout avec Alex junior, et je bus une demi-cafetière avant de mettre le petit dans sa poussette et de l'emmener.

Il était à peine 7 heures, une belle journée s'annonçait, et le quartier respirait le calme et la tranquilité. Il y a trente ans que je vis dans la Cinquième Rue, depuis que Nana a déménagé de New Jersey Avenue, et j'adore toujours autant ce coin. Ici, la famille Cross est chez elle. Je ne sais pas si je serai un jour capable d'aller m'installer ailleurs.

— Papa était avec oncle John hier soir, dis-je en me penchant au-dessus de la poussette à rayures bleues et blanches.

Une belle femme qui se rendait à son travail me lança un sourire, comme si le fait de promener mon fils à une heure aussi matinale faisait de moi l'homme le plus méritant de l'Histoire. Je n'en croyais rien, mais ce petit fantasme était toujours bon à prendre.

Alex junior est très vif pour un enfant de neuf mois. Il aime bien regarder les passants, les voitures, les nuages qui filent au-dessus de sa petite tête. Il adore se balader dans sa poussette et moi j'aime l'emmener partout en lui parlant ou en lui fredonnant des comptines.

— Tu vois toutes ces feuilles que le vent fait bouger ?

Il leva les yeux vers moi comme s'il comprenait chacun de mes mots.

Il m'est difficile d'estimer ce qu'il saisit ou pas, mais il donne l'impression de réagir à ce que je dis. Damon et Jannie étaient déjà comme ça, même si Jannie babillait beaucoup quand elle était bébé. Elle adore toujours parler, et avoir le dernier mot, voire l'avant-dernier, tout comme sa grand-mère et, maintenant que j'y repense, tout comme Maria, sa mère.

— J'ai besoin de ton aide, camarade.

Il me regarda, me fit un magnifique sourire. *Bien sûr, papa, tu peux compter sur moi.*

— Il faut que tu m'aides à tenir le coup un petit moment. Que je puisse toujours garder à l'esprit ce qui m'est le plus précieux. T'en sens-tu capable ?

Alex souriait toujours. *Bien sûr que j'en suis capable, papa. Pas de problème. Considère que c'est fait. Je suis ton petit trésor. Repose-toi sur moi.*

— Brave petit, je savais que je pouvais compter sur toi. Continue comme ça. Tu es ce qu'il m'est arrivé de mieux depuis un bon moment. Je t'aime, petit bonhomme.

Alors même je parlais à mon fils, je sentis une partie des angoisses de la veille me submerger, comme les brumes humides et glacées qui montaient de l'Anacostia. Toutes ces coïncidences. Les drames qui s'étaient succédé autour de moi depuis deux ans. Une vraie série noire. Le meurtre de Betsey Cavalierre. Le Cerveau. Les tueurs vampires.

Il fallait absolument que je décompresse, que je respire un peu.

Au QG, un message m'attendait. Les vampires avaient frappé une nouvelle fois. Mais leur parcours avait changé d'orientation.

Le meurtre avait eu lieu à Charleston, en Caroline du Sud.

Les tueurs étaient de retour sur la côte Est.

III

Meurtres dans le Sud

1

Mon avion se posa à Charleston un peu avant 10 heures du matin. Le crime faisait déjà la une du *Post*, du *Courier*, et de *USA Today*.

En arrivant devant les boutiques racoleuses, aseptisées et trop éclairées de l'aérogare, je sentis une atmosphère de doute et d'appréhension. Les voyageurs que je croisais me paraissaient nerveux, méfiants. Certains d'entre eux donnaient l'impression d'avoir passé une mauvaise nuit.

Ils devaient être nombreux à se dire que, si les mystérieux tueurs étaient capables de frapper au cœur même de Charleston, ils pouvaient tout aussi facilement passer à l'action dans une salle d'attente ou une cafétéria d'aéroport. Plus personne ne se sentait en sécurité.

Je louai une voiture, puis pris la direction de Colonial Lake, un parc de la ville. Un couple de joggeurs, des jeunes mariés, y avait été assassiné vers 6 heures du matin, la veille. Les similitudes avec les meurtres du Golden Gate Park étaient évidentes.

Je n'étais encore jamais allé à Charleston, mais j'avais lu des ouvrages qui lui étaient consacrés, et je me rendis très vite compte de l'extraordinaire beauté de cette ville. Elle avait connu des jours fastes, grâce au coton, au riz et, bien entendu, aux esclaves. On exportait le riz et on importait les esclaves, la plus rentable des marchandises. Ceux-ci étaient débarqués au port de Charleston puis vendus dans tout le Sud. Les riches propriétaires faisaient la navette entre leurs plantations, situées en plaine, et leurs somptueuses villas de Charleston où se donnaient tous les grands bals, concerts et soirées costumées. C'était ici qu'avaient été livrés et vendus les aïeux de Nana Mama.

Je pus me garer dans Beaufain Street. Il y avait là de belles demeures de style victorien, et j'entrevoyais même quelques jardins anglais. Ce quartier était trop charmant, trop idyllique pour être le théâtre de crimes aussi abominables. Etait-ce ce qui avait attiré les tueurs ? Appréciaient-ils la beauté, ou la haïssaient-ils ? Que devait nous révéler chacun de leurs nouveaux meurtres ? Avaient-ils choisi de donner corps à leurs fantasmes les plus noirs ? De mettre en scène une histoire d'horreur ?

Le climat de crainte et de suspicion que j'avais décelé dès mon arrivée tournait, dans ce quartier, à la terreur. Les riverains s'épiaient froidement. Pas l'ombre d'un sourire. Où était passée la traditionnelle hospitalité sudiste ?

J'avais appelé Kyle, je lui avais laissé un message lui demandant de me rejoindre sur place. La veille encore, avec son plan d'eau, ses grandes allées et ses bancs en fer forgé, le parc avait tout de la carte postale rassurante. Aujourd'hui, on avait bouclé le périmètre, et les policiers de Charleston surveillaient toutes les allées et venues comme si les auteurs du double crime risquaient de revenir.

Je finis par apercevoir Kyle. Il m'attendait sous un arbre immense. Il faisait déjà chaud, mais on sentait une petite brise venue de l'océan, au parfum de sel et de poisson. Kyle était habillé comme à son habitude : costume gris, chemise blanche, cravate bleue passe-partout. Jamais il n'avait autant ressemblé à l'acteur et dramaturge Sam Shepard. Il avait l'air dégingandé, fatigué, presque aussi ravagé que moi. Ces meurtres commençaient à le marquer, lui aussi. Ça, ou autre chose.

— Ce devait être un peu la même chose, hier, dis-je en arrivant, même si les deux meurtres ont eu lieu un peu plus tôt. Et personne n'a rien vu ? Il n'y a pas eu de témoins ? C'est ce que j'ai lu dans les premiers rapports.

Kyle soupira.

— On a bien un témoin qui a vu deux hommes quitter le parc à toute vitesse. Un type de plus de quatre-vingts ans. Il dit qu'il a vu du sang sur leurs chemises. Il a d'abord cru qu'il avait mal regardé. Puis il a découvert les corps.

Je fis un tour complet sur moi-même. Le soleil était si vif que je dus mettre ma main en visière. Dans les arbres, des oiseaux se chamaillaient. Le parc était ouvert à tous les regards.

— Ils ont opéré en plein jour, marmonnai-je. Tu parles de vampires…

Kyle me lança un regard en coin.

— Ne me dis pas que tu t'es mis à croire aux vampires ?

— Je pense qu'il y a des gens qui s'exercent à vivre comme des vampires, lui répondis-je. Je sais que certains sont persuadés d'être des vampires. Il y en a qui jouent, et qui se font poser des canines. De vrais crocs. Ils peuvent être extrêmement violents. Des types réellement capables de se métamorphoser, je n'en ai pas encore vu. Sans quoi notre témoin aurait peut-être aperçu, non pas deux individus en train de prendre la fuite, mais deux chauves-souris. Bon, j'essaie de faire de l'humour, Kyle, mais je vois bien que ça ne marche pas. Le témoin n'a rien dit d'autre ?

— Pas grand-chose. D'après lui, ils étaient jeunes. Entre vingt et quarante ans, ce qui nous laisse de la marge. Ils marchaient vite, mais n'ont pas eu l'air de s'affoler quand il les a vus. Il a quatre-vingts ans, Alex. J'ai l'impression que, comment dire… le tapage qu'on fait autour de lui le perturbe un peu.

— En tout cas, les types qui ont fait ça sont drôlement gonflés. Ou complètement cons. Je me demande si ce sont les mêmes salopards qu'on a essayé de coincer en Californie et dans le Nevada.

Les traits du visage de Kyle s'animèrent. Il avait quelque chose à me dire.

— Mon équipe de Quantico a passé une bonne partie de la nuit sur le dossier. Ce n'est pas la première fois, d'ailleurs. Alex, il y a une douzaine de meurtres commis dans des villes de la côte Est – des affaires non élucidées – qui pourraient avoir un rapport avec ceux sur lesquels nous travaillons.

— Des meurtres commis pendant quelle période ?

— C'est là que ça devient intéressant. Il se pourrait que tout cela dure depuis un certain temps. Personne, avant nous, n'a apparemment fait le lien entre toutes ces affaires. Ce qui nous laisse une fourchette d'environ onze ans.

2

Ce soir-là, nous retrouvâmes au dîner une excellente amie. Une idée de Kyle, qui avait réservé une table au Grille, sur North Tyron.

Kate McTiernan n'avait pas beaucoup changé depuis l'équipée sanglante d'un tueur en série nommé Casanova à Durham et Chapel Hill, en Caroline du Nord. Quand Casanova l'avait enlevée, à son domicile, il voyait en elle la plus belle femme du Sud.

Kate n'était pas seulement belle, elle était également extrêmement intelligente. Elle avait obtenu son diplôme de pédiatre, et elle songeait à présent à devenir chirurgien.

Lorsqu'elle nous rejoignit, Kyle et moi étions en pleine conversation. Nous avions chacun notre idée sur la tactique à adopter pour la suite de l'enquête.

— Bonsoir, jeunes gens.

Elle avait laissé pousser ses beaux cheveux châtains. Une lueur sympathique brillait dans ses yeux bleu nuit. Elle affichait toujours une forme éblouissante, mais je savais bien qu'au fond d'elle-même, elle n'était que tendresse et fragilité.

— Arrêtez tout, nous intima-t-elle. Vous travaillez beaucoup trop. Ce soir, on va s'amuser un peu.

Nous nous levâmes aussitôt, en souriant comme des

imbéciles. Nous avions traversé ensemble bien des épreuves et voici que nous nous retrouvions à la même table, à Charleston…

Elle vint s'asseoir.

— Le hasard fait vraiment bien les choses, je participais à un congrès médical dans le coin.

— Alex ne croit pas au hasard, l'avertit Kyle.

— Pas de problème. Nous voici donc réunis par la grâce d'une intervention divine, ou je ne sais quoi. Louons donc le Seigneur, ajouta-t-elle, avec un grand sourire.

— Vous m'avez l'air de très, très bonne humeur, Kate, lui dit Kyle qui, lui-même, me paraissait assez euphorique.

— Normal, non, Kyle ? C'est un joli cadeau, complètement inattendu. Je vous revois tous les deux. Et en plus, je suis effectivement d'excellente humeur. Je me marie le printemps prochain. Thomas m'a demandé en mariage il y a deux jours.

Kyle marmonna des félicitations et j'appelai la serveuse pour commander une bouteille de champagne, histoire de fêter la nouvelle. Kate nous parla donc de son Thomas, gérant et propriétaire d'une petite librairie très prisée des bibliophiles, en Caroline du Nord. Il était également paysagiste et, libraire ou peintre, Kate le trouvait formidablement doué.

— Vous allez me dire que je ne suis pas objective. D'accord, mais vous me connaissez, je ne suis pas du genre facile, et je peux vous dire que c'est vraiment un bon. Et quelqu'un de bien. Comment vont Nana et les enfants ? Et Louise, Kyle ? Allez, racontez-moi tout. Vous savez que vous m'avez manqué, vous deux ?

Quand s'acheva le dîner, nous étions tous les trois bien gais. Grâce au champagne, sans doute, mais surtout à l'énergie et au charisme de Kate, qui avait même réussi à dérider Kyle, lui qui n'a rien, généralement, d'un joyeux luron. Il ne l'avait quasiment pas quittée des yeux durant tout le repas.

Nous sortîmes vers 23 heures, et arriva le temps des embrassades.

— Vous venez tous les deux à mon mariage, décréta Kate en frappant du pied pour bien faire passer le message. Kyle viendra avec Louise et toi, Alex, tu me présenteras l'amour de ta vie. Promis, juré ?

Nous promîmes de venir. Elle ne nous laissait pas le choix. Elle regagna sa voiture, une vieille Volvo bleue avec laquelle elle se rendait chez ses patients.

— Je l'aime vraiment beaucoup, dis-je comme si cela ne se voyait pas.

— Oui, moi aussi, fit Kyle en suivant la voiture des yeux. Elle a une sacrée personnalité.

3

Nous étions enfin à même d'établir certains liens, et j'espérais que bientôt il nous serait possible de recomposer le puzzle. Le lendemain après-midi, le FBI avait dressé la liste des douze villes de l'Est où avaient été recensés des crimes avec morsures, style vampire. Le premier remontait à 1989. Après avoir tout recopié sur une fiche, je réfléchis longuement. Quel rapport y avait-il entre ces villes ?

Atlanta
Birmingham
Charleston
Charlotte
Charlottesville
Gainsville
Jacksonville
La Nouvelle-Orléans
Orlando
Richmond
Savannah
Washington

L'éventail était large, mais le plus déroutant, le plus effrayant, c'était que ces crimes s'étaient peut-être produits sur une période de plus de dix ans.

J'établis ensuite une liste encore plus longue, celle des villes où des agressions non mortelles attribuées à de soi-disant vampires avaient fait l'objet de rapports et d'enquêtes. Le résultat me déprimait. Cette histoire commençait à ressembler à une invraisemblable conspiration.

New York
Boston
Philadelphie
Pittsburgh
Virginia Beach
White Plains
Newburgh
Trenton
Atlanta
Neward
Atlantic City
Tom's River
Baltimore
Princeton
Miami
Gainesville
Memphis
College Park
Charlottesville
Rochester
Buffalo
Albany

A Quantico, la *Violent Crime Unit* travaillait sur l'affaire vingt-quatre heures sur vingt-quatre. Kyle et moi avions la certitude que d'autres noms de villes allaient surgir, et que la période concernée pouvait dépasser onze ans.

A Atlanta, Gainesville, Savannah ainsi qu'à La Nouvelle-Orléans, des meurtres avaient été commis en deux années différentes. La ville la plus touchée restait pour l'instant Charlotte, en Caroline du Nord, où l'on dénombrait trois meurtres suspects, le premier remontant à 1989. C'était peut-être dans cette localité que tout avait commencé.

Le FBI avait dépêché des agents dans les douze villes concernées, et des groupes spéciaux avaient été mis en place à Charlotte, Atlanta ainsi qu'à La Nouvelle-Orléans.

Mes investigations à Charleston n'avaient pas donné grand-chose. La presse n'avait pas encore été informée de l'élargissement de l'enquête, et nous tenions à ce qu'elle l'apprenne le plus tard possible.

Ce soir-là, je fis un tour au Spooky Tooth, la seule boîte de la région fréquentée par les fétichistes gothiques, les Goths, comme ils s'appelaient, et les apprentis vampires. La clientèle était étonnamment jeune : des lycéens et des étudiants, en grande majorité. J'interrogeai le patron et quelques-uns de ses habitués. Ces derniers se montrèrent agressifs et nerveux, mais je les voyais mal en tueurs.

Je fis en sorte d'être de retour à Washington le lendemain après-midi. A 19 h 30, Nana, Jannie, Alex junior et moi allions écouter la chorale de Damon.

Ce fut encore plus enchanteur cette fois-là. Damon nous offrit un magnifique solo, *The Ash Grove*.

— Tu vois ce que tu as loupé ? me glissa Nana à l'oreille.

4

William et Michael aimaient bien le Sud, qui leur ressemblait un peu, avec ses excès et son esprit non-conformiste. Et surtout, ils étaient juste dans les temps.

Ils étaient arrivés à Savannah, en Géorgie. Au volant de la fourgonnette, William suivit Oglethorpe Street et s'arrêta devant la célèbre cimetière de Colonial Park. Il poursuivit ensuite jusqu'à Abercorn, prit Perry Street, passa devant Chippewa Square, puis Orleans Square. D'un ton sentencieux, il expliqua à son frère :

— Savannah a été érigée sur ses morts. Le port est en partie construit sur les cimetières.

Epargnée par la guerre de Sécession, Savannah était aujourd'hui l'une des villes du Sud les mieux préservées. William la trouvait magnifique, et il était ravi de savoir qu'ils allaient y faire leur prochaine victime. Ce serait un plaisir de se nourrir ici et de remplir leur mission. Il oublia les noms de rues à mesure qu'ils s'enfonçaient dans le centre historique, avec ses superbes hôtels particuliers bâtis à l'époque fédérale, ses églises du XIXe siècle, ses ferronneries ouvragées à l'extrême, surchargées de volutes et de motifs grecs, ses fleurs omniprésentes. Il admira les demeures célèbres. Green-Meldrim, Hamilton-Turner, la première maison de Joe Odom.

— Que cette ville est belle, quel charme ! s'enthousiasma-t-il. Je me sens capable de vivre ici. Crois-tu que nous devrions venir nous y installer un jour ? Ça te plairait ?

— Je meurs de faim, répondit Michael. Ce qui me plairait, c'est qu'on festoie, qu'on s'offre ce qu'il y a de mieux à Savannah.

Ils finirent par se garer dans une rue du nom de West Bay, et sortirent se dégourdir les jambes.

Deux jeunes filles qui marchaient d'un pas nonchalant arrivèrent près du véhicule. T-shirts du Savannah College of Arts and Design, jeans découpés, longues et belles jambes bronzées à souhait, elles affichaient une parfaite insouciance.

— On peut donner notre sang ici ? s'enquit la plus petite avec un sourire conquérant.

Elle avait peut-être seize ou dix-sept ans, un piercing à la lèvre et du gel framboise dans les cheveux.

— Que voilà un mets de choix ! fit Michael en la fixant des yeux.

La collégienne regarda sa camarade.

— C'est la première fois qu'on me la fait, celle-là. Hein, Carla ?

L'autre hocha la tête et leva les yeux au ciel.

William examina les deux jeunes filles et après réflexion se dit qu'à Savannah, ils pouvaient faire mieux que cela. Ces deux petites traînées n'étaient pas dignes d'eux.

— Désolés, mais c'est fermé pour l'instant, expliqua-t-il poliment, avec un sourire aimable, presque séducteur. Peut-être un peu plus tard, mesdemoiselles. Revenez donc ce soir. Qu'en dites-vous ?

— C'est pas la peine de vous la jouer, rétorqua la petite. C'était juste histoire de causer.

William passa une main paresseuse dans sa crinière blonde, sans cesser de sourire.

— Oh, je sais. Moi aussi. Et qui me reprochera de vouloir baratiner deux jolies filles ? Comme je vous l'ai dit, on se reverra peut-être ce soir. Et on prendra votre sang, bien entendu. C'est pour une bonne cause.

William et Michael décidèrent de marcher un peu jusqu'à la Savannah. Arrivés au Riverfront Plaza, ils prêtèrent à peine attention aux cargos et aux remorqueurs, à la décoration exubérante du *Savannah River Queen*, le fameux bateau à roue, et même à l'immense *Waving Girl*, cette statue de bronze représentant une jeune femme saluant tristement les marins en partance. Ils préféraient regarder les hommes et les femmes qui déambulaient sur l'esplanade. Ils cherchaient une proie, tout en sachant qu'il était dangereux d'attaquer ici, en plein jour. Quelques artistes du cru exposaient leurs œuvres lors d'une foire à la brocante. Dans la foule, relativement nombreuse, ils remarquèrent quelques soldats, mais surtout des femmes, dont certaines étaient très jolies.

— J'ai vraiment envie de me faire quelqu'un, lâcha finalement William. Peut-être ici, là, au bord de l'eau. Il est tellement mimi, ce parc.

— Tiens, celui-là, je le sens bien, fit Michael en désignant un mâle mince en T-shirt noir et short en jean.

— Ou alors, juste un petit en-cas. Que dirais-tu de cet adorable bambin, là-bas, dans le bac à sable ? Miam, miam. Ce serait beaucoup mieux que cette écœurante odeur sucrée que je sens partout.

William se réjouissait de voir son frère plaisanter ainsi.

— Ce que tu sens, c'est l'odeur des pralines. Et il paraît qu'ils font aussi des grillades géniales, ici. Avec une sauce bien relevée.

Michael tortilla du nez.

— Non, du porc ou du bœuf filandreux, ça ne me dit rien.

William commença à céder du terrain.

— Bon, peut-être qu'on peut se manger un petit truc vite fait. Tu vois quelque chose qui te plaît ? Tu peux prendre ce que tu veux.

Michael pointa l'index sur le morceau de son choix.

— Parfait, souffla William.

5

Mauvaise nouvelle. Nos vampires venaient de commettre un nouveau crime, aussi atroce que les précédents, à Savannah. Avec Kyle, je pris un rutilant hélicoptère Bell Jet noir dont Dark Vador lui-même aurait été fier pour rejoindre la Géorgie. Kyle refusait de lâcher l'affaire. Et il refusait de me lâcher.

Même vue des airs, la cité portuaire offrait un spectacle d'une extraordinaire beauté, avec ses grandes demeures toutes regroupées, ses curieux quartiers commerçants, et la Savannah serpentant au milieu des marécages jaune d'or jusqu'à l'Atlantique. Pourquoi ces agressions avaient-elles toujours lieu dans des sites attrayants et très fréquentés ? Pourquoi ces villes-là en particulier ?

La clé du mystère nous échappait, encore et toujours. Les tueurs suivaient vraisemblablement un scénario fantasmatique complexe. Lequel ?

Une voiture du FBI nous attendait, et il ne nous fallut que quelques minutes pour arriver à la cathédrale Saint-Jean-Baptiste. Elle se trouvait sur East Harris, dans le quartier historique. Il y avait des voitures de police et des ambulances devant les maisons anciennes.

— Toutes les autoroutes autour de Savannah ont été bloquées, m'informa Kyle tandis que notre voiture essayait de se frayer un chemin dans l'embouteillage. C'est le fait divers le plus bizarre, le plus horrible qui se soit passé dans le coin depuis le bouquin de John Berendt, ou plutôt, disons, depuis le meurtre qui l'a inspiré. Cela dit, ça risque de faire venir pas mal de touristes, non ? Le circuit des vampires va peut-être concurrencer celui de *Minuit dans le jardin du Bien et du Mal.*

— Je ne pense pas que ce soit le genre de touristes que la chambre de commerce et plus encore les riverains tiennent à voir débarquer ici. Que se passe-t-il, Kyle ? Les tueurs frappent juste sous notre nez. Ils sont en train de nous dire quelque chose. Ils interviennent toujours dans de très jolies villes. Ils assassinent dans les parcs, dans les hôtels de luxe, même dans une cathédrale. Cherchent-ils à se faire avoir ? Ou sont-ils persuadés qu'on ne pourra jamais les arrêter ?

Kyle contempla les flèches de l'édifice.

— Peut-être un peu des deux. Je suis cependant d'accord avec toi. Ils prennent des risques insensés pour une raison qui m'échappe totalement. C'est pour ça que tu es là. C'est toi, le profiler. C'est toi qui es à même de comprendre comment fonctionne leur cerveau malade.

Je n'arrivais pas à me sortir de la tête l'idée que ces types voulaient qu'on les capture. Pourquoi ?

6

Nous sortîmes de la voiture et courûmes vers la cathédrale. Au-dessus de l'entrée principale, une banderole proclamait : « Une foi, une famille ».

Les deux flèches dominaient majestueusement la ville. C'était un édifice de style gothique : immenses arcs, vitraux impressionnants, autel de marbre italien. Je prenais note de chaque détail, mais pour l'instant, rien ne me frappait.

Le meurtre avait été découvert moins de deux heures auparavant. Kyle et moi avions décollé dès que la police de Savannah nous avait appris la nouvelle. La télévision ne parlait plus que de cela.

Un doux parfum d'encens me chatouillait déjà le nez. En pénétrant dans la cathédrale, j'aperçus la victime et mon estomac se noua. C'était un homme de vingt et un ans. Selon les notes que j'avais lues en venant, un étudiant de dernière année en histoire de l'art à l'université de Géorgie, nommé Stephen Fenton. On lui avait laissé son portefeuille, son argent, on ne lui avait volé que son T-shirt.

La nef était sans doute assez vaste pour contenir un bon millier de fidèles, et la lumière qui transperçait les vitraux projetait sur le sol des taches de couleur. Même de loin, je voyais que le cou de la victime avait été littéralement ouvert. Le torse nu était bronzé et musclé, comme lors des meurtres précédents. Il gisait au pied de la treizième station du chemin de croix. Le sol était maculé de sang, mais il n'y avait pas véritablement de flaque.

Avaient-ils bu le sang ici, dans la cathédrale ? Etait-ce une question de sacrilège ? De religion ? Un rapport avec le chemin de croix ?

Nous nous approchâmes du corps. Un *body bag* était déjà déroulé, prêt à l'accueillir. Nerveux et de mauvaise humeur, les techniciens de la police de Savannah étaient visiblement pressés de faire leur travail et de repartir. Nous les tenions à l'écart pendant que le médecin légiste local examinait la victime.

Nous nous agenouillâmes au-dessus du corps. J'enfilai mes gants en plastique. Kyle, lui, n'en mettait quasiment jamais. Il touchait rarement les preuves sur une scène de crime, et je m'étais toujours demandé pourquoi. Ce qui ne l'empêchait d'ailleurs pas d'avoir de bonnes intuitions.

Mais si nous étions tous les deux aussi doués, comment se faisait-il que nous n'avions pas la moindre idée de la destination des tueurs, de l'endroit où ils frapperaient la prochaine fois ? Cette question me torturait chaque fois un peu plus. Quel sens attribuer à cette sanglante et macabre équipée ?

— Ils sont extrêmement impulsifs, marmonnai-je à Kyle. Je leur donne moins de trente ans. Ils ont peut-être à peine la vingtaine. Voire moins.

— Ça se tient, me répondit-il en regardant les blessures de l'étudiant. On a l'impression qu'ils ignorent la peur. C'est comme si un animal sauvage était en liberté. Comme le tigre. D'abord en Californie, et maintenant sur la côte Est. Le problème, c'est que nous ne savons pas exactement à quand remontent les premiers meurtres, ni le nombre des auteurs, ni même s'ils sont originaires de ce pays.

— Trois problèmes différents, et aucune réponse pour l'instant. Tes agents sont toujours en train de se renseigner dans les clubs gothiques et vampires ? Sur le web ? Quelqu'un sait forcément quelque chose.

— Si quelqu'un sait quelque chose, il se garde bien de le faire savoir. J'ai plus de trois cents agents qui travaillent à temps complet sur cette affaire, Alex. On ne pourra pas continuer longtemps à fonctionner à ce régime-là.

La station du chemin de croix, une sculpture de bois, représentait un Jésus que l'on descendait de sa croix pour le déposer dans les bras de sa mère. La couronne d'épines. La crucifixion. Les clous. Le sang. Y avait-il un rapport avec le sang ? La vie éternelle ? Je me posais légitimement la question. A Santa Barbara, Peter Westin avait observé que certains vampires menaient une recherche spirituelle. S'agissait-il d'un meurtre rituel, ou bien gratuit ? Devais-je retourner voir Peter Westin ? De toutes les personnes que j'avais rencontrées, c'était manifestement lui qui en savait le plus sur les vampires.

La victime portait un pantalon kaki et des baskets Reebok neuves. Outre les blessures au cou, elle présentait de profondes plaies à l'épaule gauche et sur le haut du torse. Les tueurs s'étaient visiblement énervés.

— Pourquoi lui avoir pris son T-shirt ? s'interrogea Kyle. Ils nous ont fait le même coup qu'à Marin.

— Parce qu'il était imbibé de sang, répondis-je en continuant d'examiner les blessures de l'étudiant. Il s'agit bien de morsures humaines, mais ces types-là attaquent comme des animaux. Le tigre est leur modèle, leur symbole. Il joue un rôle important, mais lequel ?

Des trilles résonnèrent dans la cathédrale. Kyle ouvrit son téléphone mobile. Je pensais malgré moi au Cerveau qui n'avait cessé, jusqu'à présent, de me harceler. Kyle écouta son interlocuteur durant une vingtaine de secondes avant de se tourner vers moi.

— On va tout de suite à Charlotte. Il y a eu un autre meurtre, Alex. Ils ont fait une nouvelle victime. Ils sont déjà en Caroline du Nord.

— Mais qu'est-ce qu'ils foutent, ces enfoirés ?

Nous sortîmes en courant, comme si on nous pourchassait.

7

De temps à autre, un meurtre ou une série de meurtres particulièrement épouvantables enflamment l'imagination du grand public d'une manière presque obscène. L'étrange tuerie de Jeffrey Dahmer à Milwaukee ; le meurtre de Gianni Versace par Andrew Philip Cunanan, qui avait fait ensuite encore d'autres victimes ; les sinistres exploits du Russe Andréï Chikatilo, le pire de tous selon certains. Et aujourd'hui, cette équipée sanglante sur les deux côtes des Etats-Unis.

Grâce à l'hélicoptère du FBI, nous eûmes vite fait de quitter Savannah pour gagner Charlotte. Quelques minutes après le décollage, Kyle contacta ses agents au sol. Ils avaient encerclé une masure située à un peu plus de vingt kilomètres de Charlotte. Jamais je n'avais vu Kyle aussi surexcité, même quand nous traquions Casanova ou le Gentleman.

— Il semblerait qu'on ait enfin une chance de les coincer, m'annonça-t-il. Personne ne sortira de cette baraque avant qu'on soit sur place. Je crois que les choses se présentent bien.

— On verra. Je ne suis pas persuadé qu'il s'agisse des mêmes individus.

J'avais cessé de faire des suppositions. Pourquoi Charlotte, pourquoi la Caroline du Nord ? Une quatrième agression dans la même ville. Pourquoi ?

Kyle écouta le rapport de ses agents postés sur place, puis me communiqua les principaux éléments.

— Les parents d'un jeune de dix-sept ans ont été agressés à Charlotte, tard hier soir. Ils ont tous les deux été frappés à mort. On a retrouvé un marteau sur les lieux. Il y a des traces de morsures sur les corps. On a la preuve que les deux adultes ont été attaqués par un animal de grande taille, ou un agresseur portant des crocs d'acier aiguisés.

Kyle leva les yeux au ciel. Les vampires ne l'inspiraient pas beaucoup.

— Le gosse a pris la fuite pour se réfugier dans une ferme abandonnée près d'une rivière, la Loblolly, continua-t-il. D'après ce que nous savons, ce sont surtout des jeunes qui squattent la baraque. Certains ont à peine douze ou treize ans, paraît-il. Ça ne va pas être simple, Alex. Il ne se passera rien avant qu'on arrive. L'âge des gosses constitue un vrai problème.

Une dizaine de minutes plus tard, nous nous posions dans un immense champ de fleurs sauvages. La maison où se cachait peut-être le meurtrier du couple ne se trouvait qu'à cinq kilomètres. C'était du Bonnie and Clyde. Quand nous atteignîmes le bois qui l'entourait, il était un peu plus de 17 heures. Bientôt, la tombée du jour nous permettrait de passer à l'action.

C'était une baraque en bois, avec un étage, noyée dans les glycines et les myrtacées. A nos pieds, le sol était jonché de pommes de pin, de noix et de ce qu'on appelle ici les *sweet gum monkey balls*. Tapis dans l'ombre, nous observions. Tout me rappelait le Sud de mon enfance. Où j'avais malheureusement vécu des jours souvent difficiles. Ma mère et mon père étaient tous deux morts avant l'âge de quarante ans. D'après mon psy, c'est pour cela que je m'imagine toujours que je vais mourir jeune. Le Cerveau penchait pour la même théorie, et peut-être comptait-il la mettre prochainement à l'épreuve.

La vieille baraque était coiffée d'un toit extrêmement pentu, et deux des carreaux de la petite fenêtre du grenier étaient cassés. Les parois de bois semblaient avoir bien résisté au temps, même si la peinture blanche s'écaillait. Le toit, en revanche, avait par endroits perdu ses bardeaux ignifugés, laissant apparaître du papier goudronné. Dans le genre lugubre, c'était parfait.

Le FBI marchait sur des œufs. La plupart des occupants de la maison n'avaient probablement pas vingt ans ; on ignorait leur identité, on ne savait pas s'ils avaient des antécédents judiciaires, et rien ne prouvait pour l'instant qu'ils étaient mêlés aux meurtres. Il fut donc décidé que tant que nous n'étions pas repérés, mieux valait surveiller les éventuelles allées et venues, et attendre la nuit pour intervenir. La situation était délicate, et l'enjeu pouvait devenir politique. Si un mineur était blessé, voire tué, l'affaire ne resterait pas sans conséquences.

Le silence qui régnait dans les bois contrastait curieusement avec la tension que ressentait chacun d'entre nous. Et de cette masure où tant de jeunes étaient censés s'être réfugiés, aucun son ne sortait. Ni rires tonitruants, ni musique rock. Aucune odeur de cuisine ne flottait jusqu'à nous. Seules quelques lueurs vacillaient dans le lointain.

Je sentais monter en moi un terrible doute : le tueur était-il encore sur place ? N'étions-nous pas arrivés trop tard ?

8

Quelqu'un me chuchotait quelque chose à l'oreille. C'était Kyle.

— On y va, Alex. On intervient. C'est l'heure.

A 4 heures du matin, il donna le signal de l'assaut. C'était Kyle qui dirigeait les opérations. Les forces de police locales avaient été placées sous son autorité.

J'accompagnai une douzaine d'agents en blousons bleus. Ce raid nous angoissait un peu. Nous avançâmes avec précaution pour nous arrêter à environ soixante-dix mètres de la maison. Deux tireurs d'élite, embusqués une quarantaine de mètres devant nous, confirmèrent par radio que tout était calme à l'intérieur. Trop calme ?

— Il s'agit surtout d'adolescents, nous rappela Kyle avant le moment fatidique. Mais pensez d'abord à vous couvrir.

Nous rejoignîmes les tireurs d'élite en rampant. Et ce fut l'assaut.

Kyle et moi passâmes par-devant, les autres s'engouffrèrent à l'intérieur par l'entrée située sur le côté et celle de derrière. Ils lancèrent deux grenades aveuglantes. Des cris aigus retentirent au rez-de-chaussée, des cris de gamins. Pas de coups de feu.

Nous découvrîmes un spectacle chaotique, déconcertant. Des gosses défoncés, en sous-vêtements ou complètement nus. Une bonne vingtaine, que nous venions de surprendre en plein sommeil. L'endroit puait l'urine, la marijuana, le moisi, la vinasse, et la cire. Les murs étaient couverts d'affiches de groupes comme Insane Clown Posse ou Killah Priest.

Ces gosses dormaient sur des couvertures, ou à même le sol. Nous venions de les réveiller, et ils étaient furieux. Les insultes se mirent à pleuvoir.

— Salauds de flics ! Bande de porcs ! Cassez-vous d'ici !

D'autres, à l'étage, étaient en train de se faire secouer. Il y eut quelques échanges de coups, mais aucune arme ne fut utilisée. Pour l'instant, nous ne déplorions aucun blessé sérieux.

Un gamin maigre comme un clou se rua sur moi en hurlant quelque chose. Nous ne semblions pas l'impressionner. Ses lentilles teintées lui faisaient des yeux rougeoyants. Il grognait, bavait, écumait littéralement. Je n'eus aucune peine à l'immobiliser d'une clé au cou et à lui passer les menottes en lui conseillant de se calmer s'il voulait rester entier. Il ne devait pas faire soixante-dix kilos, mais il était tout en nerfs, et plus fort qu'il ne le paraissait.

Un agent, à quelques mètres de moi, n'eut pas autant de chance. La rousse bien en chair qu'il tentait de maîtriser lui mordit la joue, puis la poitrine. Il hurla, voulut se dégager, mais la fille s'accrochait à lui comme un chien à son os.

J'arrachai la fille et lui mis les menottes, dans le dos. Elle portait un T-shirt noir sur lequel on lisait « C'est Noël et je vous emmerde », elle était couverte de tatouages représentant des serpents et des crânes, elle m'injuriait :

— Espèce de connard ! Ôte tes sales pattes de moi !

— Celui qu'on veut est à la cave ! me cria Kyle. C'est le tueur, Irwin Snyder !

Je le suivis. Il me fit traverser une cuisine qui tenait

du champ de bataille, jusqu'à une trappe en bois.

Nous avions dégainé nos armes. Ce que nous savions du double meurtre, sa sauvagerie et sa brutalité, nous incitait à la plus extrême prudence. Personne n'avait réellement envie de descendre dans cette cave. J'ouvris la trappe d'un coup sec.

Il y avait trois marches branlantes. Kyle et deux autres agents se faufilèrent à ma suite.

Pas un bruit. Le noir total. Un agent balaya la cave du faisceau de sa lampe-torche.

C'est alors que nous découvrîmes le tueur. Il nous vit également.

9

Un adolescent bien bâti, vêtu d'un blouson de cuir clouté tout sale et d'un jean noir, nous attendait, accroupi dans un coin de la cave. Armé d'un pied-de-biche. Il se leva d'un bond et fit tournoyer la barre au-dessus de sa tête en poussant des grognements. Ce devait être Irwin Snyder, le jeune qui avait tué ses parents. Il avait à peine dix-sept ans. Qu'est-ce qui avait bien pu lui prendre ?

Des crocs dorés dépassaient de sa bouche, et ses lentilles lui faisaient des yeux rouge sang. Il avait le nez et les sourcils percés d'une bonne douzaine de minuscules anneaux d'or et d'argent. Il était grand et très musclé. Star du football universitaire, il avait abandonné ses études du jour au lendemain.

Snyder grognait toujours. Il avait les pieds dans une flaque d'eau d'infiltration, mais ne semblait pas s'en rendre compte. Le regard était vitreux, creusé.

— N'avancez pas ! hurla-t-il. Vous savez pas dans quelle merde vous êtes. Ça, non ! Foutez le camp d'ici ! Sortez de chez nous !

Il agitait toujours son vieux pied-de-biche rouillé. Nous nous arrêtâmes. Je voulais l'écouter.

— Explique-toi, lui dis-je. A quelle merde fais-tu allusion ?

— Je sais qui tu es, beugla-t-il en expédiant des postillons dans toute la pièce.

Il était dans un état de folie meurtrière, abruti par la drogue.

— Qui suis-je ?

Par quel miracle aurait-il pu le savoir ?

— Tu es cet enfoiré de Cross, voilà qui tu es, me répondit-il en dévoilant les crocs qu'il s'était fait rajouter.

Son sourire était celui d'un illuminé, et sa réponse me laissa sans voix.

— Et tous les autres, poursuivit-il, c'est les chiens du FBI ! Vous méritez tous de crever ! Tu vas crever. Cross, ça veut dire croix, mais votre croix, elle marche pas, ici, bande de crétins.

— Pourquoi as-tu tué ta mère et ton père ? lui demanda Kyle depuis l'escalier.

— Pour les libérer, ricana Snyder. Maintenant, ils sont aussi libres que les petits oiseaux dans l'air.

— Je ne te crois pas, lui dis-je. Tu racontes n'importe quoi.

Il grognait toujours comme un chien de cour de ferme.

— T'es pas aussi con que t'en as l'air, Cross.

— Pourquoi t'es-tu servi de crocs métalliques pour les mordre, Irwin ? Quelle est la signification du tigre, Irwin ?

— Tu le sais déjà, sans quoi tu me poserais pas la question.

Il partit d'un rire féroce. Ses vraies dents étaient jaunes, tachées par la nicotine. Son jean noir crasseux donnait l'impression d'avoir été enfoui dans la cendre, et son blouson de cuir avait perdu une partie de ses clous. Une odeur de viande avariée empuantissait la cave. Que s'était-il passé ici ? Avais-je réellement envie de le savoir ?

Je revins à la charge.

— Pourquoi as-tu tué tes parents ?

— Je les ai tués pour me libérer ! hurla-t-il. Je les ai butés parce que je suis le Tigre.

— Qui est le Tigre ? Que signifie ce Tigre ?

Une lueur de malice dansait dans son regard.

— Oh, tu le verras bientôt. Et tu regretteras de l'avoir vu.

Il lâcha son pied-de-biche et plongea la main dans la poche de son jean. Je me précipitai vers lui. Sa main droite tenait un couteau à cran d'arrêt.

Il voulut me porter un coup. Mon esquive ne fut pas assez rapide, et la lame m'entailla le bras. J'eus l'impression d'une brûlure. Snyder poussa un cri strident de triomphe et revint à la charge. Il était rapide, athlétique, déterminé.

Je parvins à lui saisir le poignet et à lui faire lâcher prise, mais il me mordit l'épaule droite, puis voulut s'attaquer à mon cou. Kyle et ses hommes s'étaient déjà jetés sur lui.

— Saloperie de merde !

Malgré un coup de poing au visage, il réussit à me mordre encore le dos de la main. La douleur était fulgurante.

Les agents du FBI eurent toutes les peines du monde à le plaquer au sol tandis qu'il crachait insultes et menaces. Tout le monde avait peur d'être mordu.

— Maintenant, tu es des nôtres ! me lança-t-il d'une voix suraiguë. Tu es des nôtres ! Tu vas pouvoir rencontrer le Tigre.

Et il ponctua ses hurlements d'un rire sardonique.

10

J'avais encore mal au crâne, mais cela ne m'empêcha pas de passer quatre heures à interroger Irwin Snyder dans un local blanc, nu et sans fenêtres d'une prison, à Charlotte. Kyle participa à l'interrogatoire durant une heure environ, mais cela ne fonctionnait pas, et je lui demandai de me laisser seul. Snyder était menotté, et je ne craignais rien. Mais j'aurais aimé savoir ce qui lui traversait l'esprit…

Je commençais à ressentir des élancements dans le bras et dans la main, mais l'important n'était pas là : comment Irwin Snyder avait-il pu savoir que j'allais venir à Charlotte ? Que savait-il d'autre ? Quel rapport pouvait-il y avoir entre ce jeune criminel et la série de meurtres sur laquelle j'enquêtais ?

Il était pâle, il avait l'air malsain, avec son petit bouc et ses pattes en bataille. Il me regarda. Des yeux noirs, en perpétuel mouvement, d'où émanait une certaine intelligence.

Puis il posa le front sur le Formica de la table. Ma réaction fut immédiate : je le pris par les cheveux et je le forçai à se lever. Il m'injuria une bonne minute avant d'exiger de voir son avocat.

— Ça fait mal, hein ? lui dis-je. Ne me force pas à recommencer. Tu ne poses pas la tête sur la table. Ce n'est pas l'heure de la sieste. Et il ne s'agit pas non plus d'un jeu.

Il m'adressa un doigt d'honneur et posa de nouveau le front sur la table. Je savais qu'il avait pris l'habitude de se livrer à ce genre de numéro à l'école et chez lui, mais je n'avais aucune intention de le laisser faire ça ici, et avec moi.

J'empoignai une nouvelle fois sa chevelure grasse, avec davantage de vigueur.

— J'ai l'impression que tu ne comprends pas bien l'anglais. Tu as tué tes parents de sang-froid. Tu es un assassin.

Il se mit à hurler.

— Un avocat ! Un avocat, vite ! On me torture ! Un flic est en train de me passer à tabac ! Un avocat ! Je veux mon avocat !

De l'autre main, je lui pris le menton. Il me cracha sur la main. Je fis semblant de n'avoir rien remarqué.

— Maintenant, tu vas m'écouter, d'accord ? Tous les autres sont au commissariat central. Tu es seul, ici, avec moi. Personne ne t'entend. Et tu n'es pas en train de te faire passer à tabac. Mais tu vas me dire tout ce que tu sais.

Je lui tirai encore une fois les cheveux, aussi fort que je le pus sans lui arracher une touffe. Il poussa un grand cri, mais je savais bien que je ne lui avais pas fait très mal.

— Tu as tué ton père et ta mère à coups de marteau, tu m'as mordu deux fois, et tu pues horriblement. Il n'y a rien qui me plaît, chez toi, mais ça ne va pas nous empêcher d'avoir une petite conversation.

— Tu ferais bien d'aller soigner tes morsures, flicaillon de merde, siffla-t-il. Je t'aurai prévenu.

Il faisait toujours la grande gueule, mais je le vis se recroqueviller en grimaçant quand ma main se rapprocha de ses cheveux.

— Comment as-tu su que j'allais venir à Charlotte ? Qui t'a dit comment je m'appelle ? Réponds.

— Pose la question au Tigre quand tu le verras. Et tu le verras beaucoup plus tôt que tu le penses.

11

Il nous apparut très vite qu'Irwin Snyder ne pouvait pas être l'auteur des meurtres précédents. Il ne s'était rendu qu'une ou deux fois en Caroline du Nord, et ses contacts avec le monde extérieur se limitaient essentiellement au web. Et il était trop jeune, bien évidemment, pour pouvoir être impliqué dans les premiers crimes, vieux de onze ans.

Cet adolescent de dix-sept n'en avait pas moins tué son père et sa mère, geste qui ne semblait pas lui inspirer le moindre remords. Il l'avait fait à la demande du Tigre. C'était tout ce que j'avais pu lui arracher. Il refusait d'avouer de quelle manière il avait connu la ou les personnes qui l'avaient poussé à commettre ce double crime.

Tandis que j'interrogeais Snyder, puis les autres jeunes arrêtés dans la ferme abandonnée, je commençai à ressentir des démangeaisons, puis des douleurs, à l'épaule et à la main. Les morsures que Snyder m'avait infligées n'étaient que des perforations, et je n'avais pas saigné beaucoup. Celle de l'épaule était la plus profonde. Les crocs avaient traversé mon blouson et laissé des empreintes bien visibles que j'avais fait photographier au poste.

J'étais bien trop occupé pour me faire soigner aux

urgences. La douleur ne tarda pas à devenir presque intolérable. En fin de matinée, je n'arrivais plus à fermer correctement le poing. Presser la détente de mon arme allait devenir problématique. « Tu es des nôtres », m'avait dit Snyder.

A quel groupe, à quelle cellule, à quel culte appartenait-il ? Où se trouvait le Tigre ? S'agissait-il d'une seule et même personne ? Ma réunion avec le FBI et la police de Charlotte se prolongea jusqu'à 20 heures et s'acheva sur un amer constat : nous étions très loin de toute solution. Le FBI avait décidé de passer le web au crible, en quête de tout message faisant allusion au tigre, avec ou sans majuscule.

Je repris l'avion pour Washington en fin de soirée et parvins à dormir un peu pendant le vol. Je manquais encore de sommeil. J'avais à peine franchi le seuil de ma maison que le téléphone sonnait. Non, pitié...

— On est rentré, Dr Cross. Parfait. Bienvenue à Washington. Vous m'avez manqué. Charlotte vous a plu ?

Je posai le combiné pour me ruer au dehors. Il faisait nuit, je ne voyais rien. La rue paraissait déserte, mais cela ne signifiait pas que le type n'était pas planqué aux abords de la maison. Comment, sinon, pouvait-il savoir que j'étais rentré ?

Je descendis la rue en courant. Aucune silhouette en vue, mais cela ne voulait pas dire que lui ne me voyait pas. Quelqu'un m'avait épié, forcément. Quelqu'un était là, tapi dans le noir.

— Je suis rentré ! criai-je. Viens ici, on va régler ça tout de suite, une fois pour toutes ! Je suis là, salopard !

Il ne répondit pas.

Puis j'entendis des pas derrière moi. Je fis volte-face pour affronter le Cerveau.

— Alex, que se passe-t-il ? Quand es-tu rentré ? A qui parles-tu ?

C'était Nana, et elle avait l'air bien frêle, et tout apeurée. Elle courut se blottir contre moi.

12

A mon réveil, le lendemain matin, vers 6 heures, j'étais en piteux état. Mes blessures m'élançaient et l'inflammation gagnait du terrain ; le pourtour était devenu rouge et brûlant. Une sorte de pus déplaisant suintait de celle de ma main, laquelle avait quasiment doublé de volume. Il y avait de quoi s'inquiéter. J'étais malade comme un chien, et cela tombait au pire moment.

Je pris ma propre voiture pour me rendre aux urgences de l'hôpital St Anthony, et réalisai en arrivant que j'avais une fièvre de cheval.

Le médecin qui m'examina était le Dr Prahbu, un grand Pakistanais qui me rappelait l'un des fils dans le film *East Is East*. Il m'annonça que cette inflammation avait probablement pour origine un staphylocoque, une bactérie commune que l'on trouvait dans la bouche.

— Comment se fait-il que vous ayez été mordu ? voulut-il savoir.

Ma réponse n'allait pas lui plaire, mais tant pis.

— J'étais en train de maîtriser un vampire.

— Non, inspecteur Cross, sans plaisanter, comment avez-vous fait pour vous faire mordre ? Je suis quelqu'un de sérieux, et ma question est sérieuse. Il faut que je le sache.

— Je ne plaisante absolument pas. Je fais partie de la brigade qui enquête sur les crimes de vampires. J'ai été mordu par un jeune homme qui avait de grandes canines.

— Bon, très bien, inspecteur. Comme vous voudrez.

On procéda à des analyses de sang, et je fis savoir au Dr Prahbu que les résultats devraient m'être communiqués. L'hôpital commença par refuser, puis accepta de les faxer à Quantico.

On me renvoya chez moi avec une ordonnance pour du Keflex. Je devais garder mon bras infecté en l'air et lui donner un bain de Domeboro toutes les quatre heures.

Trop malade pour faire quoi que ce soit, je me mis au lit dès mon arrivée et écoutai la radio. Nana et les enfants tournaient autour de moi, ne sachant que faire. J'avais la nausée, je ne pouvais rien avaler, je n'arrivais pas à dormir, j'étais incapable de penser à autre chose qu'à la douleur lancinante qui me taraudait l'épaule et la main. Et mon état vira au délire pendant plusieurs heures.

Maintenant, tu es des nôtres.

Je finis par m'endormir, pour me réveiller vers 1 heure du matin. Je me sentais encore plus mal qu'avant, et je n'avais qu'une peur : le téléphone allait sonner, et ce serait le Cerveau.

Il y avait quelqu'un dans la pièce, tout près de moi.

Soupir de soulagement.

C'était Jannie, dans le fauteuil, juste à côté du lit. Elle me veillait.

— Comme toi, quand j'étais malade, l'an dernier, me dit-elle. Maintenant, papa, il faut que tu dormes. Allez, dors, repose-toi. Et t'as pas intérêt à te transformer en vampire devant moi, hein !

Je ne répondis pas. Je ne parvins même pas à prononcer trois mots. Lentement, le sommeil me tira à lui.

13

Personne ne s'y attendrait, et tout l'intérêt de l'opération était là. La fin d'Alex Cross.

L'heure était venue. Peut-être aurait-il même pu passer à l'acte plus tôt. Cross devait mourir.

Le Cerveau se trouvait à l'intérieur même de la maison des Cross, une expérience aussi excitante qu'extraordinaire, comme il se l'était imaginée. Jamais il ne s'était senti aussi puissant qu'en cet instant, dans l'obscurité de ce séjour, à un peu plus de 3 heures du matin. Il avait remporté le duel qui les opposait. Le Cerveau avait triomphé. Cross était défait. Demain, tout Washington pleurerait sa disparition.

Il pouvait tout faire – par où commencer ?

Il avait envie de s'asseoir pour réfléchir. Nul besoin de se précipiter. Où voulait-il s'asseoir ? Mais oui, bien sûr, sur la terrasse, au piano. L'endroit où Cross venait toujours se détendre et se changer les idées, l'endroit où il aimait jouer avec ses gosses, en grand niais sentimental qu'il était.

Le Cerveau caressa l'idée de jouer un petit morceau, peut-être un peu de Gershwin, pour montrer à Cross qu'il le surpassait même au piano. Il voulait s'annoncer avec éclat. C'était tellement bon. Un vrai bonheur. Il aurait tellement aimé que cette nuit ne s'achève jamais…

Que pouvait-il faire de mieux ? Il fallait que ce soit une nuit inoubliable, dont il puisse savourer le souvenir à jamais. Un souvenir qui aurait pour lui, et pour lui seul, une immense signification.

En s'installant sur la terrasse, il se représenta les deux triangles qui expliquaient ses rapports complexes avec Alex Cross. Il prenait son temps, il se délectait, en affichant un sourire béat. Il était dans son élément et il se sentait tellement, tellement heureux.

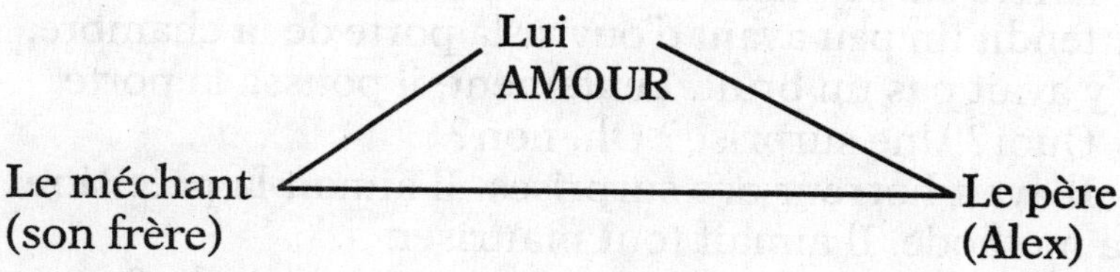

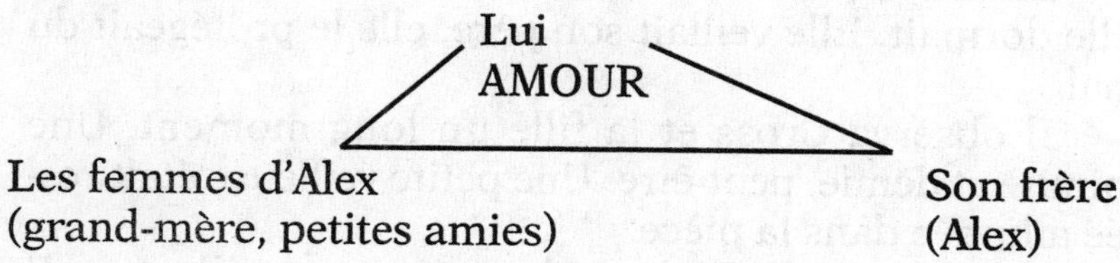

Cet excellent modèle psychologique, concis, net, solide, expliquait tout ce qui allait se passer ce soir. Le Dr Cross lui-même l'aurait très certainement validé. C'était le triangle familial pathologique dans toute sa splendeur.

Peut-être l'expliquerait-il à Cross, juste avant de le tuer. Il enfila ses gants de plastique, puis ses protections pour les chaussures. Il vérifia que son arme était bien chargée. Tout était prêt. Puis il monta à l'étage.

Il connaissait parfaitement la maison des Cross. Il n'avait même pas besoin de lumière. Il évitait tous les bruits superflus. Pas d'erreur. Ne pas laisser de traces, d'indices susceptibles de mettre la police locale et le FBI sur sa piste.

Quel mort incroyable, pour Cross et sa famille... Quel coup, quelle effroyable idée... L'ordre des exécutions prit peu à peu forme dans son esprit lorsqu'il monta l'escalier. Oui, c'était ainsi qu'il fallait procéder.

Alex junior
Jannie
Damon
Nana
et ensuite Cross

Arrivé sur le palier, il suivit le couloir jusqu'au fond et attendit un peu avant d'ouvrir la porte de la chambre. Il n'y avait pas un bruit. Lentement, il poussa la porte.

Quoi ? Une surprise ? Oh, non ?

Il avait horreur des surprises. Il aimait la précision et la méthode. Il aimait tout maîtriser.

La fillette, Jannie, était assise près du lit de Cross. Elle dormait. Elle veillait son père, elle le protégeait du mal.

Il observa Cross et la fille un long moment. Une minute et demie, peut-être. Une petite veilleuse était restée allumée dans la pièce.

Cross avait l'épaule et la main emmaillotées. Il transpirait dans son sommeil. Il était blessé, malade, il n'était pas lui-même, ce n'était pas un adversaire à sa hauteur. Le tueur soupira, accablé de déception, de tristesse, de désespoir.

Non, non, non ! Cela n'allait pas du tout. Cela ne faisait pas l'affaire. Cela n'allait pas du tout !

Lentement, il referma la porte de la chambre et, toujours sans un bruit, s'empressa de quitter les lieux en empruntant très exactement le même chemin qu'à l'aller. Nul ne saurait qu'il était venu ici. Pas même l'inspecteur Cross.

Comme d'habitude, on ignorait tout de lui. Personne ne se doutait de quoi que ce soit.

Après tout, il était le Cerveau...

14

Je me réveillai plusieurs fois au cours de la nuit et j'eus l'impression, à un moment, qu'il y avait quelqu'un dans la chambre. Je percevais une présence. Sans pouvoir faire grand-chose, de toute manière.

Puis, après avoir passé quatorze heures au lit, je finis par émerger de ma torpeur. Je me sentais mieux, j'avais presque les idées claires, mais j'étais toujours aussi épuisé. Toutes mes articulations me faisaient mal, et je voyais mal. J'entendais de la musique, en sourdine. Erykah Badu, une de mes chanteuses préférées.

On frappa à la porte.

— Je suis présentable. Qui est-ce ?

Jannie entra. Elle m'apportait un petit déjeuner – œufs pochés, céréales chaudes, jus d'orange, café – sur un plateau de plastique rouge. Elle était radieuse, visiblement fière d'elle. Moi aussi, j'étais fier d'elle. Elle était vraiment adorable quand elle le voulait.

— Je ne sais pas si tu peux déjà manger, papa, mais je t'ai apporté un petit déj', au cas où.

— Merci, ma puce. Je me sens déjà mieux.

Je parvins à me redresser et à coincer quelques coussins derrière mon dos avec ma main valide.

Jannie déposa le plateau sur mes genoux en faisant bien attention à ne rien renverser, puis elle se pencha et m'embrassa sur la joue.

— Dis donc, j'en connais un qui a besoin de se raser.

— Je te remercie.

— C'est pour ton bien que je dis ça, rétorqua-t-elle. Tu te sens assez bien pour qu'on vienne te tenir compagnie ? On te regarde juste manger, on sera gentils, on fera pas d'histoires ? T'es d'accord ?

— C'est exactement ce qu'il me faut maintenant.

Jannie revint avec Alex junior dans les bras, suivie de Damon. Ils me firent des signes d'encouragement, grimpèrent sur mon lit et, comme promis, se montrèrent très, très sages. Comme remède, il n'y avait pas mieux.

— Mange ton petit déjeuner pendant que c'est chaud, me taquina Jannie. Je commence à te trouver un petit peu maigre.

— Ouais, c'est vrai, renchérit Damon. T'es mince comme un fil de fer. Un vrai sac d'os, je dirais même.

— Hum, c'est fameux, fis-je entre deux bouchées d'œuf et de pain grillé, que j'espérais ne pas régurgiter, tout en caressant la tête d'Alex junior.

— Quelqu'un a voulu t'empoisonner, papa ? voulut savoir Jannie. Qu'est-ce qui s'est passé ?

— Je ne sais pas, ma puce. C'est une infection. On peut l'attraper en se faisant mordre par quelqu'un.

Jannie et Damon grimacèrent.

— Nana dit que c'est une septicémie, précisa Damon, qui avait manifestement fait des recherches. Avant, on appelait ça un empoisonnement sanguin.

— Ah, si c'est Nana qui le dit...

Avec elle, toute contestation était vouée à l'échec. Je jetai un regard sur mon épaule droite emmaillotée. Autour du pansement boursouflé, la peau était d'un jaune peu râgoutant.

— Quelque chose de mauvais a pénétré dans mon sang, mais maintenant, ça va. Je reprends les choses en main.

Mais j'avais encore en mémoire les paroles d'Irwin Snyder : *tu es des nôtres*.

15

Je réussis à descendre à l'heure du dîner, et pour me remercier, Nana m'offrit un festin : poulet, sauce à la viande et brioche salée, ainsi qu'une belle part de tarte fine aux pommes. Je fis un effort et me rendis vite compte qu'en fait j'avais bel et bien un peu faim.

Le repas terminé, je couchai Alex et remontai à ma chambre vers 20 h 30. Tout le monde semblait comprendre que j'étais fatigué et que je n'étais pas encore en pleine possession de mes moyens.

Impossible, pourtant, d'aller me coucher. J'étais trop préoccupé par mon enquête. A tort ou à raison, j'avais l'impression que nous n'allions pas tarder à faire une découverte majeure.

Je pus passer deux bonnes heures devant mon ordinateur sans problèmes de concentration. J'avais la quasi-certitude qu'il existait un lien entre les villes dans lesquelles avaient été commis les différents meurtres. Un lien que personne, à ce jour, n'avait décelé. Je vérifiai tout et n'importe quoi, jusqu'aux horaires des avions, des cars, des trains. Cela ne servait sans doute pas à grand-chose, mais on ne sait jamais, et je n'avais rien de mieux à faire.

Je décidai de répertorier ensuite les sociétés présentes dans toutes les villes de la liste, sièges sociaux et succursales confondus. Le choix était vaste, mais que pouvais-je en déduire ? Des Federal Express, des American Express, des Gap, des Limited, des McDo, des Sears ou des JCPenney, il y en avait quasiment partout.

J'avais au moins un guide touristique de chacune des villes concernées, mais les potasser jusqu'à minuit ne m'avança à rien. Mon bras m'élançait, et je commençais à avoir mal au crâne. Il n'y avait plus un bruit dans la maison.

Ensuite, je m'intéressai aux déplacements des équipes sportives, des cirques, des fêtes foraines, des auteurs en tournée promotionnelle, des groupes de rock, et je finis par tomber sur quelque chose dans le domaine du spectacle. J'étais prêt à aller me coucher, mais il y avait là de quoi creuser. Je ne voulais surtout pas m'emballer, mais mon pouls s'accéléra très vite lorsque je consultai le calendrier de la côte Ouest, puis celui de la côte Est. Eurêka. Enfin, peut-être.

J'avais trouvé le profil que je recherchais : un spectacle qui se produisait sur la côte Ouest en hiver et au début du printemps, puis venait dans l'est du pays. Les villes étaient les mêmes que celles où les meurtres avaient été commis.

Et les tournées se succédaient depuis quinze ans.

J'étais presque certain d'avoir enfin découvert un lien avec les tueurs.

Deux illusionnistes qui s'appelaient Daniel et Charles.

Ceux qu'Andrew Cotton et Dara Grey étaient allés voir peu avant d'être assassinés à Las Vegas.

Je savais même où ils allaient donner leur prochain spectacle. Sans doute étaient-ils déjà sur place.

La Nouvelle-Orléans.

Je pris mon téléphone pour appeler Kyle Craig.

16

Onze années d'enquêtes criminelles, et c'était là tout ce que nous avions.

La Nouvelle-Orléans, en Louisiane.

Une boîte de nuit, le Howl.

Deux illusionnistes, Daniel et Charles.

Je n'étais pas encore en état de voyager, et je devais donc rester à Washington, ce qui m'énervait au plus haut point. J'allais manquer un moment décisif. Kyle, lui, s'était rendu sur place. Selon moi, il tenait à réaliser ce coup de filet lui-même, et je le comprenais. C'était une énorme affaire, et grâce à cette opération, sa carrière pouvait faire un bond.

Une demi-douzaine d'agents du FBI circulaient au milieu du public venu assister à la première représentation de Daniel et Charles, en début de soirée. Le Howl se trouvait dans le quartier des entrepôts, près de Julia Street. Des groupes s'y produisaient régulièrement. Ce soir, c'était de la musique cajun et du blues qui secouaient les murs de brique. Quelques touristes tentèrent d'entrer avec leurs cocktails géants ramenés de Bourbon Street. L'accès de la boîte leur fut interdit « à vie ».

Sur le parking, les vieilles Toyota et Mitsubishi, et quelques 4×4, trahissaient la présence de nombreux étudiants de Tulane et Loyola. A l'intérieur, les clients, bruyants et agités, disparaissaient sous un épais nuage de fumée. Plusieurs d'entre eux semblaient ne pas avoir l'âge légal, or l'établissement avait déjà fait l'objet de plusieurs plaintes à ce sujet. Selon toute vraisemblance, les patrons trouvaient plus facile de soudoyer la police locale que de respecter la législation.

Soudain, ce fut le silence. Puis quelqu'un s'écria :

— Oh, putain ! Regardez !

Un tigre blanc venait d'apparaître sur la scène recouverte de draps de velours noir.

Le félin n'avait pas de laisse. Aucun dresseur, aucun assistant ne semblait être présent. Dans la salle, chacun retenait son souffle.

L'énorme fauve leva paresseusement la tête et poussa un feulement. Dans les premières rangées, en contrebas, une fille en caraco rose fluo se mit à hurler. Nouveau feulement.

Un deuxième tigre blanc arriva, balaya l'assistance d'un œil mauvais et feula à son tour. Les spectateurs assis au pied de la scène empoignèrent leurs canettes et s'éparpillèrent en tous sens.

Puis un autre feulement caractéristique monta du fond de la salle. Tout le monde se figea. Combien de fauves avaient été lâchés dans la boîte ? Où étaient-ils ? Que se passait-il ?

Seule la scène était éclairée. Toute tentative de fuite par les allées latérales semblait risquée. Les projecteurs balayèrent le plateau de gauche à droite, puis en sens inverse. On eût dit que, sous ce torrent de lumière, la scène tout entière venait de se déplacer.

On entendit toute la salle s'étrangler. La panique flottait dans l'air.

Les tigres avaient disparu !

A l'endroit même où ils se trouvaient une fraction de seconde plus tôt se tenaient à présent deux magiciens. Ils affichaient de grands sourires, et semblaient presque se moquer de ce public au bord de la crise de nerfs.

Le plus grand, Daniel, prit enfin la parole.

— Vous n'avez rien à craindre. Nous sommes Daniel et Charles, les meilleurs illusionnistes que vous aurez jamais l'occasion de voir. C'est une promesse que je compte bien tenir. Et maintenant, place à la magie !

Aux applaudissements, aux acclamations, succédèrent les hurlements d'enthousiasme. Il y avait deux représentations d'une heure et demie chacune, ce soir-là. Les agents du FBI avaient infiltré la foule. Kyle Craig se trouvait à l'intérieur. D'autres hommes étaient restés postés autour de l'établissement. Daniel et Charles exécutèrent plusieurs numéros, qualifiés d'hommages à Houdini, puis offrirent leur version de *La Veuve joyeuse* de Carl Herz.

Le public était sous le charme. A la fin du spectacle, chacun repartit ravi, jurant de revenir et faire de la publicité. Apparemment, les réactions étaient les mêmes partout où Daniel et Charles se produisaient, d'une côte à l'autre.

Pour le FBI, les choses sérieuses allaient enfin commencer. Dès la fin de la seconde représentation, Daniel et Charles furent prestement escortés jusqu'à la limousine gris métallisé qui les attendait, moteur au ralenti, dans une ruelle dont l'accès avait été interdit. Ils traversèrent les coulisses au milieu d'une pagaille et d'un vacarme invraisemblables, en se disputant.

Plusieurs voitures du FBI prirent discrètement la limousine en chasse. Le centre-ville était encombré, comme d'habitude à pareille heure. Une fois sortie des embouteillages, la Lincoln se dirigea vers le lac Pontchartrain. Kyle Craig garda le contact radio pendant tout le trajet.

La limousine s'arrêta devant une somptueuse demeure coloniale. Dans l'immense propriété plantée de chênes plusieurs fois centenaires, une fête battait son plein. Rock et Dr John à fond. Les invités s'étaient éparpillés sur les pelouses qui ondulaient doucement jusqu'aux eaux noires et miroitantes du lac.

Le chauffeur de la Lincoln descendit et ouvrit d'un geste théâtral l'une des portières arrière. Sous les yeux incrédules des agents fédéraux, deux tigres blancs bondirent hors du véhicule.

Daniel et Charles ne se trouvaient pas à bord de la limousine. Les magiciens s'étaient volatilisés.

17

Daniel et Charles venaient d'arriver dans un petit club privé situé sur une propriété d'Abita Springs, à quatre-vingts kilomètres de La Nouvelle-Orléans. Un club qui n'avait jamais l'honneur de figurer dans les pages spectacles du *Times-Picayune*, ni dans les brochures touristiques que tous les hôtels de la région mettaient à la disposition de leurs clients.

Un homme du nom de George Hellenga accueillait ses hôtes avec un enthousiasme presque fébrile. Les joues terriblement grêlées, le sourcil épais et sombre, le regard creusé, affublé de lentilles qui lui faisaient des pupilles noires, Hellenga avait réussi à tasser ses cent cinquante kilos et quelques à l'intérieur d'un blouson et d'un pantalon de cuir noirs achetés dans une boutique de Houston spécialisée dans le prêt-à-porter pour hommes forts. Il se courba devant les illusionnistes et leur fit savoir, à mi-voix, qu'il était honoré de leur visite.

— Tu peux, lui répondit Charles. Ce fut une longue et éreintante journée. Tu sais pourquoi nous sommes ici. Ne perdons pas de temps.

Hors spectacle, c'était souvent Charles qui parlait, surtout s'il s'agissait de s'adresser à un moins-que-rien aussi pathétique. Hellenga les conduisit au sous-sol. Ils étaient les maîtres, il était l'esclave. Ils étaient légions ceux qui, comme lui, attendaient en priant pour qu'un jour la chance leur soit donnée de servir le Maître.

En descendant les marches, Daniel se laissa aller à sourire. Il apercevait le captif, l'esclave, et ce qu'il voyait lui plaisait grandement.

Il s'approcha du jeune homme, qui devait avoir dix-huit ou dix-neuf ans, et lui dit :

— Me voici. Je suis ravi de te voir. Tu es stupéfiant.

C'était un grand garçon d'un mètre quatre-vingt-cinq, aux cheveux blonds coupés court, aux membres souples, aux lèvres charnues et mises en valeur par de très beaux anneaux d'argent. Des lèvres superbes, d'un rose tirant sur le rouge.

— Il fait la moue, s'insurgea Daniel. Il a l'air si triste. Détache-le. Quel est le nom de ce pauvre garçon ?

— Il s'appelle Edward Haggerty, Maître, répondit George Hellenga d'une voix tremblante. C'est un étudiant de première année de Louisiana State. Il est votre serviteur.

Les fines mains d'Edward Haggerty étaient menotées au mur de brique. Le jeune homme ne portait qu'un cache-sexe argenté et, à la cheville, un bracelet d'argent. C'était une magnifique créature, au corps mince, au teint superbe. Parfaite à tous points de vue.

George Hellenga jeta au Maître un regard inquiet.

— Il risque de s'échapper, si on le libère, monsieur.

Daniel tendit les bras vers le beau garçon et l'étreignit avec tendresse, comme s'il n'était qu'un enfant. Il l'embrassa sur la joue, sur le front, puis sur la bouche, cette bouche aux lèvres si purpurines.

— Tu ne te sauveras pas ? demanda-t-il d'une voix douce et apaisante.

— Pas si c'est vous, répondit le jeune homme sur le même ton. Vous êtes le Maître, et je ne suis rien.

Un sourire se dessina sur le visage de Daniel. C'était la réponse idéale.

18

Il était encore tôt et, quand le téléphone sonna, je n'étais pas de bonne humeur. C'était Kyle. Calmement, posément, il m'expliqua que Daniel et Charles s'étaient volatilisés, la veille au soir, au nez et à la barbe de ses agents. Il était furieux. Pour l'instant, aucun meurtre suspect n'avait été signalé dans la région de La Nouvelle-Orléans. On avait vu les illusionnistes rentrer à leur domicile du Garden District vers 6 heures du matin. Où avaient-ils bien pu passer la nuit ? Il s'était forcément produit quelque chose…

N'étant pas encore totalement remis, je décidai de rester encore une journée à Washington. Après avoir étudié tous les renseignements que je possédais sur Daniel et Charles, je rédigeai un profil préliminaire afin de le comparer avec celui qu'on était en train d'établir à Quantico. Le premier élément important était que les deux artistes avaient bel et bien présenté leur spectacle à Savannah, à Charleston et à Las Vegas. Les deux analystes du FBI avec lesquels j'étais en liaison confirmaient qu'environ la moitié des meurtres sur lesquels nous enquêtions avaient eu lieu sur l'itinéraire de la tournée de Daniel et Charles, que le tandem s'était bien produit dans les villes en question et qu'il s'y trouvait au moment des crimes. Nous savions également que Daniel et

Charles n'emmenaient leurs tigres que lorsqu'ils s'installaient au moins une semaine sur place. Leurs représentations à La Nouvelle-Orléans devaient se prolonger trois semaines. Ils possédaient une maison dans le Garden District.

Les types de Quantico enregistrèrent toutes mes informations. J'en adressai une copie par fax à Jamilla Hughes, à San Francisco. Elle faisait tout pour pouvoir venir à La Nouvelle-Orléans, mais son patron n'avait pas encore réussi à prendre une décision définitive.

J'appelai Kyle. Il commença par rechigner, et finit par me promettre de s'arranger pour libérer Hughes quelques jours. Après tout, c'était grâce à son enquête que tout avait commencé.

J'étais cloîtré chez moi, et je n'en pouvais plus. J'avais l'impression d'être en planque dans ma propre chambre, sans même avoir le plaisir d'épier quelqu'un. Je me consolais en me disant que je pouvais davantage profiter d'Alex junior, de Damon et de Jannie, mais je me sentais un peu oublié, dans toute cette affaire.

J'avais rendez-vous avec le Dr Prahbu à St Anthony, l'après-midi. Il m'ausculta, puis m'autorisa, à contrecœur, à reprendre mes activités, en me recommandant de ne pas forcer les premiers jours.

— D'où vous viennent ces morsures ? me redemanda-t-il. Vous ne me l'avez jamais dit, inspecteur.

— Si, je vous l'ai dit. Des vampires, en Caroline du Nord.

Après l'avoir remercié, je rentrai chez moi pour faire ma valise. Je partais pour La Nouvelle-Orléans. J'avais encore un peu de mal à tenir sur mes jambes, mais j'avais hâte d'être en Louisiane. En me voyant partir, Nana ne m'infligea pas son discours de mise en garde habituel ; elle m'en voulait encore de m'être laissé mordre jusqu'à l'infection.

A mon arrivée à l'aéroport international de La Nouvelle-Orléans, je pris un taxi. C'était quasiment une épave, mais je parvins néanmoins à me rendre jusqu'à mon hôtel, le Dauphine Orléans. Un message m'attendait à la réception. J'ouvris la petite enveloppe avec une certaine appréhension, mais c'était une bonne nouvelle. L'inspecteur Hughes allait arriver d'un instant à l'autre.

Le message avait de la classe. C'était Jamilla tout craché : *Je viens à La Nouvelle-Orléans. Ils sont fichus. Parole.*

19

Elle me retrouva à l'hôtel en début de soirée. Blouson de cuir noir, jean, T-shirt blanc. Elle avait l'air reposée et prête à tout. Et moi, je ne me sentais pas si mal que ça.

Nous dînâmes ensemble au restaurant du Dauphine Orléans. Un menu simple : steaks, œufs et bière. J'appréciais toujours autant la compagnie de Jamilla. Elle me faisait rire, je la faisais rire. A 22 h 30, nous nous rendîmes au Howl. Daniel et Charles passaient sur scène à 23 heures et à 1 heure du matin. Mais ensuite ? Peut-être avaient-ils prévu un autre joli numéro d'escamotage ?

Nous étions remontés, nous voulions absolument les faire tomber, mais malheureusement, rien ne prouvait concrètement, pour l'instant, qu'ils étaient bien les criminels que nous recherchions. Plus de deux cents agents participaient à l'enquête, sans compter les effectifs de la police locale. Quelque chose allait forcément faire surface. Daniel et Charles allaient sans doute bientôt se mettre en quête d'une nouvelle proie.

On était vendredi soir, et à notre arrivée, le Howl avait déjà quasiment fait le plein. La sono envahissante déferlait de partout à la fois. Il y avait là beaucoup de jeunes, qui buvaient de la bière, fumaient et dansaient langoureusement. Quelques gothiques s'étaient mêlés aux étudiants proprets, et les deux camps s'observaient. L'atmosphère était lourde. Un photographe de la revue *Offbeat*, accroupi devant la scène, attendait le début du spectacle.

Nous nous installâmes à une table et commandâmes des bières. Il y avait au moins une douzaine d'agents du FBI à l'intérieur de la boîte ; Kyle planquait dans une voiture. Il était déjà venu la veille, et il lui était difficile de passer inaperçu au milieu de tous ces jeunes qui se voulaient branchés. Il avait trop l'air d'un flic.

Il y avait tellement de fumée et d'effluves de parfum que j'avais déjà le fond de la gorge en feu. La première gorgée de bière me fit un bien fou, mais j'avais encore mal au bras et à la main.

Ma tête, elle, fonctionnait parfaitement. Je me sentais beaucoup mieux. J'étais content d'avoir Jamilla à mes côtés. Elle était de bon conseil.

— Kyle fait suivre les magiciens vingt-quatre heures sur vingt-quatre, lui dis-je. Une équipe de six hommes. On ne risque plus de les perdre. Il me l'a assuré.

— Pour le FBI, ils sont bien les auteurs des crimes ? me demanda-t-elle. Ils en sont absolument certains ? Ils veulent les boucler et jeter la clé ?

— Je pense que certains doutes subsistent encore, mais c'est une quasi-certitude. On ne sait jamais vraiment ce qui se passe dans la tête de Kyle, mais je crois que pour lui, l'affaire est entendue. Pour les analystes de Quantico aussi. Et mes conclusions sont les mêmes.

Elle me dévisagea, le regard au raz de la canette.

— J'ai l'impression que vous êtes comme cul et chemise, tous les deux.

J'acquiesçai.

— On a fait beaucoup d'enquêtes ensemble au cours des dernières années, avec un assez joli taux de réussite, mais je ne peux pas vraiment dire que je le connais.

— En ce qui me concerne, soupira-t-elle, chaque

fois que j'ai eu à travailler avec le FBI, ça ne s'est pas trop bien passé. Ce qui n'a rien d'étonnant, quand on me connaît...

— Une partie de mon travail consiste à faciliter les relations entre la police et le Bureau. Kyle est un type intelligent, on a parfois du mal à décoder son comportement.

Elle sirota sa bière.

— Alors que celui de l'un de ses collègues, assis à cette table, est totalement limpide.

— C'est valable pour toi aussi, rétorquai-je en riant.

Jamilla regarda la scène.

— Alors, ça vient, ce grand numéro ? Que fabriquent-ils ? Faut-il qu'on trépigne pour qu'ils arrivent, pour qu'on ait droit à un tour de magie ? Pour qu'ils nous montrent ce dont ils sont capables ?

Ce ne fut pas nécessaire. Quelques secondes plus tard, l'un des artistes fit son entrée sur scène.

C'était Charles, et il avait vraiment une tête d'assassin.

20

Charles, en combinaison moulante et cuissardes, était tout de noir vêtu. Il portait un anneau serti d'un diamant à l'oreille, et un clou d'or à la narine. Il considéra longuement l'assistance d'un œil méprisant, posant son regard sur tel ou tel visage pour mieux exprimer sa haine et son dédain. Un certain malaise flottait dans la salle.

Et à deux reprises au moins, j'eus la désagréable impression que Charles nous regardait droit dans les yeux. Je n'étais pas le seul. Jamilla leva sa bière comme pour le saluer.

— Ouais, et nous aussi, on te regarde, connard. Puis, s'adressant à moi : Tu crois que ces deux pauvres fêlés savent qu'on est là ?

— Qui sait ? Ils sont doués pour ce genre de choses. Ils ne se sont pas encore fait prendre.

— J'ai compris. Avec un peu de chance, ils vont tous les deux contracter un cancer de l'estomac qui les fera souffrir à petit feu et les emportera en quelques mois. A votre santé.

Elle leva une nouvelle fois sa canette.

Charles se pencha vers un jeune couple assis à une table, près de la scène. Il portait un micro-cravate.

— Qu'est-ce que vous regardez comme ça, les petits

nuls ? Attention, je risque de vous transformer en crapauds. Ce qui vous ferait progresser dans la chaîne alimentaire.

Et il partit d'un rire guttural, désagréable, beaucoup trop forcé à mon goût. Acclamations du public, hilare. La courtoisie semble être passée de mode. Pour être dans le coup, aujourd'hui, pour être crédible, il faut être méchant.

Je me tournai vers Jamilla.

— Il les assimile à de la nourriture. Tu vois comment fonctionne son petit esprit pervers ? Intéressant.

Le deuxième illusionniste fit son apparition quelques minutes plus tard, sans qu'aucun effet visuel ou sonore n'annonce son arrivée, ce qui me surprit. J'avais en effet entendu dire qu'il s'agissait d'un grand spectacle son et lumière. Pourquoi pas ce soir ? Savaient-ils que nous étions là ?

— Pour ceux et celles d'entre vous qui l'ignoreraient, je m'appelle Daniel. Charles et moi avons commencé à pratiquer l'art de la magie à l'âge de douze ans. Nous vivions alors à San Diego, en Californie. C'est un art dans lequel nous excellons. Nous sommes capables d'exécuter *La Disparition de l'artiste*, le numéro préféré de Houdini ; *Le Cabinet des sabres*, *La Veuve joyeuse* de Carl Hertz, *Le Cocon* de DeKolta. Je peux attraper avec les dents une balle tirée par un Colt Magnum. Charles également. Ne sommes-nous pas exceptionnels ? N'aimeriez-vous pas être à notre place ?

Un fracas de hurlements et d'acclamations secoua la salle. La musique était moins forte. On n'entendait plus que les basses, en sourdine.

— Le numéro auquel vous allez assister est celui avec lequel Harry Houdini concluait son spectacle à Paris et à New York. Nous, nous le présentons en ouverture. Que vous dire de plus !

Toutes les lumières s'éteignirent brusquement et la scène fut plongée dans l'obscurité la plus totale.

Quelques jeunes filles poussèrent des cris stridents, en simulant la panique. On entendait surtout des rires, parfois nerveux. Que mijotaient ces deux énergumènes ?

Jamilla me poussa du coude.

— N'aie pas peur. Je suis là, je te protégerai.

— Ah, voilà qui me rassure.

Une galaxie de points lumineux apparut comme par enchantement, puis les principaux projecteurs se rallumèrent. Il ne se passa rien durant près d'une minute.

Daniel revint, juché sur un étalon blanc qui caracolait fièrement. Vêtu d'une tenue bleu marine pailletée et d'un haut-de-forme assorti, il se décoiffa pour saluer l'assistance.

— Je dois avouer que c'est bien fait, me souffla Jamilla. Visuellement, c'est impressionnant. Et maintenant ?

Daniel était suivi de huit hommes et femmes en livrée de palace, d'un blanc immaculé. Et de deux tigres blancs. Etonnant spectacle. Deux jeunes femmes déployèrent un immense éventail japonais devant Daniel et son cheval de parade. Mes yeux étaient rivés à la scène.

— C'est quoi, ça ? murmura Jamilla.

— Ils sont en train de copier Harry Houdini, comme l'a annoncé monsieur. Et ils le font plutôt bien.

Quand les deux jeunes femmes retirèrent lentement l'éventail, Daniel avait disparu. Et c'était Charles qui chevauchait l'étalon blanc.

— Je suis soufflée, me chuchota Jam. Comment ontils fait ?

Charles avait changé de tenue, il était maintenant accoutré façon punk, mais avec des paillettes. Un rictus incroyablement arrogant lui déformait le visage. Il affichait son plus profond mépris à l'égard d'un public qui, lui, semblait être sous le charme. Il y eut une explosion de fumée, et toute la salle retint son souffle.

Daniel venait de réapparaître à côté de Charles et du cheval. L'illusion était magistrale. Tout le monde se leva pour applaudir. Des cris et des sifflets me transpercèrent les tympans.

— Et ce n'est que le début ! proclama Daniel. Vous n'avez encore rien vu !

Jamilla me regarda, l'air dépité.

— Alex, ces types sont vraiment très forts, et pourtant, j'ai déjà vu le spectacle de Siegfried et Roy. Pourquoi se produisent-ils dans des petits clubs comme celui-ci ? Pourquoi perdent-ils leur temps ici ?

— Parce que c'est voulu, répondis-je. C'est ici qu'ils trouvent leurs proies.

21

Nous assistâmes aux deux spectacles, sidérés par le calme et l'assurance dont faisaient preuve Daniel et Charles. A l'issue du deuxième show, ils rentrèrent chez eux. Les agents qui se trouvaient sur place nous informèrent qu'ils allaient vraisemblablement passer la nuit là. Je n'y comprenais rien, et Jamilla non plus.

Finalement, vers 3 heures du matin, nous décidâmes de retourner à l'hôtel. Deux équipes du FBI resteraient en planque autour de la maison des deux artistes jusqu'au matin. Cette histoire commençait à mettre nos nerfs à rude épreuve. Impossible d'y voir clair. Et dire que nous avions mobilisé toute une armée…

Je faillis demander à Jamilla de monter boire une bière, mais me ravisai. C'était trop compliqué. Ou bien, avec l'âge, je devenais plus timoré. Ou alors un petit peu plus sage. Non.

A 6 heures, j'étais déjà debout et je prenais des notes. J'apprenais des choses que je ne tenais pas à connaître, et qui n'avaient rien à voir avec la magie. Je savais maintenant que dans le petit monde des vampires amateurs, on appelait « domaine » le lieu de résidence d'un maître, d'un régent ou d'un ancien, ainsi que ses alentours. Le FBI et la police de La Nouvelle-Orléans surveillaient donc le quartier de Garden District où habitaient Daniel Erickson et Charles Defoe.

C'était une vaste demeure en pierre de taille, adossée au flanc d'une butte, sur LaSalle, près de la Sixième Rue. Elle devait compter une bonne vingtaine de pièces et possédait un vaste et profond sous-sol, taillé dans le versant. Un mur d'enceinte digne d'un château médiéval cernait la propriété. Personne, au sein de la cellule d'enquête, n'aurait admis croire à l'existence des vampires, mais chacun savait que Daniel et Charles étaient vraisemblablement les auteurs des crimes atroces commis à travers le pays.

Jamilla et moi passâmes deux jours à surveiller la maison, le « domaine ». Nous ne comptions pas nos heures, et il y avait de quoi mourir d'ennui. Quand je suis en planque, je revois parfois cette scène de *French Connection* où Gene Hackman poireaute debout, dans le froid, pendant que les trafiquants de drogue français se régalent dans un restaurant chic de New York. C'est exactement ça, et il faut parfois tenir seize, voire dix-huit heures d'affilée.

Notre seule consolation, c'était le charme de ce quartier où vivaient autrefois les barons du sucre et du coton. La plupart des maisons de maître, vieilles de cent ou deux cents ans, avaient été magnifiquement conservées. La plupart étaient blanches, mais certaines façades offraient à l'œil des pastels nettement méditerranéens. Sur les grilles de fer forgé, des pancartes destinées aux amateurs de visites guidées retraçaient brièvement l'histoire des lieux et de leurs dignes occupants.

Jamilla Hughes était à mes côtés, mais cela n'en restait pas moins une planque, une planque qui n'en finissait plus.

22

Ces longues heures d'attente nous permirent au moins de constater qu'ensemble nous pouvions parler de tout ou presque. Anecdotes policières, épargne, cinéma, architecture gothique. Puis nous abordâmes des sujets plus personnels. Elle me confia ainsi que son père était parti sans laisser d'adresse quand elle avait six ans. Je lui révélai que mes parents étaient tous deux morts jeunes, victimes de l'alcoolisme et du cancer des poumons. Que la déprime et le désespoir avaient sans doute précipité leur fin.

— J'ai été psychologue pendant deux ans, lui avouai-je. J'avais ma plaque, et tout. A l'époque, il n'y avait pas tellement de gens, dans mon quartier, à Washington, qui pouvaient se payer des consultations et moi, je ne pouvais pas me permettre de travailler gratuitement. La plupart des Blancs n'avaient pas envie d'aller voir un psy noir. Alors je suis entré dans la police. Pour moi, ça devait être provisoire. Je ne m'attendais pas à aimer ça, mais dès que j'ai commencé, j'y ai pris goût. Et c'est vite devenu une drogue.

Elle savait écouter, elle s'intéressait réellement à ce que je disais.

— Qu'est-ce qui t'a poussé à vouloir devenir inspecteur ? me demanda-t-elle. Te souviens-tu d'un événement qui aurait tout déclenché ?

— Absolument. Deux types avaient été abattus à Southeast, le quartier de Washington où j'ai toujours vécu. On n'a pas classé l'affaire, mais presque. La police a tout de suite décidé qu'il s'agissait « d'un règlement de comptes entre dealers », ce qui signifiait que l'enquête serait bâclée. C'était une procédure courante, à l'époque, à Washington. Aujourd'hui aussi, d'ailleurs.

Jamilla acquiesça.

— Je crains que ce ne soit également le cas dans certains secteurs de San Francisco. On s'imagine que c'est une ville très raffinée, et c'est souvent le cas, mais il y aussi des gens qui ont l'art de détourner la tête. Certains jours, ça m'écœure.

— Bref, ces deux types, je les connaissais, et j'étais quasiment certain que ce n'étaient pas des revendeurs. Ils travaillaient tous les deux dans un petit magasin de disques du quartier. Ils fumaient peut-être un peu d'herbe de temps en temps, mais ça n'allait pas plus loin.

— Je vois le genre.

— Alors j'ai fait ma petite enquête de mon côté, avec l'aide d'un copain, John Sampson, qui était inspecteur. J'ai appris à suivre mon instinct. J'ai fini par découvrir que l'un des deux hommes sortait avec une femme qu'un dealer du coin croyait avoir mise sous sa coupe. J'ai continué à creuser, toujours à l'instinct, et en fin de compte, il s'est avéré que c'était bien le dealer qui avait dégommé les deux types. Quand j'ai eu résolu cette affaire, impossible de revenir en arrière. Je savais que j'étais doué pour ce genre de travail, peut-être à cause de mon expérience de psychologue, et parce que j'avais une certaine idée de la justice. C'était peut-être aussi de l'orgueil : j'aimais bien avoir raison.

— Il me semble que tu as tout de même trouvé une forme d'équilibre dans ta vie, me dit-elle. Tes enfants, ta grand-mère, tes potes.

Et la conversation s'arrêta là, sans qu'on en vienne à l'évidence – nous étions tous deux célibataires et libres. Rien à voir avec le boulot. Si seulement ça avait été aussi simple…

23

L'un des aspects réconfortants du travail de policier, c'est qu'en matière d'affaires criminelles on tombe rarement sur un cas totalement inédit. Or les meurtres sur lesquels nous enquêtions ne ressemblaient à rien : ils semblaient avoir été commis au hasard, avec une grande brutalité et sur une période de plus de onze ans, selon différents modes opératoires. Et le dossier était d'autant plus complexe que nous avions peut-être affaire à plusieurs tueurs.

J'avais rendez-vous avec Kyle le lendemain matin. Il était d'une humeur exécrable, et j'avais hâte de ressortir de son bureau. Echange de théories, de jérémiades. La réunion terminée, je rejoignis Jamilla Hughes dans le Garden District pour continuer la planque.

J'avais pris le temps d'acheter une boîte de Krispy Kremes, des beignets pleins d'air, mais délicieux. Jamilla me chambra un peu, les agents du FBI gloussèrent, mais tout le monde se rua sur mon sac et quelques minutes plus tard, il ne restait déjà plus rien.

— Dis donc, ils sont plutôt casaniers, tes copains, me glissa-t-elle en grignotant.

— Il fait encore jour. Ils doivent être dans leurs cercueils.

Elle secoua la tête, esquissa un sourire. Une lueur brillait dans ses yeux sombres.

— Pas vraiment. Le plus petit des deux, Charles, a passé la matinée à s'exercer dans le parc. Le soleil n'a pas l'air de lui faire peur.

— Par conséquent, c'est peut-être Daniel, le vrai vampire. Le Maître. Il paraît que c'est sur lui que repose tout le spectacle.

— Charles a donné je ne sais combien de coups de fil. Il est en train d'organiser une soirée. Je suis sûre que ça va te plaire – un bal fétichiste. Chacun met sa tenue préférée – cuir, vinyle, gothique, victorien – ce qu'on veut. Ton truc, à toi, c'est quoi ?

Je pris le temps de réfléchir.

— Moi, je serais plutôt jean, velours cotelé, avec un petit peu de cuir noir. J'ai un blouson en cuir, pour la voiture. Il a déjà pas mal vécu, mais il en jette encore.

— Je t'imagine en prince gothique. Tu dois être superbe.

— Et toi ? Parle-moi de tes goûts spéciaux.

— Euh... disons que j'ai un peu de cuir. Une veste, un blouson, des pantalons, des bottes hautes que je suis encore en train de payer. Je suis de San Francisco, tu sais. Je ne peux pas me permettre d'être trop ringarde.

— C'est pareil pour nous.

Ce fut encore une longue journée de planque. Nous surveillâmes la maison jusqu'à la nuit. Vers 21 heures, deux agents du FBI vinrent nous relever.

— Viens, on va se mettre quelque chose sous la dent, dis-je à Jamilla.

— Très drôle.

Rires forcés.

Nous ne voulions pas trop nous éloigner. Nous choisîmes donc d'aller manger au Camellia Grill, sur South Carrollton Avenue, là où le fleuve décrit un coude. De l'extérieur, l'endroit ressemblait à une petite maison de planteur. A l'intérieur, c'était un vrai *diner*, avec un immense comptoir et des tabourets fixes. Un serveur immaculé, en veste blanche et cravate noire, vint prendre notre commande. Ce serait omelettes et café. Légères et onctueuses, les omelettes avaient la taille d'un journal roulé. Jamilla prit également du riz et des haricots rouges, histoire de faire honneur à la gastronomie locale…

Nous nous régalions. Le café était, lui aussi, délicieux, et je savourais le plaisir d'être en excellente compagnie. Nous nous entendions bien, et même plus que cela. Nos rares silences ne nous mettaient pas mal à l'aise. L'une de mes amies m'avait dit, un jour, que l'amour, c'était quand on rencontrait quelqu'un avec qui on pouvait bavarder jusque tard dans la nuit. Bien vu.

— Pas de message… observa Jamilla.

Nous en étions toujours au café, et nous prenions notre temps. On m'avait dit que les gens faisaient la queue devant le restaurant au moment du déjeuner et du dîner, mais nous étions arrivés à une heure creuse.

— Je me demande ce qu'ils fabriquent, tous les deux, dans cette sinistre et gigantesque baraque. Que font les tueurs psychopathes pendant leur temps libre, Alex ?

J'en avais étudié un bon paquet, et il n'y avait pas de règles.

— Il y en a qui sont mariés, et qui sont même heureux en ménage, à croire les épouses. Gary Soneji avait une petite fille. Geoffrey Shafer avait trois enfants. C'est sans doute ce qu'on peut imaginer de pire – quand un mari, un voisin, un père de famille se révèle être un tueur de sang-froid. Ça arrive. Je l'ai déjà vu.

Elle entama son deuxième café.

— Daniel et Charles ont l'air d'être appréciés de leurs voisins. On les trouve excentriques, mais sympas et – là, j'adore – ils font preuve d'un grand sens civique. Daniel est le propriétaire de la maison. Il l'a héritée de son père, portraitiste, qui était lui aussi un excentrique.

Le bruit court que nos magiciens sont homos, mais on les voit souvent accompagnés de jolies jeunes femmes.

— Les vampires s'intéressent indifféremment aux deux sexes, lui dis-je. C'est Peter Westin qui me l'a appris. Nos deux tueurs s'attaquent aussi bien aux hommes qu'aux femmes, ils ne font pas de discrimination. Mais j'ai l'impression qu'il y a encore quelque chose qui ne cadre pas. Il reste des trous dans la logique de toute cette affaire.

— En tout cas, Alex, il y a eu des meurtres dans presque toutes les villes de leur tournée.

— Oui, je sais, je ne conteste pas les preuves qu'on a pu recueillir jusqu'à présent.

— Mais tu as un de tes fameux pressentiments.

— Je ne sais pas s'ils sont fameux, mais pour moi, il y a quelque chose qui ne colle pas. Il manque un maillon de la chaîne. Plusieurs maillons, en fait. Voilà ce qui me tracasse. Pourquoi ont-ils brusquement baissé la garde ? Ils ont sévi pendant des années sans se faire repérer, et aujourd'hui, des douzaines d'agents du FBI sont en train de surveiller leur baraque.

Nous avions bu notre café, et nous nous attardions. Le restaurant n'était qu'à moitié plein mais, quand fermeraient les bars, il serait de nouveau noir de monde. Personne ne nous poussait dehors, et nous n'étions pas pressés de nous retrouver coincés dans notre voiture, à attendre.

Je jugeais Jamilla intéressante à plusieurs titres, et notamment parce que j'avais le sentiment de reconnaître chez elle une bonne partie de ma propre expérience. Notre travail nous passionnait. Nous avions des vies bien remplies, des amis, de la famille, et pourtant, d'une certaine manière, nous étions toujours seuls. Pourquoi ?

— Ça va ?

Je lisais dans son regard qu'elle se faisait du souci pour moi. Les gens bien, je les repère intuitivement, généralement. Elle, elle en faisait indiscutablement partie.

— J'ai eu une petite minute d'absence, lui répondis-je. Me voici de retour.

— Et où vas-tu, quand tu t'offres un de ces petites escapades mentales ?

— A Florence. C'est sans doute la plus belle ville du monde. En tout cas, c'est celle que je préfère.

— Et là, tu étais à Florence, en Italie ?

— Pour ne rien te cacher, j'étais en train de penser à ta vie et à la mienne, en me disant qu'il y avait un certain nombre de similitudes.

— Moi aussi, j'y ai songé, opina-t-elle. Qu'allons-nous devenir, Alex ? Sommes-nous tous les deux condamnés à répéter les mêmes erreurs ?

— Oh, avec un peu de chance, nous allons coffrer deux dangereux tueurs ici, à La Nouvelle-Orléans. Qu'en penses-tu ?

Jamilla me tapota la joue, puis conclut tristement :

— Oui, c'est bien ce que je pense. Nous sommes réellement condamnés.

24

Le Cerveau regarda Alex Cross sortir de la voiture. Il le tenait dans sa ligne de mire.

Cross et sa très jolie collègue Jamilla Hughes avaient repris leur planque après le repas. L'heure était-elle au rapprochement ? Allaient-ils devenir amants à La Nouvelle-Orléans ? C'était là l'un des défauts les plus flagrants du personnage : il avait absolument besoin d'être aimé.

Et voici que Cross ressortait de la voiture.

Quelque chose tracasse le grand Cross. Peut-être a-t-il besoin de marcher un peu après le dîner. Ou peut-être a-t-il besoin de réfléchir encore un peu à son enquête, et il veut être seul. C'est un solitaire, comme moi.

Etonnant, et inquiétant.

Il suivit Cross dans une petite rue mal éclairée flanquée de maisons modestes, typiques du quartier.

L'air embaumait le chèvrefeuille, le jasmin et le gardenia. Le Cerveau en savoura une grande bouffée. Un siècle plus tôt, ces parfums masquaient la puanteur des abattoirs proches. Le Cerveau connaissait son histoire, il en savait long sur la plupart des sujets et, tout en filant Cross à distance raisonnable, il filtrait le flot de données qui circulait dans son esprit. Il retenait l'information et savait s'en servir.

Le tramway qui ferraillait sur St Charles Avenue à quelques centaines de mètres de là aidait à couvrir le bruit de ses pas.

Cette promenade en compagnie de Cross le réjouissait au plus haut point. Il lui vint à l'esprit que c'était peut-être LE grand soir et, à cette idée, il sentit son taux d'adrénaline monter en flèche.

Il se rapprochait de Cross. Oui, oui. Ici, maintenant.

Il s'attendait presque à voir Cross faire subitement volte-face. Ce serait tellement bien, tellement drôle, tellement approprié. La preuve que Cross avait de l'instinct, et qu'il était un adversaire de choix.

Il contourna discrètement sa proie, dans l'ombre. Il ne se trouvait plus qu'à quelques mètres de Cross, et pouvait le rejoindre en un clin d'œil.

Cross s'arrêta devant le vieux cimetière Lafayette, la Ville des Morts comme tenaient à le surnommer certains. Derrière les grilles, il y avait de magnifiques pierres tombales, de luxueux caveaux de famille.

Le Cerveau s'arrêta, lui aussi. Il savourait chaque seconde de cette exceptionnelle soirée.

Une pancarte de police, fixée au portail, mettait les visiteurs en garde : CES LIEUX SONT SURVEILLÉS PAR LA POLICE DE LA NOUVELLE-ORLÉANS.

Le Cerveau doutait que ce fût vrai. Et de toute manière, cela n'avait guère d'importance. La police de La Nouvelle-Orléans, il en ferait son casse-croûte si nécessaire.

Cross regarda autour de lui, sans apercevoir le Cerveau tapi dans l'ombre. Fallait-il se jeter sur lui maintenant ? Se battraient-ils à mains nues ? Peu importait. Le Cerveau savait qu'il ressortirait vainqueur de la confrontation. Il regarda Cross respirer. Pour la dernière fois, peut-être.

Cross tourna le dos au cimetière et s'engagea dans une autre petite rue. Il retournait à la voiture, où l'attendait l'inspecteur Hughes.

Le Cerveau le suivit puis, très vite, se ravisa. Cross ne mourrait pas ce soir. Il venait de le gracier, de l'épargner.

A cela, il y avait une raison. Il faisait trop sombre, dans cette rue. Il n'aurait pas pu voir le regard de Cross à l'instant de sa mort.

25

Le lendemain matin, il se passa quelque chose de surprenant. Personne, je crois, ne s'y attendait. Moi, en tout cas, je fus pris au dépourvu, et l'incident me perturba énormément. Nous nous étions tous retrouvés dans les bureaux de l'antenne locale du FBI pour un briefing. Nous devions être une trentaine dans cette immense salle aseptisée d'où l'on voyait les eaux boueuses du Mississippi.

A 9 heures, Kyle s'adressa aux hommes qui avaient assuré la surveillance au cours des dernières vingt-quatre heures, puis nous détailla le programme de la journée. Du pur Craig: net, précis, efficace, sans l'ombre d'une erreur.

Quand il eut fini, ou crut avoir fini, une main se leva brusquement.

— Excusez-moi, monsieur Craig, vous n'avez pas parlé de moi. Que dois-je faire aujourd'hui?

C'était Jamilla Hughes, et elle n'avait pas l'air contente. Kyle était déjà en train de rassembler ses notes et de glisser des documents dans sa grosse mallette noire. Il leva à peine la tête.

— C'est au Dr Cross de décider, inspecteur Hughes. Voyez avec lui.

Sur le fond comme sur la forme, cette réponse me parut inutilement sèche, même de la part de Kyle. Cette grossièreté, ou à tout le moins ce manque de tact, me sidéraient.

— N'importe quoi ! s'écria Jamilla en se levant. C'est inacceptable, monsieur Craig. Epargnez-moi ce ton hautain et irritant.

Tous les regards des agents du FBI se tournèrent vers elle. Personne, d'habitude, ne se risquait à contester l'autorité de Kyle sur quelque sujet que ce fût. Après tout, on racontait qu'il était sur la liste des successeurs possibles du grand patron. Et nombreux étaient ceux qui le jugeaient digne d'accéder à ce poste. C'était l'un des hommes les plus intelligents que comptait le FBI, et un travailleur exceptionnel.

— Ecoutez, poursuivit Jamilla, sans qu'il soit question d'enlever quoi que ce soit aux mérites de l'inspecteur Cross, je vous rappelle que mon travail, en Californie, a contribué à l'ouverture de cette enquête. Je ne veux pas qu'on me tape dans le dos, je ne veux pas d'applaudissements condescendants, merci, mais je me suis déplacée jusqu'ici et je peux apporter ma contribution. Alors faites appel à mes compétences, et respectez-moi. Au fait, pendant que j'y suis, je n'ai pas pu m'empêcher de remarquer qu'il n'y a qu'une seule autre femme au sein de toute cette cellule. Et, balayant d'un geste tout ce que Kyle aurait pu dire pour sa défense, elle ajouta : Non, laissez tomber les excuses, je vous en prie.

Kyle conserva son calme.

— A l'instar des pseudo-vampires que nous traquons, inspecteur Hughes, je ne fais pas de discrimination entre les sexes. Je salue les efforts que vous avez déployés durant la première phase de cette enquête, mais comme je vous l'ai dit, vous pouvez voir le Dr Cross qui vous dira ce que vous devez faire. Ou alors, si vous préférez, vous pouvez rentrer immédiatement chez vous. Merci à tous. – Il salua l'assemblée. – Je vous souhaite bonne chasse. Espérons que cette journée soit celle du succès.

Décontenancé par la réaction de Kyle, mais également surpris de voir Jamilla s'emporter aussi rapidement, j'étais encore un peu mal à l'aise lorsque ma collègue vint me retrouver à l'issue du briefing.

— Il m'a bien énervée, me dit-elle en faisant une grimace. J'ai parfois un caractère de cochon, mais c'est lui qui avait tort. Il y a quelque chose qui ne tourne pas rond chez ce type, je ne le sens pas. Pourquoi en a-t-il après moi ? Parce que je travaille avec toi ? Bon, quel est le programme de la journée, Dr Cross ? Pas question que je parte parce que ce type est un crétin.

— C'est lui qui avait tort, Jamilla. Désolé de ce qui s'est passé. Bon, parlons de ce que nous allons faire maintenant.

— Ne sois pas condescendant.

— Je ne le suis pas. Toi, tu gagnerais à être un peu moins susceptible.

Elle n'avait toujours pas digéré sa passe d'armes avec Kyle.

— Il n'aime pas les femmes. Tu peux me croire. Et il cultive les trois « C » qui plaisent tant à certains mecs : concurrencer, critiquer, contrôler.

— Dis-moi donc ce que tu penses vraiment de Kyle. Et des hommes en général.

Une ébauche de sourire se dessina enfin sur le visage de Jamilla.

— Je pense – et je dis cela en toute sincérité, sans exagération – qu'il a la passion du pouvoir, et que c'est un con fini. Ton soi-disant copain. Quant à ce que je pense des hommes en général, disons que ça dépend des cas.

26

Les vrais vampires venaient d'arriver et ils avaient la conviction d'être invincibles. Dès qu'ils eurent franchi le pont, William et Michael surent que La Nouvelle-Orléans leur appartenait. Avec leurs queues-de-cheval blondes, leurs vêtements noirs, leurs bottes de cuir étincelantes, ils avaient l'air de jeunes princes. Si tout se passait bien, et tout se passerait bien, c'était ici que prendrait fin leur mission.

William, au volant de la fourgonnette de la Croix-Rouge, sillonnait le Vieux-Carré. Ils cherchaient une proie. Lentement, dans les deux sens, ils écumèrent les rues les plus connues : Burgundy, Dauphine, Bourbon, Royal, Charles. Ils écoutaient une cassette de *Readysexgo* à fond.

Ils finirent par s'arrêter pour se promener le long du Riverwalk. Lorsqu'ils pénétrèrent dans le centre commercial, William se sentit presque mal. Banana Republic, Eddie Bauer, Limited, Sharper Image, Gap : le spectacle qui s'offrait à ses yeux n'était que médiocrité, insignifiance et bêtise. William se tourna vers son frère.

— Que veux-tu faire ? Regarde-moi ces boutiques de merde au milieu de cette belle ville.

— On n'a qu'à choisir quelqu'un ici, dans ce centre commercial pourri. On devrait peut-être s'offrir une saignée dans une cabine d'essayage chez Banana Republic. Moi, ça me brancherait bien.

— Non ! s'exclama William en saisissant son frère par le bras. On s'est donné trop de mal pour tout préparer. Je pense que nous avons besoin de nous changer les idées.

Il n'était pas question de s'attaquer à une nouvelle proie maintenant, si près du domaine de Daniel et Charles. Un changement d'air s'imposait. Ils sortirent donc de la ville, prirent le Bonnet Carre Spillway, rejoignirent l'Interstate 10 et pénétrèrent enfin dans la Louisiane profonde.

Au bout d'une heure de route, William trouva ce qu'il leur fallait. Le site ne présentait pas de difficultés particulières, mais la paroi était abrupte, ce qui les forcerait à se concentrer. Faute de quoi, c'était la chute, et la mort assurée.

Les deux frères décidèrent d'y aller en solo libre. C'était la version la plus extrême, et de loin la plus dangereuse, de ce sport. En solo libre, les grimpeurs n'utilisaient pas de cordes et renonçaient à toute forme de sécurité.

A mi-parcours, à une trentaine de mètres de hauteur, Michael s'esclaffa et hurla :

— On est des durs !

Les durs, c'était ainsi qu'on appelait les grimpeurs les plus audacieux. Cette image convenait parfaitement aux deux frères.

— Oui, nous sommes des durs ! hurla William en écho. Il y a deux sortes de grimpeurs : les vieux et les téméraires.

— Mais il n'y a pas de grimpeurs vieux et téméraires ! rugit Michael, avec un rire tonitruant.

L'escalade se révéla plus ardue que prévu, et ils durent mettre à profit tout ce qu'ils avaient appris. Après avoir passé une crevasse à la verticale, ils se retrouvèrent brusquement le visage plaqué à la roche, avec très peu de prises.

— Il n'y a que ça de vrai ! hurla Michael.

Il avait déjà oublié les proies, la faim. Seuls restaient la passion de l'escalade, le frisson du danger. Survivre. Seuls les meilleurs y arrivaient.

Soudain, ils durent prendre une décision. Ils venaient d'atteindre un passage particulièrement délicat. Une fois celui-ci franchi, ils ne pourraient plus rebrousser chemin et se verraient condamnés à poursuivre l'ascension jusqu'au sommet. Abandonner, ou aller jusqu'au bout ?

— Qu'en penses-tu, petit frère ? Je te laisse décider. Suis ton intuition.

Michael partit d'un rire tellement violent qu'il dut s'accrocher à la roche des deux mains. Il regarda en contrebas, où la mort les aguichait.

— Pas question de laisser tomber. On ne dévissera pas, frangin. Jamais de la vie. On ne mourra jamais !

Ils grimpèrent jusqu'au sommet, et du haut, purent apercevoir La Nouvelle-Orléans. C'était leur ville, désormais.

— Nous sommes immortels ! clamèrent les deux frères. Nous ne mourrons jamais.

Le vent, de tous côtés, sifflait.

27

Je contemplai les grands chênes majestueux, puis m'intéressai aux magnolias ventrus et aux bananiers en éventail, tout avachis, du Garden District. Il n'y avait que ça à faire. La planque se prolongeait, et Jamilla commençait à se répéter. Moi aussi, d'ailleurs. Notre conversation commençait à ressembler à un gag à répétition. Les cahiers du *Times-Picayune* jonchaient la banquette arrière. Nous les avions lus et relus.

— Aucune preuve matérielle ne nous permet d'établir un lien quelconque entre Daniel et Charles et un seul de ces meurtres, Alex, et cela quelle que soit la ville. Nous n'avons que des circonstances, des théories, des hypothèses, rien de sérieux. Tu trouves cela logique ? Moi, pas. Il nous manque quelque chose. Ils ne peuvent pas être rusés à ce point-là.

Sans doute ne parlait-elle que pour parler, mais elle n'avait pas tort.

Nous étions garés à quatre rues de la maison, sur LaSalle. Le domaine. Nous pouvions y être en un instant s'il se passait quelque chose, mais rien ne bougeait pour l'instant. C'était bien là le problème. Daniel et Charles mettaient rarement le pied hors de leur palais bicentenaire et lorsqu'ils sortaient, c'était pour faire des courses ou aller dans un restaurant huppé du centre. Ils avaient bon goût, bien évidemment.

Je tentai de répondre à la question de Jamilla.

— Il me semble logique qu'on n'ait pas réussi à faire le lien avec les premiers assassinats. Tu sais aussi bien que moi que, dans une affaire Criminelle, au bout d'un certain nombre d'années, il devient quasiment impossible de retrouver des témoins ou de rassembler des preuves sérieuses. Ce que je ne comprends pas, en revanche, c'est que nous n'ayons rien trouvé sur les meurtres les plus récents.

— C'est la réflexion que je me fais également. Nous avons des témoins à Las Vegas et à Charleston, mais personne ne reconnaît les photos de Daniel et Charles. Pourquoi ? Il y a un élément qui doit nous échapper.

— Ils ne commettent peut-être pas les crimes eux-mêmes, dis-je. Il est possible qu'ils aient passé la main.

— Mais leur but, c'est de festoyer, non ? De boire le sang ? Sinon, quelle serait la fonction des meurtres ? S'agirait-il de crimes symboliques ? Qui s'inscriraient dans une sorte de mythologie secrète ? Alex, je donnerais tout pour savoir ce que fabriquent ces deux monstres.

Je n'avais pas de réponses à ses interrogations. Et personne, malheureusement, n'était à même de faire mieux. Il ne nous restait qu'à nous morfondre dans cette voiture, en mettant la clim de temps à autre, jusqu'à ce que Daniel et Charles se décident à faire quelque chose.

N'empêche. S'ils étaient si prudents, si doués, pourquoi nous étions-nous intéressés à eux, pourquoi étions-nous ici ?

28

William trouvait la situation extrêmement comique. Quel pied ! Il épiait la police qui, elle, épiait la maison des horreurs occupée par Daniel et Charles. C'était vraiment trop drôle. Le jeune prince descendait LaSalle en tirant sur sa cigarette, l'air altier, sûr de lui, sans craindre quiconque, à tous égards supérieur. Michael dormait encore, et il avait décidé de faire une petite balade.

C'était un vrai bonheur. Peut-être croiserait-il l'une des vedettes qui vivaient ici, dans le Garden District. Comme l'extravagant Trent Reznor, du groupe Nine Inch Nails, ou l'un des crétins qui se faisaient filmer en direct dans *Real World*, l'émission de télé-réalité diffusée par MTV.

Il y avait deux Lincoln banalisées garées dans la rue. Il se demanda si les magiciens les avaient repérées. Un sourire lui pinça le visage. Quel était le sentiment de Daniel et Charles ? Pour eux, la prudence s'imposait, bien entendu. Ils avaient commis des meurtres durant de longues années. Que faire à présent ? Quelque chose allait bouger, forcément.

Arrivé à l'angle de la rue, il prit à droite. La plupart des maisons disposaient de vérandas protégées par des moustiquaires métalliques envahies par la vigne vierge. Il avisa un beau spécimen – un mâle, un peu plus de vingt ans, torse nu, les pectoraux luisant de transpiration. Cette vision lui donna un coup de fouet. Le jeune homme était en train de laver une BMW décapotable gris métallisé, la voiture de James Bond.

Le corps ciselé, le jet d'eau puissant, le coupé étincelant procurèrent à William un fulgurant sentiment d'excitation, mais il maîtrisa ses émotions et poursuivit son chemin.

Puis, un tout petit peu plus loin, il aperçut une jeune fille. Elle devait avoir environ quatorze ans. Assise sur la terrasse de sa maison, elle caressait doucement un chat persan. Elle était jolie, et même d'une beauté sensuelle.

Ses longs cheveux châtains ruisselaient jusqu'à sa menue poitrine. Elle portait un haut imprimé façon peau de serpent, diaphane, par-dessus un top qui lui laissait le nombril à l'air. Un jean bleu nuit bien moulant au hanches et évasé en bas, comme il se devait. Des clous et des anneaux aux deux oreilles, en or et en argent. Des bagues aux orteils. Des bracelets de toutes les couleurs sur l'un des bras, très fins. L'adolescente-type, mais d'une extraordinaire beauté. Bandante à souhait. Et arrogante, comme lui.

William s'arrêta et lui lança, avec un sourire ravageur :

— Il est magnifique, votre chat !

Elle leva la tête, et il remarqua alors qu'elle avait un regard perçant, des yeux du même vert que ceux du chat. Elle le détailla des pieds à la tête, et il sentit son regard lui caresser littéralement la peau. Il savait qu'elle avait envie de lui. Homme ou femme, personne n'y échappait.

— Pourquoi te retenir ? lui dit-il, en affichant toujours le même sourire. Si tu veux quelque chose, il faut le prendre. Toujours. C'est ta leçon du jour, et c'est gratuit.

— Ah, bon, parce que tu es prof ? demanda-t-elle. Tu ne ressembles pas aux profs que j'ai eus.

— Prof, mais aussi étudiant.

Il éprouvait du désir pour cette fille. C'était non seulement un beau spécimen, mais elle avait du nez. Sexuellement, elle était déjà très mûre. Elle savait utiliser ses dons, contrairement à la plupart des jeunes de son âge, qui gâchaient leur talent et leur potentiel. Elle n'ajouta rien, n'esquissa même pas un sourire, mais ne détourna pas les yeux.

William aimait beaucoup l'assurance dont elle faisait preuve, la vivacité de ce regard émeraude qui se voulait moqueur sans vraiment y parvenir, cette manière qu'elle avait de projeter dans sa direction ses petits seins, seules armes dont elle disposait. Il aurait voulu franchir la porte et prendre cette jolie petite là, dans la véranda. La mordre, l'aspirer. Répandre son sang sur le plancher blanchi à la chaux.

Non. Pas maintenant, pas tout de suite, pas ici. Dieu qu'il détestait ce genre de situation, qui l'obligeait à lutter contre sa nature. Lui qui n'avait qu'une envie, exercer son pouvoir, mettre ses dons à profit.

Finalement, William s'éloigna. Il lui fallait toute sa volonté, toute sa force, pour renoncer à une telle tentation, pour abandonner cette jeune beauté à son sort.

Ce fut la fille qui revint à la charge.

— Et toi, pourquoi tu te retiens ? lui lança-t-elle avec un rire impitoyable.

William sourit, puis il se retourna.

Il fit demi-tour.

— Tu as beaucoup de chance, dit-il à l'adolescente. Tu viens d'être sélectionnée.

29

La chance allait forcément nous sourire, tôt ou tard. 7 heures du matin. J'étais seul à une table, au Café du Monde, sur Jackson Square. Je mangeais des beignets saupoudrés de sucre-glace, je buvais du café bien chaud, parfumé à la chicorée. Les flèches de la cathédrale St Louis se dressaient face à moi. J'écoutais le mugissement des sirènes des bateaux à roue qui descendaient le Mississippi.

Ç'aurait dû être un très agréable début de matinée, mais j'étais mécontent, et débordant d'une énergie dont je ne savais que faire.

Des affaires difficiles, j'en avais vu beaucoup au cours de ma carrière, mais celle-ci était sans doute la plus difficile à cerner. Des meurtres d'une sauvagerie inouïe avaient été perpétrés durant plus de onze ans, mais nous n'avions toujours pas réussi à reconstituer ce puzzle macabre et nous ignorions les motivations des auteurs.

A mon arrivée dans les bureaux du FBI, on m'apprit qu'une jeune fille de quinze ans était portée disparue et qu'elle habitait à cinq cents mètres de la maison des magiciens. Peut-être s'agissait-il d'une fugue, mais je ne croyais guère à cette hypothèse, même si moins de vingt-quatre heures s'étaient écoulées depuis que les parents avaient appelé la police.

Une réunion était prévue. J'allais peut-être en savoir plus, et peut-être m'expliquerait-on pourquoi on ne m'avait pas prévenu plus tôt. En entrant dans la salle, je sentis que tout le monde était de mauvais poil. Difficile d'imaginer pire scénario : nous pensions avoir réussi à loger les auteurs des crimes, mais nous ne pouvions rien faire, et peut-être venaient-ils de faire une nouvelle victime, juste sous notre nez.

Je m'assis à côté de Jamilla. Chacun de nous avait son gobelet de café scellé, sa paille et son journal du matin. Le *Times-Picayune* ne parlait pas de la disparition de la jeune fille. Apparemment, la police n'avait commencé à traiter l'information au sérieux qu'en tout début de matinée.

Kyle bouillonnait. Rarement je l'avais vu dans cet état. Il n'était plus lui-même. Il arpentait à grands pas le devant de la salle en se passant nerveusement la main dans les cheveux. Je le comprenais – la réussite de l'enquête dépendait de la coopération entre les autorités locales et le FBI, et la police de La Nouvelle-Orléans venait de donner un sérieux coup de canif dans le contrat de confiance.

— Pour une fois, je compatis avec M. Craig, me chuchota Jamilla. La locale a vraiment merdé.

— On aurait pu commencer à travailler sur cette disparition depuis des heures, acquiesçai-je. Quel bordel ! Et ça ne fait qu'empirer.

— Il faut peut-être saisir l'occasion au bond, me dit-elle. Je me demande si on ne pourrait pas profiter de la fête qu'ils organisent ce soir pour s'introduire dans la baraque. Qu'en dis-tu ? J'aimerais bien tenter ma chance. Tous les invités de cette soirée fétichiste seront déguisés, d'accord ? On peut partir de cette hypothèse. Il faut qu'on entre dans cette maison. Il faut faire quelque chose.

Kyle nous fixa des yeux et haussa le ton.

— Puis-je avoir un peu d'attention, s'il vous plaît ?

— Je crois surtout qu'il est en manque d'affection, me glissa Jamilla.

Elle l'avait vraiment pris en grippe, mais il fallait avouer que le comportement de Kyle était bizarre. Il était manifestement à cran. Etait-ce uniquement à cause de la pression de l'enquête ?

— Explique-lui ce que tu as en tête, dis-je. Il t'écoutera. Surtout maintenant qu'on vient de signaler cette disparition.

— Ça m'étonnerait, mais bon, qu'est-ce que je risque ? Qu'il me vire ?

Elle pivota sur sa chaise.

— Je pense que nous devrions pouvoir entrer dans la maison ce soir, pendant la fête. Il n'est pas certain que ça marche, mais qu'avons-nous à perdre ? La fille qui a disparu s'y trouve peut-être.

Kyle commença par hésiter, puis lui répondit :

— Allez-y. Voyons ce qu'il y a dans cette maison.

30

Ce genre de choses n'aurait pas pu se dérouler ailleurs qu'à La Nouvelle-Orléans. Après avoir passé une partie de l'après-midi à mettre la main sur deux cartons d'invitation, j'aidai Jamilla à préparer nos déguisements. Le bal débutait à minuit, mais on nous avait laissé entendre que la plupart des invités n'arriveraient pas avant 1h30.

Quand les festivités commencèrent, nous avions déjà une longue soirée derrière nous. Nous attendîmes deux heures pour nous approcher de la maison. Certains des invités avaient l'âge d'être en fac, d'autres étaient encore plus jeunes, mais une bonne moitié d'entre eux semblaient avoir dépassé la trentaine. Nous vîmes arriver quelques limousines et autres voitures de luxe. Les déguisements valaient le coup d'œil : pelisses et hauts-de-forme, robes victoriennes, corsets, cannes, tiares.

Les militants de la cause gothique – les Goths, comme ils s'appelaient entre eux – avaient drapé leurs corps androgynes dans des cuirs et velours noirs, tandis que plusieurs jeunes femmes arboraient de fines dentelles noires ou blanches. Il y avait profusion de piercings – nez, oreilles, nombril –, de colliers de chien, de lèvres noires et de traînées de mascara.

Des yeux rouges dardaient leur étrange regard dans toutes les directions, et il était difficile de leur échapper. Des enceintes extérieures dissimulées quelque part diffusaient un morceau où il était question de fusil à pompe. Je voyais des crocs partout. Et du sang de théâtre. Certaines femmes portaient un tour de cou de velours noir ou violet, sans doute pour masquer des traces de morsures.

A l'intérieur, l'atmosphère nous parut plus intéressante et plus étrange encore. Les invités s'appelaient par leurs titres imaginaires : Sir Nicholas, Maîtresse Anne, la Baronne, Prince William, Maître Ormson. Une jeune femme, véritable statue vivante, passa devant nous et toisa effrontément Jamilla de la tête aux pieds. Tout son corps était couleur bronze, et on ne distinguait même plus son string. Une odeur de fer, celle du sang, se mêlait aux effluves fumées du cuir et aux relents huileux des torches murales.

Jamilla, toujours aussi déterminée, avait l'air prête. Elle avait opté pour le noir. Robe moulante, bas, bottes de cuir. Je ne savais pas si c'était voulu, mais sa tenue était très sexe. Elle avait également acheté dans une petite boutique spécialisée de Dumaine Street du « noir à lèvres » et des bracelets de cuir. Elle m'avait aussi aidé à composer ma panoplie : une queue-de-pie qui traînait par terre, un foulard, un pantalon noir et des cuissardes.

Personne ne semblait faire attention à nous. Nous prîmes le temps de visiter le rez-de-chaussée avant de suivre la foule au sous-sol. Il y avait des torches partout ; une odeur de moisi montait du sol froid et humide, un sol de pierre et de terre battue.

Jamilla s'accrocha à mon bras.

— Alex, si je n'étais pas venue, je crois que jamais je n'y aurais cru.

Je partageais sa réaction. Parmi les invités qui se massaient autour de nous, nombreux étaient ceux qui portaient des canines terrifiantes. A la lumière des candélabres électriques et des torches, j'aperçus des crânes humains cloués aux murs. Ils n'étaient manifestement pas factices.

J'entrepris de m'assurer qu'il nous serait possible de ressortir, si nécessaire. Une fuite rapide me paraissait difficilement envisageable. Il y avait de plus en plus de monde, et la crise de claustrophobie nous guettait. Une question trottait dans ma tête : était-il prévu que quelqu'un meure, ce soir. Si oui, qui ?

C'est alors que j'entendis une voix grave annoncer :

— Le Maître est là. Courbez la tête.

31

Un silence tendu régnait dans le caveau, et la perspective d'assister à un spectacle qui ne m'était pas destiné me mit soudain très mal à l'aise. Puis Daniel Erickson et Charles Defoe firent leur grande apparition.

On aurait dit une caricature de la cour des Habsbourg, quelques siècles plus tôt. L'assistance s'exécuta fidèlement et les têtes s'inclinèrent. Le duo était physiquement impressionnant. Charles, torse nu, en pantalon de cuir moulant et bottes, exhibait une musculature puissante et dégageait un certain érotisme. Daniel, tout de noir vêtu – redingote, pantalon, foulard de soie –, était aussi musclé que son partenaire, mais il avait la taille plus fine.

Devant eux, un tigre blanc du Bengale tirait sur sa grosse longe métallique. Jamilla et moi échangeâmes un regard.

— Ça devient très vite intéressant, me chuchota-t-elle.

Daniel, qui était en train de s'adresser à plusieurs de ses invités, tous des jeunes hommes, s'interrompit. Il me revint alors à l'esprit que les victimes des premiers meurtres que nous avions recensés étaient toutes de sexe masculin. Le tigre ne se trouvait qu'à trois mètres de moi. Quel était son rôle ? N'était-il qu'un symbole ? Lequel ?

Charles vint rejoindre Daniel dans le fond du caveau, et lui chuchota quelque chose à l'oreille. Les deux magiciens échangèrent des rires et regardèrent la salle.

Ce fut Daniel qui reprit la parole, d'une voix nette et puissante. Visiblement, il s'attendait à ce que chacun l'écoute avec la plus grande attention, et son assurance lui conférait un charisme certain.

— Je suis le Maître, déclara-t-il. Que voici une émouvante et vivante congrégation. Je sens l'énergie qui fuse dans cette salle. Cela m'excite.

« La force qui est ici, au bout de cette longe, ne connaît pas de limites. Croyez en elle, croyez en vous. Cette nuit n'est pas une nuit comme les autres. Suivez-moi donc dans l'autre salle. L'étape suivante. Suivez-moi, si vous croyez, et mieux encore, si ne croyez pas…

32

Jamais je n'avais vu une chose pareille. Muets, les yeux écarquillés, nous pénétrâmes dans un caveau plus vaste encore, éclairé par des appliques presque toutes électriques. Partout luisaient de redoutables crocs. Le tigre blanc s'était mis à grogner, et je revoyais les traces de morsures dans la chair humaine.

Quand on chasse le vampire…

Que se passait-il dans ce sinistre caveau ? Qu'attendaient tous ces amateurs de cérémonies morbides venus ici par centaines ?

Deux hommes grands et au physique avantageux, en robe de satin, flanquaient à présent Daniel et Charles. Je leur donnais une petite vingtaine d'années. On aurait dit de jeunes dieux. Tout le monde se rapprocha, guettant la suite.

— Je suis ici pour adouber deux nouveaux princes vampires, annonça Charles d'une voix solennelle, reprenant son personnage de scène. Inclinez-vous devant eux !

Une jeune femme, dans les premiers rangs, se mit à hurler :

— Nos princes ! Nos princes noirs ! Je vous vénère !

— Silence ! fit Charles. Sortez-moi cette imbécile d'ici. Bannissez-la.

Soudain, la lumière tremblota, et toutes les lampes s'éteignirent. Les quelques torches qui brûlaient encore furent rapidement étouffées. Je pris Jamilla par la main, et nous reculâmes jusqu'au mur.

Je ne voyais plus rien, et j'avais comme un poing glacé au milieu de la poitrine.

— Que se passe-t-il, Alex ?

— Je ne sais pas. Il ne faut pas qu'on se sépare.

Dans l'obscurité, tout dégénéra très vite. Des gens se mirent à hurler. Non loin de nous claqua un coup de fouet. C'était le délire, le chaos, la terreur complète.

Nous avions dégainé nos armes, mais dans le noir, nous demeurions impuissants.

Quelques minutes s'écoulèrent. Quelques minutes qui, dans cette nuit absolue, durèrent une éternité. J'avais peur d'être poignardé. Ou bien mordu.

Un générateur finit par se mettre en route et, après quelques hésitations, la lumière revint.

J'avais encore des images collées à la rétine, je voyais des cercles de couleur. Et quand ma vue redevint normale…

Les magiciens avaient disparu.

Un grand cri retentit dans le caveau.

— Il y a eu un meurtre ! Oh, mon dieu, ils sont tous les deux morts !

33

Je me frayai un chemin au milieu de la foule sous le choc, sans rencontrer de résistance, et découvris les corps. Les deux jeunes hommes en robe noire gisaient à terre, chacun dans une mare de sang. On les avait poignardés, on leur avait tranché la gorge. Où étaient passés Daniel et Charles ?

— Police ! criai-je. Ne les touchez pas. Reculez.

Ceux qui étaient aux premières loges battirent discrètement en retraite. Je me demandais s'ils s'apprêtaient à boire le sang répandu. N'était-ce pas le rituel prévu ? Le point commun de tous les meurtres ?

— Ils ne sont que deux ! s'écria quelqu'un. Deux flics !

— Et nous n'hésiterons pas à tirer, rétorqua Jamilla d'un ton parfaitement déterminé.

— Tout le monde recule, et vite ! renchéris-je. Où sont Daniel et Charles ?

Comme le cercle, autour de nous, se refermait, je tirai un coup de semonce. L'écho de la détonation se répercuta dans tout le sous-sol, et la panique reprit de plus belle. Chacun se rua comme il le pouvait vers la sortie, mais personne ne s'échapperait. A l'extérieur, le FBI était prêt à cueillir tout le monde.

Nous réussîmes à nous faufiler dans un couloir

éclairé aux chandelles, que Daniel et Charles avaient vraisemblablement emprunté pour se volatiliser quand la lumière s'était éteinte. Eux connaissaient les lieux.

Les petites caves qui se succédaient de chaque côté du souterrain poussiéreux évoquaient des catacombes antiques. Et dans cet espace confiné, qui puait la moisissure, il était difficile de ne pas avoir peur. Je me retournai vers Jamilla.

— Ça va ?

— Jusqu'à maintenant, je tiens le coup, mais je commence à me lasser de cet endroit.

Elle faisait de l'humour, mais à son regard qui filait dans toutes les directions, je comprenais qu'elle n'en menait pas large.

J'entendis Kyle nous appeler. Le FBI avait pénétré à l'intérieur de la maison.

— Alex, tu vois quelque chose ?

— Pas pour l'instant. Daniel et Charles se sont tirés quand la lumière a été coupée. Aucune idée de l'endroit où ils peuvent être.

Nous nous déplacions avec précaution de cave en cave. La plupart des pièces servaient de débarras, certaines étaient totalement vides. Froides, humides, inquiétantes, comme des caveaux funéraires. L'ambiance y était pour quelque chose, j'imagine. Il y avait de quoi faire des cauchemars.

D'un grand coup de pied, j'ouvris une autre porte. Dès que nous eûmes mis le nez à l'intérieur, Jamilla resta bouche bée. Elle aurait voulu hurler, mais ne parvint qu'à bredouiller :

— Putain, Alex, c'est quoi, ça ?

Je lui pris le bras. Je n'en croyais pas mes yeux. Je sentis mes genoux lâcher.

Daniel et Charles gisaient à terre. On les avait assassinés. J'étais sans voix. Kyle arriva peu après. Il ne prononça pas un seul mot.

Nous nous approchâmes des corps, mais je savais que les deux magiciens étaient morts. Egorgés. Ils portaient également des traces de morsures profondes, faites par des crocs.

Qui était le nouveau Maître ?

IV

La traque

1

Jamilla dut rentrer à San Francisco le lendemain en fin d'après-midi. De son propre aveu, elle était à bout de forces, et aussi déconcertée par la tournure des événements que moi. Je la conduisis à l'aéroport et, pendant le trajet, nous ne fîmes que parler de notre enquête. Manifestement, elle était devenue pour nous une véritable obsession.

Les rebondissements de la veille avaient tout changé. Nous traquions les tueurs présumés, et ceux-ci avaient été eux-mêmes assassinés. L'écheveau paraissait inextricable, et tout semblait désormais possible. Si les tueurs n'étaient pas nécessairement intelligents, ils avaient l'art de nous surprendre…

— Que comptes-tu faire, maintenant, Alex ? me demanda-t-elle alors que nous approchions de l'aérogare.

— Ah, parce qu'il n'y a plus que moi qui suis concerné ? fis-je en riant.

— Tu sais très bien ce que je veux dire.

— Oh, je vais sûrement rester ici encore un jour ou deux, voir si je peux servir à quelque chose. Tous ceux et celles qui étaient présents dans la maison et qu'on a pu interpeller sont en garde en vue. Ce qui nous fait un paquet de tordus à interroger. Il y a forcément quelqu'un qui sait quelque chose.

— En supposant qu'on puisse les faire parler. Crois-tu que la police de La Nouvelle-Orléans soit disposée à collaborer, maintenant ? Jusqu'à présent, on ne peut pas dire qu'elle nous ait beaucoup aidés.

Je souris.

— Tu sais bien que les flics locaux sont de vraies têtes de mules. On finira par obtenir ce qu'il nous faut, il suffira d'être patient. Je suis sûr que c'est la raison pour laquelle Kyle aimerait que je reste encore un peu.

Elle fronça les sourcils en m'entendant citer Kyle, mais je savais qu'elle regrettait de devoir partir.

— Tu sais, il faut que je rentre chez moi, mais je ne vais pas laisser tomber l'affaire comme ça. Mon copain Tim, à l'*Examiner*, est en train de préparer un autre grand papier sur les meurtres commis en Californie. C'est peut-être là-bas que tout a commencé. Réfléchis-y.

— Cela fait onze ans, peut-être plus. Mais qui étaient les auteurs des premiers crimes ? Daniel Erickson et Charles Defoe ? Ou d'autres adeptes de leur secte ? Si toutefois il s'agit bien d'une secte.

— Aujourd'hui, je n'en ai aucune idée. Je me demande même si je suis encore en état de raisonner. Je vais essayer de profiter du vol pour dormir un peu.

Après quelques autres considérations sur les développements étranges de cette affaire, je voulus en savoir un peu plus sur son ami journaliste, Tim. « C'est juste un copain », me répondit-elle.

Je la déposai devant les comptoirs American Airlines. Nous nous serrâmes la main. Elle se pencha vers moi et m'embrassa sur la joue.

Je lui pris la nuque et la serrai quelques secondes contre moi. C'était bon. Nous avions tous deux vécu beaucoup d'instants très difficiles, très douloureux, en un laps de temps extrêmement bref. Nous avions tous deux risqué notre vie.

Elle se détacha de moi.

— Alex, une fois de plus, ce fut un honneur. Merci pour les beignets et tout le reste.

— Rappelle-moi. Promis, Jamilla ?

— Promis. J'ai bien l'intention de le faire. Tu peux compter sur moi. Sincèrement, Alex.

Puis l'inspecteur Jamilla Hughes s'éloigna, pénétra dans le terminal et se fondit dans la foule.

De retour au bureau du FBI, je me noyai dans le travail. Kyle se joignit à moi. Nous passâmes en revue tous les éléments dont nous disposions, et ce à deux reprises, pour être bien sûrs de n'avoir rien laissé de côté. Nous étions toujours dans le brouillard le plus total, incapables d'expliquer pourquoi Daniel et Charles étaient morts. Aucune des personnes interrogées n'avait fait la moindre révélation. Peut-être que personne n'avait rien vu.

— Ceux qui les ont égorgés ont voulu nous prouver qu'ils étaient supérieurs, plus forts, suggérai-je. Plus forts qu'eux, plus forts que nous. Physiquement aussi bien que psychologiquement, puisque rien ne les arrête.

Je n'étais pas vraiment sûr de ce que j'avançais. Je pensais à voix haute.

— Tout cela ressemble un peu à un tour de magie, observa Kyle, et je ne crois pas que ce soit un hasard. Ça ne te frappe pas, toi, Alex, ce rapport à la magie ?

— Oui, mais il ne s'agissait pas d'un tour de magie. Daniel et Charles sont bien morts, comme d'autres avant eux, depuis un certain nombre d'années.

— Autrement dit, on est toujours à la case départ ?

— Ouais. Et je donnerais tout pour être ailleurs.

2

Ce soir-là, je fis encore une fois des heures supplémentaires. Vers 21 heures, je finis par me sentir bien seul. J'étais énervé, je n'avais plus les idées très claires. J'avais téléphoné à la maison, mais personne n'avait décroché. Je commençais à m'inquiéter, et je finis par me rappeler que c'était l'anniversaire de ma tante Tia, et que Nana avait prévu d'organiser une soirée dans sa nouvelle maison de Chapel Gate, au nord de Baltimore.

Je n'avais pas acheté de cadeau pour Tia. Je me serais giflé. Depuis que j'avais débarqué à Washington, encore enfant, elle n'avait pas une seule fois oublié mon anniversaire. Elle m'avait offert, cette année, la montre que je portais au poignet. Je donnai un coup de fil chez elle, dans le Maryland, ce qui me permit de parler à presque toute la famille. On me fit cruellement remarquer que je passais à côté d'un gâteau merveilleusement bon. On voulait savoir où j'étais, et quand je rentrerais.

Je n'étais pas en mesure de fournir une réponse satisfaisante.

— Dès que je pourrai. Vous ne savez pas à quel point je regrette de ne pas être avec vous.

Avant de retourner à l'hôtel, je fis une halte chez les magiciens. C'était plus fort que moi. J'étais sur les nerfs, j'étais littéralement obsédé par mon enquête. Ce n'était visiblement pas le cas des deux policiers postés devant la baraque, qui donnaient l'impression de s'ennuyer à mourir.

Ils virent ma plaque, me laissèrent entrer. Pas de problème, Dr Cross.

Je ne savais pas trop pourquoi, mais j'avais le sentiment que quelque chose, dans la maison, nous avait échappé. Les types du labo avaient passé les lieux au peigne fin, des heures durant. Moi aussi, et nous n'avions rien découvert de concret. Pourtant, je ne me sentais pas l'aise ici. Dans le « domaine ». Peut-être avais-je besoin d'un gri-gri pour me protéger ?

Mes pas résonnaient dans le séjour et le salon, à la décoration surchargée. Cette immense demeure semblait vide. Et toujours cette impression lancinante : quelque chose m'avait échappé.

La chambre de maître se trouvait à l'étage, au début du couloir. Rien n'avait changé depuis mon premier passage. Pourquoi avais-je pris la peine de revenir ? C'était une vaste pièce, bien dégagée, remplie de tableaux. De l'art moderne, tendance macabre. Certaines toiles étaient accrochées, d'autres simplement posées contre les murs, à même le sol. Et les magiciens dormaient dans un lit, pas dans les cercueils que nous avions trouvés dans les souterrains.

En inspectant une nouvelle fois le placard, je fis une découverte. Ce n'était pas là lors de ma première visite, j'en étais certain. Au milieu des chaussures, il y avait, couchées, les effigies de Daniel et Charles – deux poupées miniatures.

Je vis des traces de lacérations sur la gorge, la poitrine, le visage des figurines.

Pourquoi ces poupées sinistres ? D'où sortaient-elles ? Comment quelqu'un avait-il pu pénétrer dans cette maison sur laquelle nous avions posé des scellés, et qui restait surveillée en permanence ? Mon premier réflexe fut d'appeler Kyle, mais je m'abstins de le faire, sans trop savoir pourquoi.

Je n'avais guère envie de retourner au sous-sol seul et de nuit, mais maintenant que j'étais sur place, je voulais en avoir le cœur net. Et puis, n'y avait-il pas deux flics en faction à l'entrée ?

Qu'avions-nous donc négligé ?

Des meurtres d'une violence inouïe, commis sur une période de onze ans.

Des suspects sérieux eux-mêmes assassinés.

Et leurs effigies, retrouvées dans leur chambre.

Je descendis au sous-sol et m'enfonçai dans les passages qui rayonnaient autour de la salle principale. Les murs suintaient. La Nouvelle-Orléans se trouvant à près de deux mètres sous le niveau de la mer, l'humidité devait être constante.

J'entendis un grattement et me figeai. Quelque chose se déplaçait. Je sortis mon Glock de l'étui que je portais sous l'aisselle.

Je tendis l'oreille. Rien. Puis de nouveaux grattements.

Des souris ou des rats, me dis-je. Oui, à tous les coups. Enfin, sûrement.

Evidemment, au lieu de m'en tenir là et de repartir, je ne pus m'empêcher de vouloir vérifier. Que cherchais-je à me prouver ? Que je n'avais pas peur ? Que je ne ressemblais pas à ce père qui, lui, avait toujours fui ses responsabilités, même face à ses propres enfants ?

J'avançais prudemment, sans faire de bruit, les sens aux aguets.

J'entendais de l'eau couler goutte à goutte, quelque part, dans l'un des souterrains.

Grâce à mon bon vieux Zippo, je réussis à allumer quelques-unes des torches fichées dans les murs. Des images morbides tournoyaient dans ma tête. Les traces de morsures sur tous les cadavres que j'avais eu l'occasion de voir. La manière dont Daniel et Charles avaient été assassinés. Les morsures empoisonnées qu'on m'avait infligées à Charlotte. *Tu es des nôtres, désormais*.

Et chaque fois, cette même férocité.

Pourquoi un tel acharnement ?

Je ne vis rien venir.

Ils frappèrent, deux fois. Ils avaient brusquement surgi de la pénombre. Le premier coup me toucha à la tête et à la nuque. Le second visait les genoux. Ils étaient deux, et ils ne perdaient pas de temps.

Le souffle coupé, je m'écroulai, mais ma chute fit une victime imprévue : l'assaillant qui s'était accroché à mes jambes. J'entendis un craquement, comme si un os venait de se briser. Puis un grand cri. Le type lâcha prise.

Je parvins à me relever, mais l'autre, rivé à mon dos, me mordit. Non, pas ça !

Un juron m'échappa. Par deux fois, je tentai de l'écraser contre le mur. Qui étaient ces fous furieux ? D'où venait la sangsue que j'avais dans le dos ?

Et ce salopard finit par décrocher. Je me retournai et lui expédiai un coup de crosse à la tempe avant de l'étaler définitivement d'un solide crochet du gauche.

J'étais essoufflé, mais toujours prêt à en découdre. Mes deux agresseurs ne bougeaient plus beaucoup. Tout en les tenant en joue, j'allumai une autre torche au mur. On y voyait déjà beaucoup mieux.

C'était un couple d'adolescents, qui n'avaient sans doute pas plus de seize ou dix-sept ans. Leurs yeux ressemblaient à des gouffres noirs. Le garçon faisait presque deux mètres de haut.

Il portait un vieux T-shirt Marlboro blanc et un jean noir aussi flottant que crasseux.

La fille, elle, n'était pas très grande, mais large de partout. Ses cheveux noirs, gras et filasse, étaient striés de mèches orange.

En touchant ma nuque, je me rendis compte, avec une certaine surprise, que ma peau était intacte. Il n'y avait pas de sang sur ma main.

— Vous êtes en état d'arrestation, espèces de suceurs de sang !

3

Ces pauvres malades étaient-ils nos vampires ? Des meurtriers ? Des assassins ?

Ils s'appelaient Anne Elo et John Masterson, dit « Jack ». Inscrits au lycée catholique de Baton Rouge, ils avaient interrompu leurs études six mois plus tôt et fui le domicile familial. Ils avaient dix-sept ans. Ce n'étaient que des gosses.

Je passai trois heures, cette même nuit, à tenter d'interroger les suspects, et quatre heures de plus le lendemain matin. Elo et Masterson refusaient de parler à qui que ce soit. De me dire ce qu'ils faisaient dans cette maison, pourquoi ils m'avaient agressé, si c'étaient eux qui avaient placé les effigies macabres dans le placard de la chambre des victimes.

Ils restaient là, derrière la table nue, muets, le regard noir. Leurs parents, prévenus, étaient arrivés, mais à eux aussi ils refusaient d'adresser la parole. Anne Elo se borna à lancer à son père un « je t'emmerde » définitif.

En attendant que ces deux amateurs de vampirisme se décident à ouvrir la bouche, nous avions encore beaucoup de clients à interroger. La plupart des invités de la soirée avaient un point commun : ils travaillaient à La Nouvelle-Orléans et exerçaient des professions tout à fait

« normales ». Il y avait des serveurs et des serveuses, des réceptionnistes, des informaticiens, des comédiens, et mêmes des profs. De peur que leurs collègues de travail apprennent la nature de leur double vie, ils finirent par nous dire ce qu'ils savaient. Malheureusement, ils ne nous révélèrent rien de significatif.

Le commissariat avait rarement connu des nuits aussi chargées. Vingt-cinq à trente inspecteurs de la Criminelle et agents du FBI réinterrogèrent tout le monde. Nous échangions notes et bios en soulignant les incohérences ; ceux et celles qui nous mentaient de façon particulièrement flagrante avaient droit à un entretien approfondi. Nous avions établi une liste des témoins susceptibles de craquer si on les travaillait un peu. Nous les faisions changer d'interlocuteurs. Nous les renvoyions en cellule, puis nous les reconvoquions avant qu'ils aient le temps de s'endormir. Double ration.

— Faudrait les passer au jet d'eau, commenta Mitchell Sams, l'un des inspecteurs du NOPD.

Nous attendions Anne Elo, qu'on sortait de sa cellule pour la sixième fois. Sams, la cinquantaine et quelques dizaines de kilos de trop, était un flic noir redoutablement efficace, et cynique en diable.

Quand Anne Elo réapparut, on aurait dit une somnambule, un zombie. Elle avait les yeux noirs et creusés. Ses lèvres gercées étaient maculées de sang séché.

Sams passa aussitôt à l'attaque.

— Bonjour, ma jolie. Tu ne peux pas savoir comme je suis content de revoir ta face de plâtre. T'es pas reluisante, ma petite. Et encore, je suis gentil. Plusieurs de tes amis ont déjà craqué, ce soir, y compris ton petit copain pathétique.

Le regard vide de la fille se tourna vers le mur de brique.

— Vous devez me confondre avec quelqu'un d'autre. Moi, j'en ai rien à foutre.

Je décidai d'adopter la stratégie que j'avais imaginée

une heure plus tôt, et que j'avais testée avec succès sur quelques témoins.

— Nous connaissons l'existence du Maître. Il est retourné en Californie. Il ne faut plus compter sur lui. Il ne pourra ni t'aider, ni te faire du mal.

Elle demeura impassible, mais croisa les bras et se tassa un peu sur sa chaise. Ses lèvres s'étaient remises à saigner. Peut-être s'était-elle mordue.

— Et ça intéresse qui ? Pas moi, en tout cas.

A cet instant précis, un inspecteur de police entra en trombe dans la pièce. L'œil vague, de grosses auréoles sous les aisselles, le menton et les joues mangés par la barbe, il avait l'air aussi exténué que moi.

— Il y a eu un autre meurtre, annonça-t-il à Sams. Encore un meurtre avec pendaison.

Et là, lentement, Anne Elo se mit à applaudir.

— Génial.

4

Je me rendis sur la scène du crime en voiture, seul, en ayant le sentiment de glisser dans un monde parallèle. Les rouages de mon cerveau fonctionnaient parfaitement, mais à régime réduit. Qu'allait-il se passer maintenant ? Je ne savais vraiment plus quoi penser.

Dans son écrin de magnolias et de bananiers, avec ses magnifiques ferronneries, la maison avait tout d'un petit hôtel de charme. Il s'agissait en fait de l'ancienne dépendance d'une des grandes demeures classées du Garden District, une petite remise avec un balcon à l'étage.

La moitié de la police de La Nouvelle-Orléans était déjà sur place, ainsi que deux fourgons de secours, gyrophares en action. Les journalistes commençaient à débarquer. L'équipe de nuit.

L'inspecteur Sams, qui m'avait devancé de quelques minutes, me retrouva à l'étage, devant la chambre où avait eu lieu le meurtre. Plafonds, balustrades, moulures, portes, il n'y avait pas une surface, dans cette maison, qui ne fût décorée. Sa propriétaire l'avait visiblement entretenue avec un grand soin. Le thème du Mardi Gras était omniprésent : sur presque tous les murs, plumes, perles, masques et costumes offraient un véritable festival de couleurs.

— C'est bien pire que ce que nous pouvions imaginer, me dit Sams. Il s'agit de Maureen Cooke, un inspecteur. Elle était aux Mœurs, mais elle nous aidait pour Daniel et Charles. La plupart des effectifs ont été mis sur l'affaire.

Il me conduisit dans la chambre de la victime. La pièce n'était pas très grande, mais aménagée avec goût. En voyant le plafond bleu ciel, je me souvins qu'on m'avait dit, un jour, que cette couleur était destinée à empêcher les insectes ailés de faire leur nid.

Maureen Cooke était une grande et mince rousse, sans doute âgée d'une petite trentaine d'années. Elle était nue. On l'avait suspendue au lustre, par les pieds. Elle avait les ongles peints, et portait au poignet un fin bracelet d'argent.

Des traînées de sang lui sillonnaient le corps, mais il n'y avait pas de sang par terre.

Je m'approchai d'elle, marmonnai : « C'est triste... »

Encore une vie qui s'était envolée. Encore un inspecteur assassiné.

Je me tournai vers Mitchell Sams. Il attendait que je parle.

— Il est possible que nous n'ayons pas affaire aux mêmes tueurs, lui dis-je. Les morsures me paraissent différentes. Elles sont superficielles. Quelque chose a changé.

Je reculai de quelques pas pour contempler l'ensemble de la chambre. Au mur, je reconnus des photographies de la fameuse étude d'E.J. Bellocq sur les prostituées de Storyville. Un choix un peu insolite, mais qui pouvait se comprendre, de la part d'un enquêteur des Mœurs. Il y avait deux éventails orientaux sous cadre, au-dessus du lit défait.

Les trilles de mon téléphone mobile me firent sursauter. Du pouce, j'enfonçai une touche au hasard. J'étais dans un état second, j'avais besoin de sommeil.

— Alors, l'avez-vous enfin découverte, Dr Cross ? Qu'en pensez-vous ? A votre avis, quel serait le meilleur moyen de mettre un terme à ces crimes atroces ? Vous devez bien avoir une petite idée en tête, depuis le temps ?

Le Cerveau. Comment était-il au courant ?

Je me mis à hurler.

— Je vais te descendre, connard ! C'est ça, mon idée !

Je raccrochai, puis éteignis mon téléphone. En me retournant, je vis Kyle Craig qui m'observait du seuil de la porte.

— Ça va, Alex ? murmura-t-il.

5

Je venais enfin de retrouver ma chambre d'hôtel, et il était déjà 10 h 30 du matin. J'étais trop fatigué, trop énervé pour pouvoir dormir. Mon cœur battait beaucoup trop vite. Il y avait un message pour moi : l'inspecteur Hughes avait appelé de San Francisco.

Je m'allongeai sur mon lit et rappelai Jamilla. Je fermai les yeux. J'avais envie d'entendre une voix sympathique, et particulièrement la sienne.

— J'ai quelque chose qui va peut-être t'intéresser, m'expliqua-t-elle. A mes moments perdus – ouarf, ouarf – je me suis penchée sur le cas de Santa Cruz. Pourquoi Santa Cruz ? tu vas me demander. Il y a eu plusieurs disparitions inexpliquées, là-bas. Beaucoup trop. J'ai bien étudié la question. Alex, il se passe quelque chose dans ce patelin. Et ça correspond au profil de l'affaire.

— Santa Cruz figurait sur notre première liste, dis-je.

Je faisais un effort pour retenir ce que je venais d'entendre. Je ne savais même plus exactement où se trouvait Santa Cruz.

— Tu as l'air fatigué ? Ça va ?

— Je viens à peine de rentrer. La nuit a été longue.

— Il faut que tu dormes, Alex ! Ça, ça peut attendre. Bonne nuit.

— Non, de toute façon, je n'arrive pas à m'endormir.

Parle-moi de cette histoire de Santa Cruz. Je veux savoir.

— D'accord. J'ai discuté avec le lieutenant Conover, de la police de Santa Cruz. Conversation intéressante, quoique passablement ennuyeuse. Là-bas, bien sûr, ils sont au courant des disparitions. Ils se sont également aperçus qu'au cours de l'année écoulée, on avait signalé des disparitions d'animaux domestiques et de bétail. Il y a beaucoup de ranches, dans la région. Personne ne croit aux vampires, bien entendu, mais il faut tout de même préciser que Santa Cruz a une réputation un peu particulière. Pour les gosses, c'est la capitale des vampires. Et il arrive que les gosses aient raison.

— Il faut que je jette un œil sur ce que tu as pour l'instant, lui dis-je. Je vais d'abord essayer de dormir un peu, mais je veux lire tout ce que Santa Cruz t'envoie. Peux-tu me transmettre les documents ?

— Tim, à l'*Examiner*, a promis de m'expédier toutes les archives sur le sujet. Et en attendant, aujourd'hui, comme je suis de repos, je vais peut-être aller faire un tour sur place.

Je rouvris les yeux.

— Si tu y vas, tu emmènes quelqu'un. Vas-y avec Tim. Je suis sérieux. – Je l'informai du meurtre de Maureen Cooke, sa collègue de La Nouvelle-Orléans. – N'y va pas seule. On ne sait toujours pas à qui on a affaire.

— J'irai avec quelqu'un, me promit-elle, mais je ne savais pas si je devais la croire.

— Sois prudente, Jamilla. Je ne la sens pas, cette histoire.

— Tu es crevé, c'est tout. Dors un peu. Je suis une grande fille.

Nous bavardâmes encore quelques minutes, mais je ne savais pas si le message était vraiment passé. A l'instar de la plupart des bons flics de la Criminelle, elle était têtue comme une mule.

Je fermai de nouveau les yeux, et le sommeil, cette fois, ne tarda pas à m'emporter.

6

Jamilla songeait à un passage du livre le plus connu de Shirley Jackson, *La Maison hantée*, qui avait fait l'objet d'une adaption au cinéma assez médiocre. « Ce qui marchait là, marchait seul », avait écrit Jackson. C'était un peu le sentiment qu'elle éprouvait dans cette enquête. Voire dans sa vie en général, ces dernières années.

Sa fidèle Saab, toujours aussi sale, la conduisit sans problèmes jusqu'à Santa Cruz. Pendant presque tout le trajet, Jamilla serra tellement le volant qu'elle finit par en avoir des fourmis dans les bras. Et elle avait de plus en plus mal à la nuque. Cette invraisemblable affaire l'accaparait. Les tueurs étaient là, quelque part, et ils tueraient jusqu'à ce qu'on les arrête. Peut-être devait-elle essayer de les arrêter.

Elle avait bien demandé à son petit ami du moment de l'accompagner, mais Tim couvrait une manifestation de cyclistes pour l'*Examiner*, et de toute manière, elle n'était pas certaine d'avoir envie de passer toute la journée avec lui. Tim était adorable, mais ce n'était pas... comment dire ?... Alex Cross. Et c'est donc seule, toute seule, pour changer, qu'elle arriva à Santa Cruz.

Elle avait tout de même prévenu Tim, qui savait à présent qu'elle était allée à Santa Cruz, et elle était armée jusqu'aux dents. Enfin, façon de parler...

Cela dit, elle avait toujours aimé Santa Cruz. Peut-être était-ce parce que cette ville, quasiment l'épicentre du tremblement de terre de 1989 – 6,9 degrés sur l'échelle de Richter, soixante-trois victimes –, avait trouvé la force de survivre. Ici, on avait refusé de baisser les bras. On avait tout reconstruit aux normes anti-sismiques, sans dépasser les deux étages. Santa Cruz, c'était la Californie dans toute sa splendeur. Il n'y avait pas mieux.

En roulant, elle vit un imposant surfeur blond s'extraire d'une Coccinelle avec une planche de surf sanglée sur le toit. Il était en train de terminer une tranche de pizza qui dégoulinait de partout et s'apprêtait à entrer dans une librairie. La Californie dans toute sa splendeur.

La population, ici, était des plus variées : hippies attardés, fondateurs et collaborateurs de start-up, gens de passage, surfeurs, étudiants. Elle adorait ce brassage. Où donc se cachaient les vampires ? Savaient-ils qu'elle se trouvait ici même, à Santa Cruz, et qu'elle comptait bien les déloger ? Se trouvaient-ils au milieu des surfeurs et des néo-hippies qu'elle croisait dans la rue ?

Elle fit d'abord halte au poste de police. En la voyant en chair et en os, le lieutenant Harry Conover eut du mal à cacher sa surprise. Ce genre d'excentricité – se déplacer aussi loin pour enquêter, et de surcroît en dehors des heures de service – devait lui échapper totalement.

— Je vous avais dit que je vous passerais tout ce que je trouverais sur les Goths et les vampires amateurs, lui dit-il. Vous n'avez pas confiance en moi ?

Il avait l'air éberlué. Cheveux bouclés mi-longs, yeux marron, grand, bien charpenté, sans doute autour de trente-cinq ans, il avait le profil du dragueur professionnel et devait avoir une haute opinion de lui-même.

— Bien sûr, que j'ai confiance en vous. Mais aujourd'hui, j'étais de repos, et cette affaire me ronge les nerfs. Alors me voici, Harry. C'est quand même mieux qu'un e-mail, non ? Qu'avez-vous pour moi ?

Elle sentit qu'il n'avait qu'une envie : lui dire qu'elle lui fiche la paix et qu'elle profite de sa journée de repos. Une attitude qui, pour elle, n'était pas nouvelle. Peut-être avait-il raison, mais pas en ce moment, alors que l'enjeu était si important.

— En lisant des rapports, j'ai vu que certains de vos amateurs de fêtes macabres vivaient peut-être ensemble, dans des sortes de communautés. J'aimerais bien savoir où. Avez-vous une idée ?

Conover acquiesça et fit mine de s'intéresser au problème. Elle remarqua surtout qu'il la reluquait. Monsieur avait un faible pour les poitrines féminines, c'était évident.

— On en a jamais eu la confirmation, dit-il. Il y a des jeunes qui zonent ensemble, bien sûr, mais je n'ai jamais entendu parler de communautés à proprement parler. Il y a deux bars assez chauds, le Catalyst et Palookaville. Et beaucoup de jeunes se partagent des piaules vers le bas de Pacific Street.

Elle refusa de s'en tenir là. Ce n'était pas son genre.

— Mais si un nombre important de jeunes vivaient ensemble... ça pourrait être où, à votre avis ?

Conover soupira, visiblement irrité. Jamilla avait à présent compris que ce n'était pas le genre de flic à trop s'impliquer dans son travail. Si Conover travaillait pour elle, elle l'aurait fait immédiatement muter ailleurs, et lui aurait clamé à qui voulait l'entendre que c'était une décision sexiste. Aucun rapport. C'était un flic paresseux et sans motivation, tout ce qu'elle détestait. Des vies dépendaient de la manière dont il remplissait sa mission. Quand finirait-il par s'en rendre compte ?

— Peut-être en dehors de la ville, vers les contreforts, proposa finalement Conover d'un ton peu empressé. Ou alors dans le coin de Boulder Creek, au nord. Je ne sais pas trop quoi vous dire.

Oh, ça, je m'en doute, Harry.

— Par où commenceriez-vous ? insista-t-elle.

Si vous faisiez correctement votre boulot.

— Inspecteur, si j'étais vous, je ne m'exciterais pas trop sur cette piste-là. Bon, d'accord, on a enregistré quelques disparitions curieuses dans la région, mais c'est valable pour toutes les villes de la côte californienne au nord et au sud d'ici. Les jeunes, ils ne tiennent pas en place, c'est pas comme à notre époque. Je ne crois pas que qui que ce soit ait été victime d'actes graves ici, à Santa Cruz, et ce n'est pas à moi que vous ferez croire que cette ville est la capitale des vampires de la côte Ouest. Il n'y a pas de vampires à Santa Cruz.

Elle opina, fit semblant d'approuver.

— Je crois que je vais commencer par les contreforts.

Conover lui adressa un salut.

— Si vous avez fini de chasser vos amateurs de macabre avant 19 heures, mettons, passez-moi un coup de fil. On pourrait peut-être prendre un verre. C'est votre jour de repos, non ?

— Entendu, acquiesça Jamilla. Si j'ai fini avant 19 heures, Harry. Merci pour votre aide.

Connard.

7

Elle était énervée, et il y avait de quoi. Elle était là, en train de se démener toute seule, et sur un territoire qui n'était pas le sien. Elle gara la Saab dans une petite rue assez folklorique, tout près du Metro Center, juste en face d'un bar, l'Asti. Elle suivait le San Lorenzo et l'avait perdu, mais la rivière ne devait pas être loin. Elle la sentait jusqu'ici.

Elle venait de descendre de voiture quand deux hommes firent leur apparition. Ils marchaient vite. Ils l'encadrèrent.

Jamilla grimaça. On aurait dit qu'ils venaient de surgir de nulle part. Des queues-de-cheval blondes ? Sacré look. Des étudiants ? Des surfeurs ? Pourvu que ce soit ça.

Ils étaient solidement bâtis, mais leur force semblait parfaitement naturelle. On était plus proche d'Eros, d'Apollon ou d'Hermès que du culturiste. Des muscles magnifiquement sculptés. De la virilité. Du marbre taillé au burin.

— Je peux vous aider ? demanda-t-elle. Vous cherchez la plage ?

Le plus grand des deux lui répondit avec un formidable aplomb, qui touchait à l'impertinence :

— Oh, ça m'étonnerait. On n'est pas des surfeurs. En plus, on est d'ici. Et vous ?

Ils avaient tous les deux des yeux d'un bleu très profond, et à l'éclat extraordinairement intense. Le plus jeune ne devait pas avoir plus de seize ans. Leurs gestes étaient délibérés et parfaitement maîtrisés. Jamilla n'aimait pas cela. Dans cette petite rue déserte, personne n'était susceptible d'intervenir.

— Alors vous, vous pourriez peut-être me dire où se trouve la plage ? dit-elle.

Ils la serraient de si près qu'elle n'avait plus la possibilité de dégainer son arme si nécessaire. Elle était coincée entre ces deux énergumènes en T-shirt, jean et chaussures d'escalade, tout en noir.

— Vous voulez bien vous pousser un peu ? Vous reculez, d'accord ?

L'aîné sourit, et Jamilla remarqua sa belle fossette au-dessus de la lèvre.

— Moi, c'est William. Lui, c'est mon frère, Michael. Ne seriez-vous pas à notre recherche, par le plus grand des hasards, inspecteur Hughes ?

Oh, Dieu du ciel, non. Jamilla tenta d'attraper l'arme qu'elle portait à la ceinture, dans le dos, mais ils se saisirent d'elle et lui enlevèrent le 9 mm aussi facilement que s'ils avaient eu affaire à un enfant. Leur agilité et leur force dépassaient l'entendement. Ils la plaquèrent au sol et lui passèrent des menottes. *Etaient-ce celles de sa collègue, assassinée à La Nouvelle-Orléans ?*

L'aîne lui intima :

— Ne criez pas, ou je vous brise la nuque, inspecteur.

Il disait cela d'un ton parfaitement neutre, comme si c'était la chose la plus naturelle du monde.

L'autre prit alors la parole. Nez à nez avec lui, elle vit les longues canines.

— Si tu chasses le vampire, le vampire te chassera, lui chuchota-t-il.

8

On la bâillonna, puis on la balança sur la banquette arrière d'un pick-up. Le véhicule démarra sèchement.

Jamilla s'efforça d'enregistrer tous les détails du trajet. Elle comptait les secondes, les minutes. Au début, ils roulèrent par à-coups. Parcours urbain. Puis ils prirent de la vitesse, et Jamilla se sentit moins secouée. Peut-être étaient-ils sur la Route 1, celle qui longeait la côte.

Ils s'engagèrent ensuite sur une voie très cahoteuse. Un chemin de terre, peut-être. Jamilla estima la durée du trajet à quarante minutes environ.

On la transporta à l'intérieur d'une maison, genre ranch ou ferme. Des gens riaient. D'elle ? Ils avaient des crocs. On la déposa sur une couchette, dans une pièce minuscule, et on lui enleva son bâillon.

— Vous cherchiez le Maître, lui murmura à l'oreille celui qui disait s'appeler William. Vous avez commis une faute terrible, inspecteur. Une faute qui vous vaudra la mort.

Un sourire horrible se dessina sur son visage, et Jamilla eut la curieuse impression qu'il se moquait d'elle tout en voulant la séduire. De ses doigts longs et fins, il lui effleura la joue, puis lui caressa la gorge, tout en la fixant des yeux.

Elle aurait voulu le repousser, prendre la fuite, mais ne pouvait rien faire. Autour d'elle, une douzaine de vampires la regardaient comme si elle n'était qu'une viande en broche.

— Un Maître ? Quel Maître ? C'est quoi, un Maître ? Il faut que vous m'en disiez plus.

Les deux frères échangèrent un rictus complice. On entendit quelques rires.

— Le Maître, c'est celui qui dirige, expliqua William.

Toujours le même calme, la même assurance.

— Et ce Maître, qui dirige-t-il ? voulut-elle savoir.

— Tous ceux et toutes celles qui sont prêts à le suivre, lui répondit William. – Il s'esclaffa de nouveau, semblait beaucoup s'amuser aux dépens de sa captive. – Des vampires, inspecteur. Comme Michael et moi. Et il y en a beaucoup, dans bien des villes. Vous n'imaginez pas l'importance du phénomène. Le Maître fixe des lignes de conduite simples, ce qu'il faut penser, ce qu'il faut faire, des choses de ce genre. Le Maître ne rend pas de comptes à quelque autorité que ce soit. Le Maître est un être supérieur. Commencez-vous à comprendre ? Aimeriez-vous rencontrer le Maître ?

— Est-ce que le Maître est ici ? Où sommes-nous ?

William la contemplait, toujours aussi séducteur, toujours aussi répugnant. Puis il se pencha vers elle.

— C'est vous, l'inspecteur de police. Est-ce que le Maître est ici ? Où sommes-nous ? À vous de répondre à ces questions.

— Pourquoi sommes-nous ici ?

Elle voulait les faire parler, les occuper le plus longtemps possible.

William haussa les épaules.

— Oh, nous sommes ici depuis toujours. Avant, c'était une communauté. La Californie hippie, les drogues hallucinogènes, la musique de Joni Mitchell. Nos parents étaient des hippies. On nous a isolés du mode de vie et de pensée des autres, et nous dépendions l'un de l'autre. Mon frère et moi sommes incroyablement proches, mais nous ne sommes rien, en réalité. Nous sommes ici pour servir le Maître.

— Le Maître a-t-il toujours vécu dans la communauté ? demanda Jamilla.

William la dévisagea, l'air grave.

— Il y a toujours eu des vampires, ici. Ils ne se mêlaient pas aux autres. On pouvait aller vers eux, ce n'étaient jamais eux qui venaient à nous.

— Combien sont-ils ?

William consulta Michael du regard, et tous deux éclatèrent de rire.

— Des légions ! Nous sommes partout.

Brusquement, William poussa un rugissement et se jeta sur la gorge de Jamilla, qui se mit à hurler.

Il s'immobilisa à quelques centimètres d'elle, en grognant toujours comme un animal, puis se mit à ronronner doucement. Sa grande langue lui lécha la joue, les lèvres, les paupières. Elle avait l'impression d'être dans un mauvais rêve.

— On va vous pendre et vous boire jusqu'à la dernière goutte, Jamilla. Et le plus surprenant, c'est qu'à l'instant de votre mort, vous allez être aux anges. Ce sera l'extase, Jamilla.

9

J'étais de retour à Washington, et je m'offrais enfin une journée de repos bien méritée. Pourquoi pas ? J'avais envie de profiter des enfants, et on était samedi, après tout.

Cet après-midi-là, j'emmenai Damon et Jannie à la galerie Corcoran. Mes petits monstres traînèrent les pieds, mais une fois à l'intérieur du Palais de l'Or et de la Lumière, ils ne voulurent plus repartir. Je les retrouvais bien là.

A notre arrivée à la maison, vers 16 heures, Nana m'annonça que je devais rappeler Tim Bradley, du *San Francisco Examiner*. Pitié, non. Quand finirais-je par avoir la paix ? Il fallait que je rappelle le petit copain de Jamilla, maintenant ?

— Tu dois rappeler. C'est important. Voilà le message.

Nana était en train de faire deux tartes aux cerises, et les délicieux parfums qui s'échappaient du four me faisaient regretter de ne pas être rentré plus tôt.

Il était une heure, en Californie. Tim Bradley se trouvait à son bureau. Il décrocha à la première sonnerie.

— Bradley.

— C'est l'inspecteur Alex Cross.

— Bonjour. Merci de m'avoir rappelé. Je suis un ami de Jamilla Hughes.

Cela, je le savais déjà.

— Elle va bien ? l'interrompis-je.

— Pourquoi cette question, inspecteur ? Elle est allée à Santa Cruz hier. Etiez-vous au courant ?

— Elle m'a dit qu'elle envisageait d'y aller. Quelqu'un l'a-t-il accompagnée ? Je lui ai conseillé de ne pas partir seule.

Réponse sèche d'un homme sur la défensive :

— Non. Comme elle le dit toujours, Jamilla est une grande fille. Et elle a un gros calibre.

— Que se passe-t-il ? Y a-t-il un problème ?

— Non, pas forcément. D'habitude, elle est prudente, elle sait ce qu'elle fait. Il se trouve juste qu'elle avait promis de m'appeler hier soir, et que je n'ai toujours pas de nouvelles. Et je vous ai laissé le message il y a quatre heures, déjà. Je suis un peu inquiet. Ce n'est sans doute rien, mais je me disais que vous saviez peut-être quelque chose… par rapport à cette affaire.

— Fait-elle souvent ce genre de choses ?

— Enquêter un jour de repos ? Oui, c'est tout Jam, ça. Mais elle a dit qu'elle m'appellerait et normalement, elle aurait dû le faire.

Je ne souhaitais pas l'inquiéter davantage, mais je commençais à me faire du souci. Je pensais à mes deux dernières coéquipières, assassinées, dont les meurtriers n'avaient jamais été arrêtés. Le Cerveau se vantait d'avoir tué Betsey Cavalierre. Ainsi que l'inspecteur Maureen Cooke, à La Nouvelle-Orléans. Jamilla Hughes figurait-elle également sur sa liste ?

— Je vais appeler la police de Santa Cruz, dis-je. Jamilla m'a donné un nom et un numéro. Je crois que c'était Conover, je l'ai noté quelque part. Je m'en occupe immédiatement.

— Très bien. Je vous remercie, inspecteur. Tenez-moi au courant, d'accord ?

Le lieutenant Conover ne se trouvait pas au commissariat central de Santa Cruz. Il n'était pas de service. Je dus faire toute une histoire, et mentionner le nom de Kyle Craig, pour que le sergent consente à me communiquer le numéro de téléphone personnel de Conover.

Quelqu'un décrocha. J'entendais brailler du U2.

— On fait une petite fête autour de la piscine. Ramenez-vous. Ou bien vous rappelez lundi. Ciao !

Clac.

Je refis le numéro.

— Je voudrais parler au lieutenant Conover, s'il vous plaît. Il s'agit d'une urgence. Je suis l'inspecteur Alex Cross. C'est au sujet de l'inspecteur Jamilla Hughes, de la police de San Francisco.

— Ahhh, merde… c'est Conover, au bout du fil. Qui vous êtes, encore ?

Je lui expliquai qui j'étais et mon rôle dans l'enquête, aussi succinctement que possible. J'avais l'impression que Conover était bourré, ou en passe de l'être. D'accord, il était de repas, mais il n'était même pas 14 heures en Californie !

— Elle est allée dans les hauteurs, elle cherche les nouveaux vampires, me dit-il avec un rire moqueur. Il n'y a pas de vampires à Santa Cruz, inspecteur. Croyez-moi. Je suis sûr que votre collègue va très bien. Elle a dû rentrer à San Francisco.

Je fis ce que je pus pour lui éclaircir les idées, ou du moins me faire comprendre.

— Ecoutez, jusqu'à maintenant, on a rencensé au moins deux douzaines de meurtres commis par des gens qui se prennent pour des vampires. Ils pendent leurs victimes, et ensuite ils boivent leur sang.

— Je vous ai dit ce que je savais, inspecteur. Peut-être que je peux prévenir quelques voitures de patrouille…

— Faites-le. Pendant ce temps-là, moi, je préviens le FBI. Eux, ils croient aux crimes de vampires. Quand avez-vu l'inspecteur Hughes pour la dernière fois ?

Il hésita.

— Je ne sais pas, moi. Euh, disons, il y a vingt-quatre heures.

Je raccrochai. Ce type ne me plaisait pas du tout.

Cette affaire, où tout était atypique, à la limite du concevable, menaçait sérieusement ma santé mentale. Et l'omniprésence du Cerveau n'arrangeait pas les choses.

J'appelai Kyle Craig, puis American Airlines, avant de donner un coup de fil à Tim Bradley pour lui dire que je me rendais en Californie.

Santa Cruz.

La capitale des vampires.

Jamilla y était en danger. Je le sentais dans mes veines.

10

Durant le vol, il me vint à l'esprit que le Cerveau ne m'avait pas harcelé depuis deux jours, ce qui me surprenait. Peut-être était-il en déplacement, lui aussi ? *Que pasa ?* Peut-être avait-il pris le même avion que moi ? Cela me faisait penser à cette vieille blague éculée sur la paranoïa. Le type va voir son psychiatre et lui dit que tout le monde le déteste. Et le psychiatre lui répond que c'est ridicule, puisqu'il y a plein de gens qui ne le connaissent pas encore.

Mon cas s'aggravait. Je finis par me lever pour aller jusqu'à la queue de l'appareil en regardant tous les visages. Je ne reconnaissais personne, même vaguement. Pas de Cerveau à bord. Pas de canines saillantes non plus. J'étais en train de perdre la raison.

Les agents du FBI qui m'accueillirent à l'aéroport international de San Francisco m'annoncèrent que Kyle n'allait pas tarder à arriver. Kyle s'était fait beaucoup plus insistant, ces temps derniers : quand allais-je enfin rejoindre ses troupes ? Sur un plan strictement financier, l'offre était des plus intéressantes. On gagnait en effet bien mieux sa vie au FBI que dans la police. Et les horaires étaient généralement moins contraignants. Peut-être en parlerais-je à Nana et aux enfants quand tout ceci serait terminé. Bientôt, avec un peu de chance. Ce qui était peut-être beaucoup demander...

Je quittai l'aéroport en 4×4, escorté de trois agents. Robert Hatfield, le plus gradé, avait pris place avec moi à l'arrière. Il avait l'air assez jeune, avec sa petite coupe en brosse, mais j'aurais été en peine de dire s'il avait trente-cinq ou cinquante ans. Il était en bonne forme physique. Pour cet homme, visiblement, les apparences comptaient énormément.

— Nous avons repéré l'endroit où vivent certains de ces soi-disant vampires. C'est un ranch, au pied des montagnes, au nord de Santa Cruz, pas loin de la mer. Au stade où nous en sommes, il est impossible de dire si l'inspecteur Hughes y est retenue. Nous ne l'avons toujours pas localisée.

— Que trouve-t-on, dans le coin ? voulus-je savoir.

— Pas grand-chose, à vrai dire. C'est la cambrousse. Il y a quelques ranches assez étendus. De la caillasse, des rapaces, quelques pumas.

— Pas de tigres ?

— Tiens, c'est curieux que vous disiez ça, parce qu'il se trouve que le ranch dont je vous ai parlé est une ancienne réserve d'animaux sauvages. Il y avait des ours, des loups, des tigres, et même un ou deux éléphants. Les proprios faisaient du dressage et louaient leurs animaux au cinéma ou à la publicité. C'étaient surtout des hippies rescapés des années 60. Ils avaient une autorisation du ministère de l'Intérieur, et ils travaillaient avec des gens comme Tippi Hedren, ou Siegfried et Roy.

— Les bêtes ne se trouvent plus au ranch ?

— Les anciens propriétaires ont disparu il y a quatre ou cinq ans, et personne n'a voulu racheter l'affaire. Il y a plus de vingt-cinq hectares de terrain, mais on ne peut pas en faire grand-chose. Vous verrez.

— Et les animaux, savez-vous ce qu'ils sont devenus ?

— Certains ont été rachetés par d'autres réserves spécialisées dans la fourniture d'animaux dressés pour le cinéma. Brigitte Bardot en a pris quelques-uns. Le zoo de San Diego aussi.

Tout cela me laissait songeur, mais je ne voulais surtout pas m'emballer trop vite. Je me demandais si les anciens propriétaires pouvaient avoir laissé un tigre derrière eux, et j'étais déjà en train d'échafauder un scénario assez délirant. Et très intéressant, à divers égards. Dans la mythologie africaine et asiatique, le vampire se changeait de préférence en tigre, et non en chauve-souris. La figure du tigre était beaucoup plus terrifiante que celle de la chauve-souris, et quand on voyait l'état des corps lacérés que nous avions retrouvés… De plus, Santa Cruz avait une réputation à soutenir : celle de capitale des vampires.

Nous passâmes devant une ferme, puis une entreprise vinicole. Il n'y avait pas grand-chose à voir. L'agent Hatfield m'expliqua qu'en été, les monts viraient aux tons brun foncé et or, un peu comme le veldt africain.

Notre berline finit par quitter la route principale. Pas la moindre maison, pas la moindre bâtisse à l'horizon, rien que des collines pelées. Un faucon planait dans l'azur immaculé. Il émanait de ce beau paysage, si calme, une grande sérénité.

Au bout d'environ deux kilomètres sur un chemin rocailleux à peine praticable, nous franchîmes le portail d'un enclos à bétail. La grille était par terre. Une clôture de bois en piteux état longeait le terrain sur une centaine de mètres, s'interrompait, puis reprenait.

Soudain, nous vîmes six véhicules garés de chaque côté de la piste. Des Jeep surtout, banalisées.

Et là, il y avait Kyle Craig, les mains sur les hanches, sourire aux lèvres, comme s'il s'apprêtait à me révéler le plus stupéfiant des secrets.

Quelque chose me disait que c'était effectivement le cas.

11

— Je crois que c'est exactement ce que nous voulions, me dit Kyle.

Nous nous serrâmes la main, un vieux rituel qui reflétait bien son goût pour les conventions. Je le trouvais plus calme, plus maître de lui-même que la semaine précédente.

— Viens, ajouta-t-il. Je vais te montrer quelque chose.

Je le suivis le long de la clôture jusqu'à un portail hors d'usage. Il désigna deux marques, deux motifs pyrogravés dans le bois, et presque effacés par les ans et les intempéries. Un tigre et une tête de tigre, à peine visibles. Nous étions arrivés dans l'antre du fauve.

— Il semblerait que le groupe qui vit ici soit sous l'autorité du Maître. Le Maître nouvelle version, j'imagine. Nous n'avons pas encore réussi à établir l'identité de leur chef. Alex, l'ancien Maître était l'illusionniste Daniel Erickson. Deux membres de la secte viennent de rentrer. Ils étaient à La Nouvelle-Orléans. Les pièces du puzzle commencent enfin à se mettre en place.

— Comment as-tu découvert tout cela, Kyle ? Depuis quand es-tu ici ? Que me caches-tu encore ? Et pour quelle raison ?

— La police de Santa Cruz nous a contactés, et je suis venu tout de suite. Un des « morts-vivants » s'est fait coincer en quittant le ranch. Un lycéen en cavale, moins impliqué que les autres. Il nous a raconté tout ce qu'il savait.

— Le Maître est sur place ?

— On peut le supposer. Le gosse ne l'avait jamais vu, en fait. Il ne fait pas partie du cercle des intimes. Les deux adeptes qui ont fait le déplacement de La Nouvelle-Orléans sont bien là, eux. Il a entendu dire que ce sont eux qui ont tué Daniel et Charles. Pour lui, ils sont totalement barjots.

— Je veux bien le croire, commentai-je en regardant d'un œil distrait les pins et les cyprès anémiques de la propriété. Des nouvelles de Jamilla Hughes ?

Son regard glissa de gauche à droite.

— On a retrouvé sa voiture en ville, Alex, mais pas de traces d'elle. Le gamin qu'on a interrogé ne savait rien non plus. D'après lui, il y a eu du grabuge au ranch, tard, hier soir. Il était couché, avec les plus jeunes de la bande. Ils ont cru que quelqu'un avait forcé le périmètre, ils se sont dit que c'était peut-être la police, mais après, ça s'est calmé – toujours selon le gosse. Rien ne prouve qu'elle soit ici.

— Puis-je l'interroger, Kyle ?

Il détourna les yeux, comme s'il ne souhaitait pas répondre.

— La police de Santa Cruz l'a embarqué. Si tu fais un saut en ville, tu devrais pouvoir lui parler. Moi, je l'ai interrogé, Alex. Figure-toi que je lui ai fichu une peur bleue, à ce petit barje androgyne. Incroyable, non ?

L'attitude de Kyle me déconcertait, mais je gardais à l'esprit que, de tous les agents du FBI, de tous les enquêteurs de police avec lesquels j'avais travaillé, il était celui qui appréhendait le mieux la logique des psychopathes. Les hommes et les femmes qui servaient sous ses ordres étaient persuadés qu'il se retrouverait tôt ou tard à la tête du FBI. Restait à savoir si Kyle était capable de passer ses journées dans un bureau…

— Je sais que tu t'inquiètes pour l'inspecteur Hughes, reprit-il. Je suis sûr qu'on pourrait investir les lieux maintenant, mais je pense qu'il vaut mieux attendre. Je veux donner l'assaut après minuit, ou bien à l'aube. Nous ne sommes même pas certains qu'elle soit là, Alex. – Il s'interrompit. Son regard se fixa sur la maison qu'on distinguait dans le lointain. – Je veux savoir s'ils chassent en groupe. Il nous manque encore un certain nombre de réponses. Quelles sont leurs vraies motivations ? Je veux être sûr que cette fois, nous coffrerons le Maître.

12

Cette nuit dans les contreforts montagneux fut aussi longue que fraîche. Tendu à l'extrême, j'attendais que ça se termine, ou plutôt que ça commence. On venait de nous communiquer une information des plus intéressantes : l'un des dossiers de l'avocate assassinée à Mill Valley concernait une procédure d'expulsion à l'encontre des occupants actuels du ranch. Sans doute fallait-il voir là le mobile d'un double meurtre resté jusqu'alors inexpliqué.

Planqué au milieu des arbres et des rochers, j'observais la maison à la jumelle depuis si longtemps que j'en avais mal aux yeux. Personne n'en était sorti depuis 23 heures, et personne, apparemment, n'avait été chargé de faire le guet à l'extérieur. Les jeunes qui vivaient là-dedans étaient soit totalement fous, soit incroyablement sûrs d'eux. Peut-être étaient-ils innocents. Peut-être faisions-nous une nouvelle fois fausse route.

J'essayais de ne pas trop penser à Jamilla, mais j'avais du mal. Je refusais de me faire à l'idée qu'elle était peut-être déjà morte. Etait-ce l'opinion de Kyle ? Etait-il en possession d'informations qu'il préférait taire ?

A minuit, grâce à mon équipement de vision nocturne, je vis sortir deux jeunes gens. Ils tenaient un tigre en laisse. J'étais presque certain de les avoir vus à La

Nouvelle-Orléans. Oui, ils avaient participé au bal fétichiste. Ils s'éloignèrent tranquillement.

L'un d'eux se mit à quatre pattes pour bondir dans les herbes folles aux côtés du félin. Ils jouaient... Quel spectacle ahurissant ! Et je me souvins alors que le tigre du Golden Gate Park n'avait pas dévoré sa proie parce qu'on l'avait rappelé.

Une vingtaine de minutes plus tard, les deux jeunes gens ramenaient le tigre dans son enclos, juste derrière le bâtiment principal. Je les vis étreindre ce fauve d'au moins trois cents kilos comme s'il s'agissait d'un gros chien affectueux. Dans la maison comme dans les dépendances, toutes les lumières restèrent allumées jusque bien après 2 heures du matin. Les gosses écoutaient du rock à pleins tubes.

Personne n'était sorti chasser.

Nous ne savions toujours pas si Jamilla était là, si elle était en vie. Je ne dormais pas, je ne lâchais plus mes jumelles. Impossible de me reposer, ne fût-ce qu'une heure. Le FBI continuait d'accumuler les renseignements sur les individus retranchés dans le bâtiment. Que se passait-il là-bas ?

L'identité du fameux Maître demeurait un mystère, mais nous en savions désormais un peu plus sur les deux blonds à la queue-de-cheval. William et Michael Alexander étaient les enfants d'un couple de hippies attardés engagés par le patron de la réserve pour s'occuper des animaux. La mère était zoologue. Les deux garçons avaient vécu une enfance sans histoires au milieu des bêtes sauvages. Ils avaient été scolarisés à Santa Cruz jusqu'à l'âge de neuf et douze ans respectivement, jusqu'à ce que leur mère se charge elle-même de leur éducation. S'il leur arrivait de se montrer en ville, c'était en djellaba et pieds nus. On les jugeaient intelligents, mais excentriques et très secrets. Ils avaient très tôt eu maille à partir avec la justice. Ils avaient été reconnus coupables de trafic de stupéfiants et de vol avec effraction, et une condamnation pour coups et blessures volontaires leur avait valu de faire un séjour dans un centre de détention fédéral.

Vers 3 heures du matin, Kyle me rejoignit au milieu des rochers d'où nous avions une vue imprenable sur le ranch.

— Tu n'as pas l'air très frais, lui dis-je.

— Merci pour le compliment. La nuit fut longue, le mois aussi. Tu te fais du souci pour elle, hein ? – Je retrouvais Kyle Craig tel qu'en lui-même, l'observateur détaché, calme, calculateur. – Je ne sais rien de plus, Alex. Je t'ai dit tout ce que je savais.

— Tu sais, je revois encore le corps de Betsey Cavalierre comme si c'était hier, et je ne veux pas qu'une chose pareille se reproduise. Oui, c'est vrai, je me fais du souci pour elle. Pas toi ? Que ressens-tu, Kyle ?

— Si elle est ici, si elle est encore en vie, ils n'ont aucune raison de la tuer maintenant. S'ils la séquestrent, c'est pour une raison bien précise.

Si elle est encore en vie...

Kyle me tapa amicalement sur l'épaule.

— Essaie de dormir un peu. Repose-toi.

Il s'éloigna lentement. Quelques secondes plus tard, je vis qu'il s'était retourné et qu'il m'observait.

Je m'adossai à un chêne et m'emmitouflai dans mon blouson. Je dus m'endormir avant 3 h 30. Dans mon rêve, je voyais Betsey Cavalierre, et mon amie et coéquipière Patsy Hampton, assassinée elle aussi. Puis Jamilla fit son apparition. *Oh, Seigneur, non, pas Jamilla. Tout, mais pas ça.*

Je perçus alors une présence, juste au-dessus de moi. J'ouvris les yeux.

C'était Kyle.

— C'est l'heure d'y aller, me dit-il. On va enfin obtenir certaines réponses.

13

Les quatre ou cinq cents mètres qui nous séparaient de la propriété étaient à découvert, ce qui nous interdisait toute approche discrète.

— Elle est peut-être encore en vie, me chuchota Kyle, comme s'il lisait dans mes pensées.

Que savait-il d'autre ? Que me cachait-il ?

— Je pensais aux deux frères, lui dis-je. Ils n'ont jamais eu besoin de se montrer prudents jusqu'à maintenant. Les magiciens, eux, l'étaient. Ils ont commis des meurtres pendant une douzaine d'années, et on ne les a jamais arrêtés. Au vu du dossier, il semble même qu'ils n'aient jamais été soupçonnés.

— Tu penses que le nouveau Maître a piégé Daniel et Charles ?

— Je suis sûr qu'il y a un peu de ça. Les frères ont commis des meurtres dans les villes où les illusionnistes se produisaient. Le Maître voulait qu'on remonte jusqu'à Daniel et Charles. Il les a bel et bien plombés.

— Pourquoi les avoir tués à La Nouvelle-Orléans ?

— Peut-être parce Michael et William sont des psychopathes. Peut-être ont-ils agi sur ordre. Il va falloir poser la question au Maître.

— Ils sont persuadés que personne ne peut les arrêter. On va leur démontrer qu'ils se trompent.

Surprise. La porte de la maison s'ouvrit, et plusieurs individus vêtus de noir émergèrent. Les frères ne faisaient pas partie du lot. Le groupe se précipita vers les pick-up et les fourgonnettes garées n'importe comment sur une plaque d'herbe, un peu plus loin, et ramena les véhicules devant le bâtiment.

Kyle avait saisi son micro-cravate pour alerter les tireurs d'élite postés derrière nous, en hauteur, dans les arbres et les rochers.

— A mon signal.

— Kyle, n'oublie pas Jamilla.

Il ne répondit pas.

La porte s'ouvrit de nouveau, et d'autres ombres sortirent de la maison. Deux par deux, en robes noires, la tête sous le capuchon.

Chacun d'eux braquait une arme sur la tête de l'autre.

— Oh, merde, fis-je. Ils savent qu'on est là.

Nous n'avions aucun moyen de savoir qui étaient ces fous, ni si des otages se trouvaient parmi eux. Je m'efforçais de repérer la silhouette de Jamilla, sa démarche. Etait-elle dans le groupe ? Etait-elle toujours en vie ? Mon cœur pesait une tonne. Je ne la voyais pas.

— On y va, annonça Kyle. C'est parti !

Les ombres en robe noire se dirigeaient toujours vers les véhicules.

L'une d'elles se laissa subitement tomber à terre.

— C'est elle ! hurlai-je.

— Vous me tirez celui qui est à côté d'elle ! ordonna Kyle.

Une détonation claqua et presque simultanément, une ombre se recroquevilla sur elle-même.

Nous dévalâmes la pente. Quelques-unes des silhouettes encapuchonnées ouvrirent le feu dans notre direction, sans toucher personne. Les agents du FBI ne ripostèrent pas immédiatement.

Au-dessus de nous retentit une salve de coups de feu. Plusieurs personnes tombèrent. Il y avait des blessés, des morts. Quelques-uns des pseudo-moines s'empressèrent de mettre les mains sur la tête en signe de reddition.

Je ne quittais pas des yeux la silhouette que j'avais prise pour Jamilla. Elle s'était relevée, elle avançait en titubant, elle tenait à peine sur ses jambes. Quand son capuchon glissa, je vis que c'était bien Jamilla. Elle regardait dans notre direction, les mains en l'air.

Je me mis à courir tout en cherchant des yeux les deux frères. Et le Maître.

Jamilla se massait le poignet. Comme elle tremblait, je lui donnai mon blouson.

— Ça va aller ?

— Je ne sais pas trop, Alex, bredouilla-t-elle, les larmes aux yeux. Ils m'ont pendue à une poutre. Tu n'imagines pas ce que c'était. Je me croyais morte.

— Où se trouve le Maître ?

— Il est peut-être toujours à l'intérieur. Je crois qu'il y a une autre sortie par là-bas.

— Ne bouge pas, je vais jeter un œil.

— Non, pas question. Je t'accompagne. Je te dois bien ça.

14

Nous eûmes beau passer au peigne toute la maison et le baraquement qui la jouxtait, nous ne trouvâmes personne. Pas même un retardataire. William et Michael Alexander s'étaient déjà volatilisés. Et aucune trace du mystérieux Maître. Jamilla frissonnait encore, mais elle refusait d'abandonner.

— Es-tu sûr que les deux frères ne sont pas sortis en même temps que les autres, par la porte de devant ? me demanda-t-elle. Deux grands blonds avec des queues-de-cheval ?

— Si c'est le cas, Kyle les a déjà coincés. Mais cela m'étonnerait. On va voir ce qu'il y a dans l'espèce de cabane, là. Tu as une idée ?

Elle fit non de la tête.

— On ne m'a pas invitée à faire le tour du propriétaire quand je suis arrivée. Je suis allée directement au caveau des supplices. Pour être suspendue comme une carcasse de bœuf.

J'ouvris la porte de la masure d'un grand coup, découvris des radiateurs et une pompe à eau. La pièce puait l'urine. Un mulot fila se réfugier dans un trou. Je me pinçai le nez, mais le pire était à venir. Il y avait deux corps nus, dans le fond, bras et jambes écartés. Des garçons qui n'avaient pas vingt ans, avec des piercings au visage et sur la poitrine.

Je me rapprochai.

— Pour moi, ce sont des gosses des rues. Ils n'ont plus une goutte de sang dans les veines.

Ils portaient des traces de morsures, non seulement sur le cou, mais aussi sur le visage et sur les membres. Leur peau avait la pâleur de l'albâtre.

Ils me fixaient de leurs yeux vitreux, mais je ne pouvais plus rien pour eux. Au milieu des machines sales qui fournissaient eau, chauffage et sans doute climatisation, je remarquai une trappe brun-rouge.

Elle n'était pas verrouillée. Je n'eus aucune peine à la soulever.

Le noir complet. Pas un bruit. Qu'y avait-il, là-dessous ?

Je lançai un regard à Jamilla, puis allumai ma lampe-torche et braquai le faisceau à l'intérieur du trou. Il était suffisamment large pour permettre le passage d'une personne. J'aperçus une échelle métallique. C'était un tunnel.

Et je vis ensuite des empreintes de pas sur le sol. Elles appartenaient à plusieurs personnes différentes.

— Va prévenir Kyle, dis-je à Jamilla. Trouve de l'aide.

Pendant qu'elle courait chercher du renfort, je scrutai le gouffre noir en me demandant si, au fond, quelqu'un me regardait.

15

J'attendis aussi longtemps que je le pus, puis décidai de pénétrer dans le tunnel. Je n'eus aucune peine à m'introduire dans l'ouverture.

Les barreaux très espacés de l'échelle métallique n'avaient pas l'air excessivement solides. Je descendis prudemment, et découvris, à la lumière de ma torche, un boyau étroit au sol de terre battue et aux parois protégées par des tôles rouillées. Les ampoules du plafond étaient toutes cassées.

Je n'entendais rien devant moi. Je me résolus à avancer tout doucement, les sens en alerte, lampe-torche dans une main, Glock dans l'autre. De temps en temps, je me retournais pour voir si Jamilla et Kyle m'avaient rejoint. Que faisaient-ils ?

J'aperçus une carcasse d'animal dans le passage. Je retins mon souffle, braquai ma torche sur la dépouille.

Il ne lui restait qu'un œil.

C'était un petit cerf, dont seules subsistaient la tête et les épaules. Je me souvins avoir lu que les tigres dévoraient leurs proies en commençant par l'arrière, et que les os ne les rebutaient pas. A côté des empreintes de pas à demi effacées, je vis des traces plus petites. Peut-être celles du félin…

Je repris ma progression sur un sol jonché de débris

de verre. On avait volontairement brisé toutes les lampes.

En entendant feuler le tigre, je faillis lâcher ma lampe ! Ce n'était pas forcément intelligent, mais me retrouver seul dans un espace confiné en compagnie d'un fauve était une expérience totalement nouvelle, et ce grognement puissant, répercuté par les plaques de tôle, me terrorisait. Je ne savais plus que faire.

Au second feulement, je me rendis compte que je ne pouvais plus bouger. J'étais comme cloué sur place. J'aurais voulu faire le tour et prendre la fuite, mais comment espérer semer un tigre, et dans un tunnel de surcroît ?

Quelque part dans le noir, la bête m'observait. Devais-je ou non éteindre ma lampe ? Je pris la décision de la laisser allumée, ce qui me permettrait au moins de voir le tigre arriver. J'essayais de distinguer quelque chose devant moi, dans la pénombre, aussi immobile qu'une statue, comme si cela pouvait me sauver. Je pointais mon Glock sur ce trou noir en me demandant s'il était possible d'abattre un fauve de cette taille avec une arme de poing, aussi puissante fût-elle. Difficile à dire. Les stands de tir ne proposaient pas ce type de simulation. J'avais des doutes.

Je ne voyais pas le tigre, mais j'arrivais presque à visualiser les trente dents et crocs qui ornaient sa gueule. Et j'avais en mémoire les corps déchiquetés du Golden Gate Park.

Derrière moi, j'entendis un appel.

— Alex, où es-tu ? Alex ?

C'était Jamilla qui courait dans ma direction.

— Ne bouge pas, fis-je à mi-voix. Ne fais rien. Le tigre est là, quelque part.

Je n'osais pas faire le moindre geste, j'étais pétrifié. C'était l'impasse. Le tigre devait avoir beaucoup moins peur que moi. Qui l'accompagnait ? Le Maître, les deux frères ?

— Alex ? chuchota-t-elle.

C'était Kyle. *Mais si moi, je l'entendais…*

— Reste où tu es, Kyle. Je ne plaisante pas. Reste où tu es, sinon je suis fichu.

Tout se passa très vite. Quelques secondes de pure terreur.

Le fauve fonça brusquement sur moi. Il se déplaçait si vite que je ne vis qu'une ombre, un pelage flou.

J'eus l'impression de le voir bondir dans le faisceau de ma lampe-torche, concentré de muscles en pleine tension, de vitesse pure, de crocs étincelants, avec d'immenses yeux brillant de férocité et de détermination. Il allait m'atteindre aussi sûrement qu'une balle de 9 mm.

Les torsions athlétiques de sa partie avant laissaient entrevoir une force inimaginable. Il fendait l'air à un mètre du sol, droit sur moi. Rien ne pouvait l'arrêter.

Je n'avais plus le choix, et pas le droit à l'erreur. Instinctivement, mon index pressa la détente du Glock. Je fis feu trois fois, en visant la tête et le poitrail, et en priant pour que mes projectiles fassent mouche.

Le félin poursuivit sa course sans même ralentir. Mes balles n'avaient pas suffi à le stopper dans son élan. J'étais sans défense, et fuir n'aurait servi à rien.

Le tigre me percuta et me renversa comme une proie insignifiante. J'attendis que ses formidables mâchoires se referment sur moi en me broyant les os. Un hurlement m'échappa peut-être. Je ne sais plus. Jamais je n'avais eu aussi peur, et de loin…

Mais le fauve poursuivit sa course ! Je n'y comprenais rien. Quelques mètres plus loin, il s'affala avec un bruit sourd. Il était à terre. Je venais d'abattre un tigre.

16

— Oh, putain ! s'exclama Jamilla. Je n'arrive pas y croire !

Elle contemplait, médusée, la masse imposante du tigre féroce qui m'avait attaqué et qui gisait à ses pieds.

J'eus un certain mal à me relever et à forcer mes jambes à se mouvoir. Chancelant, je rejoignis Kyle et Jamilla. Le fauve gisait en travers du tunnel, le corps tordu. Il ne bougeait plus.

— Ils sont dans le tunnel ? m'interrogea Kyle. Nos enfants perdus ? Le Maître ?

— Je n'ai vu personne. Il n'y avait que des empreintes de pas, et le tigre. Allons-y.

Ce tunnel s'avéra être beaucoup plus long que je ne l'avais supposé. Se dirigeait-il vers la route, la montagne, le Pacifique ?

— J'ai envoyé des hommes aux abords de la propriété, dans un périmètre de cinq ou six cents mètres, m'informa Kyle. Il n'y a plus grand monde pour nous couvrir. Ça ne me plaît pas trop.

Je ne répondis pas. Je tremblais encore, mal remis de ma confrontation avec le fauve. Mon cœur battait en surrégime, et je commençais à craindre d'être en état de choc.

— Alex ? s'inquiéta Jamilla. Tu es toujours avec nous ? Tu tiens le coup ?

— Laisse-moi juste un peu de temps. Ça va aller. Allez, on continue.

Quelques instants plus tard, nous aperçûmes, loin devant nous, une infime tache de lumière naturelle. C'était bon signe. Mais à quel endroit allions-nous émerger ?

— J'ai du mal à estimer la distance, dis-je. Et qui sait ce qu'on risque de rencontrer sur le chemin…

Ma hanche, puis mon épaule, effleurèrent quelque chose. Je fis un bond en arrière, et un grand frisson me zébra le corps. Ce n'était pourtant qu'une valve dépassant de la paroi.

Je finis par distinguer un bout de ciel grisâtre et deux cyprès couchés par le vent.

Il nous restait encore trente ou quarante mètres à parcourir. D'ordinaire, lors d'une intervention, c'est la phase initiale qui pose problème. Là, c'était le contraire. Comment sortir sans casse de ce trou à rats ?

— Je passe devant, leur dis-je.

Je me savais meilleur tireur que Kyle, et j'étais plus fort, physiquement, que Jamilla – ou du moins avais-je la prétention de le penser. D'ailleurs, depuis quelques années, c'était toujours comme ça : je passais le premier. Gary Soneji, Casanova, Geoffrey Shafer, et maintenant les frères Alexander et le Maître. C'était toujours moi le premier. Pourquoi ? Que cherchais-je à prouver ?

— N'oublie pas qu'ils sont humains, me glissa Jamilla. Ils saignent aussi.

J'aurais aimé croire qu'elle disait vrai. Sans perdre de temps, je courus jusqu'au bout du tunnel, hésitai un peu avant de sortir. Un, deux, trois, allez, je me lance.

En émergeant à la lumière, je ne pus m'empêcher de hurler à pleins poumons. Rien qu'un immense cri, inintelligible. Sans doute pour masquer ma peur, car ces deux tueurs, cette secte impitoyable, ce sinistre Maître, me faisaient réellement peur. Peut-être saignaient-ils, mais ils n'étaient pas humains. Ils n'étaient pas comme nous.

Je me trouvais dans une minuscule cuvette cernée de collines. Il n'y avait apparemment personne d'autre que moi, et rien n'indiquait que quelqu'un était récemment passé ici. Pourtant, c'était bien par ce tunnel qu'ils avaient dû s'enfuir. J'imaginais mal qu'ils aient laissé le tigre seul.

J'entendis le véhicule avant de le voir.

C'était un pick-up noir. Venu des hauteurs et lancé à pleine vitesse, il fonçait droit sur moi. J'avais le choix : plonger dans le tunnel pour me mettre à l'abri, ou affronter les deux tueurs blonds que j'apercevais à l'avant.

Je choisis de faire face.

17

Je distinguais leurs visages derrière le pare-brise incurvé. Je me mis en position de tir. Jamilla et Kyle m'imitèrent. Le Ford noir ne ralentissait pas, comme si ses deux occupants nous mettaient au défi de tirer.

Nous ouvrîmes le feu. Le pare-brise se fendilla, les balles ricochèrent sur le toit et le capot. Assourdi par les détonations, je sentais déjà l'odeur âcre de la poudre envahir mes narines.

Le 4×4 s'arrêta brusquement, puis repartit en marche arrière. Je tirais toujours, en visant le conducteur. Le Ford noir s'éloignait en faisant des embardées à droite et à gauche. Malgré mes jambes lourdes, mes pieds plombés, je me lançai à sa poursuite.

Je ne pouvais pas les laisser s'échapper. Nous avions passé trop de temps sur cette enquête, nous étions trop près du but. Ces deux fous tueraient encore et encore.

Jamilla et Kyle crapahutaient dans l'herbe, derrière moi. On aurait dit que nous avancions au ralenti, tandis que le pick-up, lui, zigzaguait de plus belle. J'espérais le voir se retourner et dégringoler jusqu'en bas, mais j'entendis un grincement de boîte de vitesses et brusquement, il repartit en marche avant. Il fonçait de nouveau sur nous.

Je mis un genou à terre, pris le temps de viser, et

plaçai trois balles dans le pare-brise. C'était maintenant une vraie passoire.

— Alex, écarte-toi ! me cria Jamilla. Allez, dégage, Alex, tout de suite !

Le 4×4 restait sur sa trajectoire. J'eus le temps de tirer encore deux fois.

Il était presque sur moi et, le visage et la nuque ruisselant de sueur, j'avais presque l'impression de sentir la chaleur du moteur. Des pensées irrationnelles me traversèrent l'esprit : pour détruire un vampire, il fallait lui enfoncer un pieu dans le cœur, le brûler, ou détruire son domaine, l'endroit où il dormait dans la journée.

Je ne croyais pas aux vampires.

Mais je croyais au Mal, pour l'avoir souvent côtoyé. Les deux frères n'étaient que des assassins pervers.

Je fis un bond de côté juste avant que le véhicule ne me percute, et me lançai à sa poursuite, en espérant qu'il finirait par culbuter.

Et mes souhaits furent exaucés.

Comme au ralenti, le Ford noir bascula sur le côté, puis sur le toit, avant de partir en tonneaux. Il finit par s'immobiliser sur le flanc, côté conducteur, en équilibre instable. Une fumée noire s'échappait du moteur.

Au bout d'un moment, le plus jeune des deux frères parvint à s'extraire de l'engin, le visage noir de sang et de suie. Il ne prononça pas un mot, nous regarda d'un œil féroce, puis se mit à rugir comme une bête sauvage. On eût dit qu'il avait sombré dans la folie.

— Ne nous force pas à tirer ! fis-je.

Michael Alexander, fou de rage, ne parut pas nous entendre. Comme ses yeux, ses longues canines rougeoyaient – était-ce son propre sang ?

— Vous avez tiré sur William ! glapit-il. Vous avez tué mon frère ! Vous l'avez assassiné. Il valait mieux que vous tous !

Puis il se rua sur moi, et je ne pus me résoudre à l'abattre. Michael Alexander était fou, il n'était plus responsable de ses actes. Il grognait, il écumait, et ses yeux injectés tournoyaient dans leurs orbites. Tous les muscles de son corps étaient tendus à craquer. Je ne pouvais pas tuer cet homme-enfant torturé. J'étais prêt à le plaquer au sol pour le maîtriser. Enfin, à essayer de le plaquer au sol...

Ce fut Kyle qui tira.

Un petit trou noir et sanguinolent apparut à la place du nez, et ce fut tout. Pas d'expression surprise ou choquée, une oblitération pure et simple. Il s'écroula. Mort, forcément.

Je m'étais trompé au sujet de Kyle. Visiblement, il était bon tireur. C'était un expert, toujours là où on ne l'attendait pas. Il fallait que je réfléchisse à la question, mais un peu plus tard.

J'entendis soudain une autre voix, qui provenait de l'intérieur du véhicule. Quelqu'un était prisonnier de l'habitacle. William était-il encore en vie ?

Je m'approchai du 4×4 retourné, arme au poing. Le moteur fumait toujours, et je craignais que le réservoir n'explose.

En me hissant sur la carcasse, je parvins à ouvrir la portière déformée. Je découvris William, touché en pleine tête, le visage réduit à un masque de sang. Il était bien mort.

Et la seconde d'après, je me retrouvai face à un regard d'une violence et d'une arrogance inouïes, un regard que je reconnus immédiatement. Je pensais avoir eu mon compte d'émotions fortes, mais cette fois encore, je ne pus m'empêcher de sursauter.

— C'était donc vous, murmurai-je.

— Vous les avez tués, vous serez tué à votre tour, proféra la voix. Vous mourrez. Vous allez mourir, Cross.

J'étais face à Peter Westin, l'expert en vampires que j'avais rencontré quelques semaines plus tôt, à Santa Barbara. Blessé, souffrant de multiples plaies et contusions, il n'en restait pas moins parfaitement maître de lui-même. L'arme que je braquais sur lui ne l'impressionnait guère. Calme et hautain, il affichait une formidable assurance. Je nous revis assis, l'un en face de l'autre, à la bibliothèque Davidson. Il avait déclaré être un authentique vampire. Désormais, j'étais disposé à le croire. Je réussis à trouver les mots justes.

— Vous êtes le Maître.

18

A la prison de Santa Cruz, le soir même, Peter Westin eut droit à deux interrogatoires. Kyle voulait le faire transférer sur la côte Est, mais ses chances d'obtenir satisfaction me paraissaient minces, car l'Etat de Californie tenait à le garder. Chemise de velours et pantalon de cuir noirs, Westin avait le teint blafard, et sous la peau translucide de ses tempes, on distinguait des veinules bleues. Ses lèvres charnues me semblaient étonnamment pourpres. On aurait pu se laisser aller à penser que le Maître n'était pas humain, et j'étais prêt à parier que l'effet était recherché.

Sa seule présence dans la même pièce que moi me fatiguait physiquement et psychologiquement. Jamilla réagissait comme moi. Westin n'avait aucune des qualités humaines traditionnelles : conscience, sociabilité, sentiments, sympathie, empathie. Il ne faisait qu'un avec son personnage. C'était un tueur, un monstre, un authentique buveur de sang.

— Je ne vais pas te faire le coup classique des menaces, lui dis-je pour détendre l'atmosphère.

Westin ne semblait pas m'écouter. Etait-ce de la lassitude, de l'indifférence, ou une attitude calculée ? Il me fallait reconnaître que j'étais face à un être hors du commun : fier et méprisant, intense, doté d'un physique surprenant, et d'un regard extraordinairement perçant. Il m'avait joliment berné, à Santa Barbara, avec son numéro de vieil érudit spécialiste de la littérature sur les vampires.

Il releva la tête et me dévisagea. Il cherchait quelque chose, mais quoi ? Je le regardai dans les yeux à mon tour, ce qui sembla l'irriter.

— Allez vous faire foutre, cracha-t-il.

— Qu'y a-t-il ? finis-je par lui demander. Qu'est-ce qui te tracasse, Peter ? Serait-ce que je ne suis pas digne de t'interroger maintenant ?

Il sourit, et il y avait, dans ce sourire, une trace de chaleur. Je le savais capable d'être charmeur. Il m'en avait fait la démonstration à la bibliothèque de Santa Barbara.

— Si je vous parlais, si je vous disais tout ce que je ressens et tout ce que je crois, vous ne comprendriez pas, me dit-il. Vous seriez encore plus déboussolé que maintenant.

— Essaie, tu verras bien.

Il sourit encore, mais n'ajouta rien.

— Je sais que William et Michael te manquent, lui dis-je. Tu ne le montres pas, mais tu les aimais. De toi, je sais au moins cela. Je sais que tu as une grande sensibilité.

Peter Westin acquiesça presque imperceptiblement, d'un mouvement de tête presque régalien. Oui, William et Michael lui manquaient. Sur ce point, j'avais vu juste. Leur mort l'attristait profondément.

Finalement, il consentit à reprendre la parole.

— C'est vrai, inspecteur Cross, j'éprouve des émotions d'une intensité que vous ne pouvez même pas soupçonner. Vous n'imaginez pas ce qui peut se passer dans la tête de quelqu'un comme moi.

Et il retomba dans le silence. Le Maître n'avait plus rien à dire. Nous n'étions que des mortels, incapables de comprendre. Je le laissai ainsi.

C'était fini.

V

Noires sont les violettes

1

Vaguement soulagé, je me sentais déjà mieux. Notre enquête semblait avoir abouti. Peter Westin était derrière les barreaux, et toutes les mesures nécessaires avaient été prises à l'encontre de sa secte. Nous avions stoppé l'hémorragie.

Jamilla était repartie la veille. Nous nous étions promis de rester en contact, et je savais que nous tiendrions parole. Ce matin-là, j'étais en route pour l'aéroport. J'allais enfin rentrer chez moi, à Washington, et je m'en faisais une joie.

Le FBI et la police continuaient de nous transmettre des éléments d'information, mais j'avais le sentiment que jamais nous ne saurions tout de l'étrange secte sanguinaire qui s'était développée en Californie. Il faut s'y faire, quand on travaille à la Criminelle : on ne sait jamais tout ce qu'on voudrait savoir. C'est l'une des règles de notre travail. Les séries télé et les films se gardent bien de le montrer : une fin trop réaliste, ce n'est pas vendeur.

Peter Westin avait fait la connaissance de Daniel et Charles quand ceux-ci étaient venus se produire à Los Angeles. Westin avait déjà ses propres adeptes à Santa Cruz et à Santa Barbara, mais il avait feint de faire allégeance. Une fois qu'il s'était senti suffisamment puissant pour devenir le nouveau Maître, il avait envoyé Michael et William Alexander exécuter ses basses besognes. Il comptait, semblait-il, des adeptes dans une centaine de villes, et Internet, cet inégalable instrument de rapprochement, avait largement contribué au succès de sa campagne de recrutement.

Quelque chose, cependant, me préoccupait, et je n'arrivais pas à mettre le doigt dessus. Comme une peur sourde, qui me rongea pendant tout le trajet.

Quand on nous annonça un retard au décollage de quarante-cinq minutes pour raisons techniques, je descendis de l'avion. Je n'étais pas tranquille, j'avais les nerfs à fleur de peau, et je ne parvenais pas à chasser les idées noires qui tournaient dans ma tête.

J'avais toujours à l'esprit les premiers meurtres de vampires commis à San Francisco.

Et le Cerveau.

C'était ici que vivait Jamilla, mais il n'y avait pas de rapport.

Où était le problème ?

Je finis par comprendre. Peut-être le savais-je déjà, inconsciemment, depuis longtemps. J'appelai Jam à son bureau, au palais de justice, mais on me répondit qu'elle avait pris sa journée.

Je téléphonai chez elle, mais ça ne répondait pas. Peut-être était-elle allée faire son jogging, elle qui se vantait de courir régulièrement ses huit kilomètres. Peut-être était-elle avec Tim Bradley, le type de l'*Examiner*. Comme si ça me regardait…

Mais il y avait peut-être une autre explication.

Où se trouvait-elle en ce moment ?

Lui était-il arrivé quelque chose, ou était-ce moi qui sombrais dans la paranoïa ? Je travaillais beaucoup trop, je risquais d'y laisser ma santé mentale. Ce n'était vraiment pas le moment.

Non, je ne pouvais pas prendre un tel risque. Je me précipitai vers le comptoir Americain Airlines pour décaler mon vol, avant d'appeler Nana pour lui annoncer que je prolongeais mon séjour en Californie de quelques heures et que j'arriverais plus tard dans la soirée.

— Il y a quelqu'un qui a peut-être des problèmes, lui précisai-je.

— Oui, et ce quelqu'un, c'est toi. Au revoir, Alex.

Et une fois de plus, elle me raccrocha au nez. Elle voulait que je rentre et elle avait raison, mais de mon côté, je ne pouvais laisser un autre drame se produire.

Je louai une voiture chez Budget, en ayant l'impression de perdre la boule. La phrase de Charles Manson me revint à l'esprit : *la paranoïa totale, c'est la conscience totale*. Pour moi, Manson s'était toujours trompé sur tout, mais je commençais à m'interroger. Sur ce plan-là, n'avait-il pas vu juste ?

Un pressentiment marqué me disait qu'en cet instant précis, Jamilla était peut-être en danger. Impossible de m'en défaire. J'avais comme des vibrations dans la tête, si puissantes qu'elles m'empêchaient de penser à autre chose. C'était l'une de mes fameuses intuitions, et il fallait que je la suive.

Comment ne pas penser à ma coéquipière Patsy Hampton, assassinée…

A Betsey Cavalierre, assassinée elle aussi.

Et à l'inspecteur Maureen Cooke, à La Nouvelle-Orléans.

Dans ce métier, j'avais depuis longtemps cessé de croire au hasard. Je n'avais aucune raison logique de croire à la présence d'un tueur psychopathe ici, en Californie, lancé sur les traces de Jamilla Hughes.

Je la sentais, tout bonnement.

Conscience totale.

Je sentais que le Cerveau était quelque part, pas loin d'ici. J'attendais son coup de fil. J'étais prêt à le mettre hors d'état de nuire, une fois pour toutes. Fin prêt.

2

En sortant de l'aéroport, je mis le pied au plancher. Tant pis pour les limitations de vitesse. Je n'arrêtais pas d'appeler Jamilla, mais personne ne décrochait. J'avais déjà des sueurs froides. Jamais il ne m'était arrivé de foncer sur une pareille intuition.

Que faire ? Je pouvais demander de l'aide à la police de San Francisco, mais cette idée ne me plaisait guère. Les officiers de police sont des êtres logiques, et les intuitions éveillent systématiquement leur méfiance. Mon expérience de chasseur de psychopathes pouvait peut-être me valoir une certaine crédiblité à Washington, mais pas ici, en Californie.

Je pouvais appeler le FBI, mais j'avais une ou deux raisons de ne pas le faire. Une ou deux intuitions que je préférais, pour l'instant, garder pour moi.

J'avais l'intention de me garer un peu avant Texas Street, où habitait Jamilla, mais fis d'abord le tour de toutes les rues du quartier escarpé de Potrero Hill. On y trouvait deux styles de maisons : celles en bois du début du siècle dernier, au charme caractéristique, et les constructions plus cubiques de deux ou trois étages, où l'aluminium était très présent. Dans le lointain, je distinguais la baie, les quais de chargement du Pier 84, et la ville d'Oakland. Je vis le New Potrero Market,

J. J. Mac's, le North Star Restaurant, tous les endroits que Jamilla devait fréquenter. Mais où était-elle ?

Il y avait beaucoup de circulation. J'espérais ne pas me faire repérer trop facilement, avec ma berline de location. J'espérais apercevoir Jamilla les bras chargés de provisions, ou bien revenir au pas de course du parc où elle avait l'habitude de faire ses exercices.

Mais pas de Jamilla en vue.

Je n'avais aucune raison d'imaginer le pire, mais j'avais perdu deux coéquipières en deux ans, et je ne croyais pas au hasard.

Patsy Hampton avait été assassinée par un diplomate britannique nommé Shafer. J'en étais quasiment certain. Le meurtrier de Betsey n'avait, lui, jamais été identifié, et c'était bien cela qui me tracassait. Je ne cessais de penser au Cerveau, qui m'avait en quelque sorte intégré dans son univers fantasmatique. Comment ? Pourquoi ? Il m'avait appelé en pleine nuit, l'été dernier, pour me dire : « Betsey Cavalierre est morte… Je suis celui que vous appelez le Cerveau. Ce surnom ne me déplaît pas. Il est assez mérité. Je suis extrêmement doué. »

Il l'avait poignardée à de multiples reprises, y compris entre les jambes. Il haïssait les femmes, c'était une évidence. Je n'avais rencontré qu'un seul autre tueur mû par une semblable haine des femmes : Casanova, en Caroline du Nord. Mais pour moi, il était mort et n'avait pu signer le meurtre de Betsey. Et pourtant… J'avais le sentiment diffus qu'il existait un lien entre l'affaire Casanova et ma présence ici, un lien dont la nature m'échappait.

Je parvins à trouver une place de stationnement non loin de chez Jamilla, sur la butte, près de la Dix-huitième Rue. L'appartement se trouvait dans une belle maison victorienne réhabilitée, couleur paille, avec ces bow-windows qu'on voit fréquemment à San Francisco. Une demeure accueillante et pleine de charme. Sur les arbres, il y avait de petites pancartes : « Les amis de la forêt urbaine ».

Je passai un nouvel appel. Toujours rien.

Mon cœur palpitait à tout va, j'avais toujours des sueurs froides. Il fallait que je fasse quelque chose. Mes coups de sonnette, à la porte, restèrent sans réponse. Où donc était passée Jamilla ?

Un peu partout, j'apercevais sur le gazon des terre-pleins d'autres pancartes : « Quartier surveillé ». Des promesses, toujours des promesses.

Je retournai à la voiture et attendis. J'étais à bout de nerfs. Je songeais au Cerveau, au meurtre de Betsey, à Casanova, au Gentleman, à Kate McTiernan, enlevée en Caroline du Nord. Pourquoi ces scènes macabres m'obsédaient-elles en ce moment ? Où était le lien ?

Non, pas Jamilla. Faites que cela ne se reproduise pas. Faites qu'il ne lui arrive rien.

J'étais là, en train de me ronger les sangs, quand mon mobile sonna. Je répondis immédiatement.

C'était lui, lui et ses petits jeux sadiques. J'avais l'impression qu'il se trouvait tout près de moi.

— Où êtes-vous, Dr Cross ? Je croyais que vous rentriez chez vous, retrouver votre petite famille. Il serait peut-être temps que vous le fassiez. Votre travail ici est terminé, vous ne pouvez rien faire de plus. Nous ne voudrions pas qu'il arrive quelque chose à Nana Mama et aux enfants, n'est-ce pas ? Ce serait vraiment l'horreur absolue, non ? L'horreur absolue.

3

J'appelai immédiatement Nana à Washington, mais elle n'était pas là. Ou elle m'en voulait encore tellement qu'elle refusait de décrocher le téléphone. *Bon sang, réponds, Nana !*

Deuxième, troisième tentatives. Rien. *Nana, ça suffit maintenant, décroche ce téléphone !*

Ma nuque et mon front ruisselaient de sueur. Le pire de mes cauchemars était en train de se produire. Et moi qui étais à San Francisco. Que faire ?

Je commençai par appeler Sampson pour lui demander de filer chez moi, et de me rappeler immédiatement une fois sur place. Il ne posa pas la moindre question.

— J'envoie tout de suite une voiture de patrouille, elle sera sur place d'ici quelques minutes. J'arriverai juste après. Je te rappelle aussitôt.

Mort d'angoisse, la tête pleine d'images plus horribles les unes que les autres, j'attendis le coup de fil de Sampson. Je ne pouvais rien faire, ni pour Jamilla si elle était en danger, ni pour ma propre famille, à Washington.

Le Cerveau était expert en effets dramatiques, il adorait faire monter la tension. Et lorsque je m'y attendais le moins, il passait à l'action et frappait au cœur.

Lorsque je m'y attendais le moins.
L'action plutôt que la parole.
Des meurtres épouvantables.

Il savait que je n'étais toujours pas rentré à Washington, mais comment pouvait-il savoir avec certitude que je me trouvais toujours à San Francisco ?

Il fallait que je me concentre davantage. Pouvait-il être ici, à proximité du domicile de Jamilla ? Le tueur était-il en train de m'observer ? Il avait déjà démontré qu'il était parfaitement capable de me suivre sans se faire repérer. Préparait-il la confrontation finale ?

La sonnerie de mon mobile me fit sursauter. J'eus presque du mal à trouver le clavier.

— Cross.

— Tout le monde va bien, Alex. Je suis chez toi avec Nana et les enfants. Ils vont tous bien, ils sont avec moi.

Je fermai les yeux et poussai un soupir de soulagement.

— Passe-moi Nana, dis-je à Sampson. Si elle ne veut pas, tu insistes. Il faut que je lui parle et qu'on décide de la suite.

4

Sampson me promit de rester avec Nana et les gosses jusqu'à mon retour. J'avais une absolue confiance en lui, et nul au monde n'était mieux placé pour assurer la sécurité des miens, mais je n'étais pas tranquille, et je culpabilisais. Il fallait bien, pourtant, que je reste sur place le temps de retrouver Jamilla et de m'assurer qu'elle allait bien.

Je finis par appeler Tim Bradley à l'*Examiner*. Il ignorait où elle se trouvait, il ignorait si elle avait pris un congé. Peut-être avait-elle éprouvé le besoin de partir pour oublier un peu son métier ?

Je commençais à me dire que j'avais peut-être fait une erreur en m'arrêtant à San Francisco, mais chaque fois que j'envisageais de m'en aller, je revoyais le corps sans vie de Betsey Cavalierre.

Et après tout, ne devais-je pas ma carrière à mes intuitions ?

Et la planque, donc, se prolongea. Je sortais de temps à autre de la voiture pour me dégourdir les jambes. Je me sentais de plus en plus ridicule, mais j'étais trop têtu pour renoncer maintenant. J'avais rappelé Sampson, par précaution. Tout allait bien à la maison. Un autre copain de la Criminelle, Jerome Thurman, était arrivé en renfort. J'avais doublé les effectifs. Etait-ce suffisant pour tenir le Cerveau à distance ?

Lorsque, enfin, j'aperçus Jamilla au volant de sa Saab, ma première réaction fut d'applaudir et de taper sur le tableau de bord. Dieu merci, elle était saine et sauve !

Elle se gara à une cinquantaine de mètres de chez elle et sortit en tirant derrière un gros sac de sport. Je faillis me précipiter vers elle pour la serrer dans mes bras, mais je me contentai de rester dans ma voiture et de la suivre des yeux. Elle portait un survêtement gris, et elle avait noué ses cheveux en queue-de-cheval. Le Cerveau ne l'avait pas assassinée.

J'attendis un peu, pour voir si personne ne la suivait. En mon for intérieur, j'avais envie de la laisser seule et de rentrer à Washington, mais j'avais toujours présent à l'esprit le sort qu'avait connu ma partenaire Betsey Cavalierre une fois notre enquête bouclée.

Pourquoi avait-on massacré ma coéquipière ? Pourquoi à ce moment-là ?

Je laissai à Jamilla le temps d'entrer, puis appelai.

« Vous êtes bien chez Jamilla Hughes. Merci de me laisser un message après le signal sonore. Je vous rappelle, c'est promis. »

Ce que je pouvais détester ces appareils ! A la maison, nous n'en avions toujours pas.

— Jamilla, c'est Alex Cross. Rappelle-moi, c'est important. Je t'en prie…

— Bonjour, Alex. Où es-tu ? Comment ça va ?

Son ton enjoué contrastait avec mon extrême nervosité.

— Je t'en prie, sois prudente, poursuivis-je comme si je parlais toujours au répondeur.

Après lui avoir expliqué les raisons de mon inquiétude, je dus avouer le pire : j'étais en bas de chez elle.

Sa voix ne trahissait aucune récrimination, aucune surprise.

— Eh bien, monte. Je crois que tu t'inquiètes un peu trop pour moi, mais viens, on va en discuter.

— Non, je vais rester encore un peu ici. J'espère que tu ne vas pas me prendre pour un malade, mais le type qui a tué Betsey me contacte régulièrement. Le Cerveau pourrait être ici, à San Francisco. On venait d'achever notre enquête lorsqu'il l'a tuée. Et l'inspecteur Cooke a été assassinée juste après le meurtre des deux magiciens, à La Nouvelle-Orléans.

Je la sentis songeuse.

— Il est bien possible que je te trouve un peu fou, Alex, mais d'une certaine manière, je te comprends. Ce qui me touche, c'est que tu sois venu jusqu'ici pour veiller sur moi. Et ce qui est arrivé à ta dernière coéquipière me fait réellement peur.

Je savais où était Jam, je lui avais parlé, et je me sentais déjà mieux. Notre petite conversation terminée, je repris ma mission de surveillance. Au fil des ans, j'avais appris à me fier à mon instinct, même lorsqu'il était en contradiction avec mon propre raisonnement, même lorsque personne ne partageait mon opinion.

Plusieurs heures s'écoulèrent. J'appelai encore deux fois Jamilla, qui insistait pour que je monte. « Laisse-moi faire à ma façon », lui répondais-je.

Mais il commençait à se faire tard et moi, je sentais mes forces décliner. Dans l'appartement, les lumières s'éteignirent. Tant mieux pour elle. L'un de nous deux, au moins, avait su garder la tête sur les épaules.

J'attendis encore. Un pressentiment aussi puissant qu'indéfinissable me taraudait toujours; il y avait là quelque chose de terrible, que je craignais d'affronter. J'avais refusé de voir les indices, pourtant bien là. J'avais voulu suivre mes « fameuses intuitions », et voilà où j'en étais. J'allais mettre du temps à me remettre de ce fiasco.

Et quand je l'aperçus, brusquement, tout devint parfaitement clair. Toutes les pièces du puzzle étaient là, bien en place. Pas seulement le meurtre de Betsey, mais aussi le cas Casanova, le cauchemar qu'avait vécu Kate McTiernan… et le fait que le tueur avait toujours eu une longueur d'avance sur moi.

Il était là, dans la rue, à deux pas du domicile de Jamilla.

Le Cerveau se trouvait bien à San Francisco.

J'étais sûr de ne pas me tromper, et cette révélation m'ébranla. J'avais peur pour Jamilla, bien sûr, mais je ressentis également une telle déception, une telle tristesse, un tel désarroi que j'en avais la nausée.

C'était Kyle Craig. Il surveillait l'appartement de Jamilla, il épiait ma collègue, en bon psychopathe qu'il était. Le Cerveau était venu jusqu'ici pour la tuer.

Comment allais-je l'en empêcher ?

5

— Jamilla, tu es réveillée ?

Je parlais à voix basse. J'étais si tendu qu'un frisson me parcourut tout le corps. Je ne pouvais pas imaginer pire situation. Kyle, que je ne quittais pas des yeux, était bel et bien en train d'épier la maison de Jamilla.

— Maintenant, oui. Non, je ne dormais pas. Où es-tu, Alex ? Ne me dis pas que tu es toujours en bas ? Attends, je rêve. Dis-moi ce qui se passe.

— Ecoute-moi bien. Le Cerveau est devant chez toi, je l'aperçois d'ici. Je crois qu'il va bientôt essayer d'entrer. Je voudrais monter sans qu'il puisse me voir. Y a-t-il une autre porte ?

Puis je lui révélai l'identité du tueur.

Elle explosa de colère.

— Je savais que ce type avait un gros problème, mais je n'imaginais pas que c'était à ce point-là. Il faut qu'on arrête ce salopard. Et je me fiche de savoir s'il est aussi intelligent qu'on le dit.

Elle m'indiqua comment accéder à l'entrée de service, puis emprunter l'escalier de secours qui me permettrait d'atteindre son étage. Je me faufilai jusqu'à la maison, dans l'ombre, en espérant que Kyle ne me verrait pas. Peut-être le sous-estimais-je...

Il était d'une intelligence rare.

L'art de la planque n'avait plus de secret pour lui, et il en savait sans doute beaucoup plus que moi sur le sujet.

Jusqu'à ce jour, il n'avait pas commis d'erreur.

Je n'eus aucun mal à trouver l'entrée de service, à monter sans faire de bruit. Je n'avais aucun moyen de savoir où se trouvait désormais Kyle.

La porte de l'appartement était ouverte. J'eus un haut-le-cœur.

— Jamilla ?

Elle apparut dans le couloir.

— Entre, tout va bien, Alex. C'est nous qui allons l'avoir, maintenant, et pas le contraire.

Nous ne voulions pas allumer la lumière, mais dans la pénombre, je parvins néanmoins à distinguer une bonne partie du salon et de la cuisine, une porte menant à une petite terrasse, et un bow-window avec un banc. Je jetai un coup d'œil dans la rue. Pas de Kyle à l'horizon. Il était en approche.

Ce n'était pas de la peur que je lisais sur le visage de Jamilla, mais un mélange de perplexité et de colère. Elle avait sorti son revolver de service, elle était prête à affronter la situation.

J'avais encore du mal à assimiler ce que je venais de voir dans la rue. J'étais dans un état presque second, et j'avais l'impression que mon champ de vision s'était rétréci. J'avais les nerfs à vif. Kyle Craig, que j'avais toujours tenu pour un ami, avait participé à une demi-douzaine d'enquêtes à mes côtés.

— Que fait-il en bas de chez moi ? s'interrogea Jamilla. Pourquoi s'attaque-t-il à moi ? Je ne le comprends pas, ce con. Qu'est-ce que je lui ai fait ?

Je la regardai dans les yeux et, au bout de quelques secondes d'hésitation, lui dis enfin :

— Ce n'est pas vraiment à toi qu'il en veut, c'est à moi. Du moins je le pense. C'est une histoire entre Kyle et moi. Aujourd'hui, je fais partie de son fantasme, du petit film qu'il se fait tous les jours. Il veut prouver qu'il est bien meilleur que moi, qu'il est bien le Cerveau.

6

Le Cerveau avait déjà joué le coup suivant, tout en sachant qu'il ne s'agissait que d'un mouvement mineur dans la grande partie qu'il avait élaborée. Il s'était replié. Il avait pris position six rues plus haut, juste après l'aire de jeux, à un point stratégique. Depuis les hauteurs, il pouvait surveiller la maison de Jamilla Hughes, ses fenêtres, la petite terrasse sur le côté.

Cette manière d'imposer, en quelque sorte, sa volonté au monde lui procurait une infinie satisfaction, et il en allait ainsi depuis plus de douze ans. Personne n'avait jamais soupçonné ses agissements ; personne, a fortiori, n'avait jamais tenté de l'arrêter.

Cross était désormais sur place, à l'intérieur, ce qui pouvait compliquer la tâche aussi bien que la faciliter. Il allait bientôt devoir prendre une nouvelle décision. Devait-il risquer le tout pour le tout ? Tout modifier ? Depuis des années, il menait une double vie extrêmement compliquée. Il faisait ce qu'il voulait, quand il le voulait et où il le voulait. Il savourait cette intense liberté. Combien, comme lui, avaient ainsi pu goûter au fruit défendu – être à la fois le gendarme et le voleur ? Mais peut-être l'heure des changements était-elle venue. Peut-être sa vie était-elle devenue trop sûre, trop routinière. Kyle avait la passion de la chasse, et en cela il ressemblait à Casanova et au Gentleman, deux tueurs de haut vol qu'il avait bien connus, en Caroline du Nord et en Californie. Comme Casanova, il avait acquis la conviction que les hommes étaient des chasseurs par nature, et donc il chassait et tuait, sans distinction de sexe, et aimait beaucoup cela. Mais il était allé plus loin encore.

Il chassait les hommes et les femmes, mais chassait également ceux qui les tuaient. Il les battait à leur propre jeu.

Il avait fait la connaissance de Casanova, tueur méticuleux et particulièrement redoutable, des années avant de l'arrêter en collaboration avec le Dr Cross. Il avait élaboré avec la complicité de Casanova et du Gentleman des scénarios de meurtres exquis, en jouant au chat et à la souris. Il était même tombé amoureux de l'une des victimes, la jeune Kate McTiernan. Il avait toujours un faible pour cette douce et chère Kate. Il avait déjà pris tant de visages, joué tant de rôles. Et ce n'était que le début…

Il s'était créé un personnage, celui du Cerveau, mais avait également aidé à capturer l'homme soupçonné d'être le Cerveau. Il était à la fois celui qui avait conçu et celui qui avait résolu l'énigme. Qui pouvait dire mieux ?

Il avait commis des meurtres à Baltimore, à Cincinnati, à Roanoke, un petit bled de Virginie, ainsi qu'à Philadelphie, laissant chaque fois la police confondue. Et il avait fini par se lasser de ces villes et des rôles insignifiants qu'il y avait endossés. Il était le mari de Louise, le père de Bradley et Virginia. Il menait une carrière fulgurante au sein du FBI. Et avait néanmoins un problème de taille : ses collègues étaient en train de s'intéresser à lui. Il en était certain, mais avec eux, on ne savait jamais. Ils étaient tellement lourds, tellement cons. Kyle Craig avait joué tant de rôles passionnants, revêtu tant de déguisements, qu'il ne savait parfois plus qui il était réellement.

Il fallait, à présent, qu'il mette un terme à son jeu avec Alex Cross. Il avait ressenti le besoin de taquiner et de torturer cet as de la Criminelle pour démontrer qu'il était son maître. Et il y avait eu un petit dérapage. Il avait tué l'un de ses propres agents, Betsey Cavalierre. En vérité, il y avait été contraint. Cavalierre avait eu la mauvaise idée de se méfier de lui, de le soupçonner, alors qu'il pourchassait le Cerveau avec Cross. Il avait bien fallu qu'il l'élimine.

Tout comme il devait éliminer Cross. Cross était un ami fidèle, un homme de confiance, et cette qualité avait fini par devenir son défaut majeur, son unique faiblesse, mais il finirait par le démasquer. Et, bien sûr, guidé par l'une de ses fameuses intuitions, Cross était venu jusqu'ici pour veiller sur l'inspecteur Hughes. Cross était ainsi. Il devait absolument être quelqu'un de bien, un flic intègre, il se sentait obligé de jouer les protecteurs. Quel gâchis intellectuel ! Cross aurait pu être un adversaire encore plus redoutable. Dommage…

Cross l'avait aperçu dans la rue. Qu'allait-il se passer maintenant ? En tout cas, cette poussée d'adrénaline lui faisait le plus grand bien. Un vrai bonheur. Il lui restait encore un peu de temps pour définir la suite du programme. Que faire ? Ils se trouvaient chez Hughes, à l'intérieur de l'appartement. Il avait donc l'avantage.

Un avantage qu'il avait bien l'intention de conserver.

Sur son échiquier imaginaire, il poussa une autre pièce.

7

Nous étions toujours dans la pénombre.

— Tu sais, Alex, je ne l'ai jamais aimé, ce type, me dit Jamilla. Il m'a toujours paru si froid, il a un comportement presque mécanique. Et je peux te dire qu'il n'aime pas les femmes. Je l'ai tout de suite senti.

— Malheureusement, Kyle, je l'aimais bien, moi. Il est extrêmement intelligent. J'ai reçu des coups de fil du Cerveau alors qu'on était tous les deux au même endroit. Il faut que je réussisse à mettre au jour sa vraie personnalité. Je ne pense pas qu'on puisse parler de névrose, car il a un sens poussé de l'organisation et, visiblement, il est capable d'élaborer des schémas très sophistiqués. Pour une fois, j'aimerais qu'il m'appelle.

— Méfie-toi de ce genre de vœux, me dit-elle.

Nous nous étions assis sur le parquet de son salon, à côté de la bibliothèque. Il y avait aussi un banc de musculation, un modèle ancien, pas trop tape-à-l'œil, et quelques poids de cinq et dix livres qui traînaient par terre, au milieu de magazines et de pages du *Chronicle* en ordre dispersé.

Il fallait espérer que Kyle ne soit pas en train de nous épier à la jumelle, ou à travers une lunette de visée infrarouge montée sur un fusil. Le jour où il avait abattu Michael Alexander, il avait amplement démontré ses aptitudes au tir. Kyle était doué dans bien des domaines.

Nous évitions de nous mettre devant les fenêtres, à tout hasard.

— J'ai du mal à imaginer qu'il ait pu faire tout ça, murmura Jamilla. Je me demande si nous saurons jamais toute la vérité.

— Si on le coince, Kyle parlera, lui répondis-je. Il se fera un plaisir d'étaler ses prouesses. S'il passe à l'attaque ce soir, nous saurons peut-être tout.

— Crois-tu qu'il sait que tu es là ?

Soupir, haussement d'épaules.

— Probablement. Il a peut-être décidé de tomber le masque cette nuit. Nous verrons bien. Ce que je sais avec certitude, en revanche, c'est qu'il ne fera pas ce qu'on peut imaginer. Le Cerveau n'est jamais où on l'attend. C'est la seule constante de son parcours.

Il fut un moment question d'appeler des renforts, mais Jamilla me fit remarquer que nous risquions alors de faire fuir Kyle. Il nous voulait tous les deux, n'est-ce pas ? Nous allions donc lui donner satisfaction. *Tu veux continuer à jouer avec mes nerfs, enfoiré ? Eh bien, vas-y, ne te gêne pas, Kyle. Fonce.*

Nous étions là, assis dans le noir, et nous nous sentions presque à l'aise. Jamilla me toucha la main, enfin. Nous nous serrâmes l'un contre l'autre. L'attente pouvait être longue.

— Au moins, c'est agréable, chuchota Jamilla. J'ai connu pire, comme planque.

— On n'est jamais aussi bien que chez soi, hein ?

Il était déjà presque 4 heures quand nous entendîmes des bruits à l'extérieur. Jamilla se tourna vers moi. Nous brandîmes nos armes.

Pour la première fois, je dus affronter la perspective de tirer sur Kyle, en qui j'avais si longtemps cru voir un ami. Cela ne me plaisait pas du tout. J'ignorais quelle serait ma réaction, et j'avais peur.

Quelqu'un se déplaçait sur la terrasse, sur la pointe des pieds. Je me sentais presque soulagé. L'heure de vérité approchait. Kyle avait enfin décidé de franchir le pas. Pour moi, le personnage qu'il s'était inventé avait fini par prendre le dessus. Peut-être avions-nous désormais affaire à un véritable psychotique, ce qui nous donnait un avantage.

— Il faut qu'on soit très prudents, chuchotai-je à Jamilla en lui effleurant le dos de la main. Essaie d'analyser la situation selon son point de vue. Kyle est persuadé de nous avoir amenés là où il le voulait.

Lorsqu'il crocheta la serrure d'une main experte, en quelques secondes, et sans efforts inutiles, je compris qu'il avait dû passer un certain temps à étudier les lieux. Il avait emprunté l'escalier de secours et utilisé une échelle métallique pour atteindre la terrasse.

La serrure de la porte d'accès à la terrasse fit un petit clic. Et il ne se passa rien.

— On est des bons, ça va bien se passer, murmura Jamilla. Ce coup-ci, c'est nous qui allons gagner.

La porte, à quelques mètres de nous, finit par s'ouvrir, tout doucement. Kyle entra et s'approcha, tête baissée. Manifestement, dans l'obscurité, il ne nous voyait pas, alors que nous, nous distinguions sa silhouette.

De tout mon poids, de toute ma force, je me jetai sur lui. Plaqué brutalement contre le mur, il fit trembler tout l'appartement. Des livres et des verres tombèrent des étagères. Un peu plus, et nous passions à travers la paroi.

Kyle était un type sec et noueux, mais j'étais remonté à bloc, et j'avais bien l'intention de le mettre hors d'état de nuire. Je lui fis d'abord cadeau d'un méchant coup de coude en plein menton. Quel plaisir ! Puis un crochet du droit, court mais bien senti, lui défonça la mâchoire. Et quand mon poing lui percuta le plexus solaire, il se plia en deux.

Je m'apprêtais à récidiver quand Jamilla alluma la lumière. Et là, je crus que ma tête s'embrasait. Un violent frisson me zébra le corps.

Cet homme n'était pas Kyle Craig.

8

— Baisse-toi ! hurlai-je à Jamilla. Baisse-toi ! Reste sous la fenêtre !

Je craignais que Kyle ne soit armé d'un fusil. Elle s'allongea sur le ventre. L'homme que je venais de plaquer au sol semblait aussi éberlué que moi. Qui était ce type, et où diable se trouvait Kyle ?

Jamilla le tenait en joue avec son arme de service, et sa main ne tremblait pas, ce qui me laissait admiratif. Le nez du type n'était plus qu'une bouillie sanglante. C'était un homme d'une trentaine d'années, café-au-lait, les cheveux courts, assez baraqué.

Je n'y comprenais plus rien.

— Qui êtes-vous ?

Il me regarda, l'air sonné. Il avait du mal à reprendre son souffle.

— FBI, bafouilla-t-il. Je suis un agent fédéral. Posez cette arme. Posez-la immédiatement.

— Moi, je suis de la police de San Francisco ! rétorqua Jamilla. Je n'ai aucunement l'intention de poser cette arme, cher monsieur. Que faites-vous chez moi ? Répondez !

Je devinais ses pensées. Elle était dans une colère noire.

Il fit non de la tête.

— Je n'ai pas à répondre à vos questions. Ma carte et mon insigne sont dans ma poche arrière gauche. Je vous dis que je suis du FBI, merde !

— Restez à terre ! lui intimai-je. Il y a peut-être quelqu'un, dehors, avec un fusil. C'est Kyle Craig qui vous a envoyé ici ?

L'expression de son visage répondit à ma question, mais il refusa de confirmer ou de nier.

— Je vous l'ai déjà dit, je n'ai pas à répondre à vos questions.

— Moi, je vous garantis que si, lui balança Jamilla.

Je n'avais d'autre choix que d'appeler le FBI.

Quatre agents du bureau de San Francisco débarquèrent peu après 5 heures du matin. Nous évitions toujours les fenêtres, mais j'aurais parié que Kyle avait déjà quitté les lieux, voire la ville. Le Cerveau avait toujours une longueur d'avance. J'aurais dû me douter – mais peut-être le savais-je en mon for intérieur – qu'il ne ferait pas ce qu'on attendait de lui.

Deux heures durant, les agents tentèrent de joindre Kyle Craig. Exaspérés, décontenancés, ils finirent par accorder un certain crédit à ma thèse selon laquelle Kyle pouvait être l'auteur de nombreux meurtres commis ces dernières années. C'était bien Kyle qui avait envoyé l'agent chez Jamilla et lui avait donné l'ordre de pénétrer dans l'appartement. Il lui avait dit qu'à l'intérieur, quelqu'un avait abattu une femme de la police de San Francisco, ainsi qu'Alex Cross.

Puis les choses, enfin, s'accélérèrent. J'y étais pour quelque chose.

9

A 7 h 30, je reçus un coup de téléphone du directeur du FBI, Ronald Burns, à Washington. Burns était un homme prudent et circonspect, qui ne m'aurait pas appelé personnellement sans avoir obtenu des preuves du comportement anormal de Kyle. Je me sentais encore déphasé, bouleversé, mais cette réaction me paraissait saine et naturelle. C'était Kyle le fou, pas moi.

— Dites-moi tout ce que vous savez, monsieur le directeur, lui dis-je. Je sais beaucoup de choses sur Kyle, mais vous disposez d'éléments qui ne m'ont pas encore été communiqués. Il est important que je sache tout.

Burns ne me répondit pas tout de suite. Je savais qu'il était, avait été, pensait avoir été l'un des amis de Kyle. Nous nous étions tous trompés. Nous avions été bernés, trahis par celui qui avait notre confiance.

Burns finit par me répondre :

— Tout ceci remonte probablement à l'affaire du Gentleman, mais il se pourrait que l'histoire soit plus ancienne encore. Vous savez que Kyle a été étudiant à Duke, et qu'il y a fait la connaissance de Will Rudolph, qui se faisait appeler le Gentleman. Kyle pourrait être l'auteur du meurtre de Beth Lieberman, une journaliste du *Los Angeles Times* qui enquêtait sur l'affaire et en était arrivée à suspecter Will Rudolph.

J'avais aidé à résoudre l'affaire du Gentleman, je savais effectivement que Kyle avait fait ses études à Duke, mais j'ignorais jusque-là ses relations avec le tueur qui avait terrorisé Los Angeles. Certes, je m'étais posé quelques questions, mais l'alibi de Craig avait rapidement eu raison de mes doutes. Rien que de très logique.

Il n'en restait pas moins que les silences du FBI me laissaient perplexe.

— Pourquoi ne m'avoir pas tenu au courant ?

— Nous n'avons commencé à soupçonner Kyle qu'au moment du meurtre de Betsey Cavalierre. Nous ne disposions d'aucune preuve. Impossible de savoir que le meilleur agent du FBI était également un tueur.

— Mais merde, Ron, on aurait pu en parler. Vous auriez dû m'informer. Maintenant, il est en cavale. J'espère que vous m'avez tout dit, cette fois.

— Alex, vous en savez aujourd'hui autant que nous, peut-être davantage. J'espère que vous aussi, vous nous avez tout dit.

Dès j'en eus fini avec Burns, j'appelai Sampson à Washington pour lui raconter mes dernières aventures. Il n'en croyait pas ses oreilles.

Il avait évacué Nana et les enfants. Seuls lui et moi savions où se trouvait désormais ma famille.

— Et tout se passe bien ? Ça va ?

— Tu rigoles, Alex ? Je n'ai jamais vu Nana aussi furax. Si Kyle s'attaque à elle, je ne donne pas cher de la peau de ce cinglé. Les gosses, eux, le prennent bien. Ils ne savent pas ce qui se passe, mais ils se doutent que le problème est sérieux.

Je renouvelai mes mises en garde.

— Ne les laisse pas seuls une minute, John. Je prends le premier vol pour Washington. Je vois mal comment Kyle pourrait vous retrouver là-bas, mais il ne faut pas le sous-estimer. Il est livré à lui-même, et il est très dangereux. Il veut ma peau, et peut-être celle de ma famille. Si j'arrive à savoir pourquoi, je réussirai peut-être à l'arrêter.

— Et sinon ?

A cette question, je ne répondis rien.

10

L'heure était venue de dire au revoir à Jamilla Hughes, une fois de plus. Et c'était chaque fois un peu plus douloureux. Nous avions traversé ensemble, en quelques jours à peine, tant d'épreuves… Je lui fis promettre d'être extrêmement prudente, pour ne pas dire paranoïaque. Elle accepta. Et je pris mon avion.

Les coups de fil mystérieux avaient cessé, mais cela ne me rassurait pas pour autant. J'ignorais où se trouvait Kyle, ce qu'il manigançait.

Etait-il toujours en train de m'observer ? Avait-il décidé de me suivre jusqu'à Washington ? Il fallait que je pense à autre chose, et je n'y parvenais pas.

Ses jumelles étaient-elles braquées sur moi, en ce moment ? J'étais à pied, je me dirigeais vers la maison de ma tante Tia, à Chapel Gate, Maryland, à vingt-cinq kilomètres de Baltimore. Comment Kyle pouvait-il savoir que j'étais ici ? Parce que c'était son métier, tout simplement. Risquait-il de s'en prendre aux miens, malgré ma présence, malgré celle de Sampson ? Je ne le pensais pas, mais ce n'était pas une certitude absolue.

Pour les enfants, ces vacances forcées n'avaient rien d'une punition. Tante Tia les avait toujours gâtés, comme elle m'avait gâté, moi, quand j'étais petit. « C'est pas maintenant que je vais changer », répéte-t-elle quand elle vous sert une part de tarte chaude en milieu d'après-midi ou qu'elle vous fait un cadeau, comme ça, sans prévenir. Nana se montra plus compréhensive que je ne m'y attendais ; sans doute était-elle ravie d'être aux côtés de « sa petite sœur ». Plus jeune qu'elle – elle n'avait « que » soixante-dix-huit ans –, Tia était une dame alerte, d'allure moderne, et une fabuleuse cuisinière. Ce soir-là, aidée de Nana, elle nous prépara des *penne* au gorgonzola et aux brocolis, suivies d'un gâteau à se damner. Un vrai festin, que j'engloutis comme si ce devait être mon dernier repas.

Ensuite, je pris le temps de jouer et de bavarder avec les enfants jusqu'à 23 heures, bien après l'heure à laquelle ils se couchaient d'habitude. Ils ne sont pas parfaits, ces petits, mais les bons moments l'emportent largement sur les mauvais, et j'ai une mémoire sélective qui ne retient que le meilleur. Après tout, je suis leur père, et mon amour pour Damon, Jannie et Alex junior dépasse tout.

Le lendemain matin, j'étais de retour à Washington. Une équipe du FBI avait été chargée de protéger ma famille. C'était le genre de dispositions que j'aurais préféré ne jamais avoir à réclamer. Pour tout dire, j'étais mort d'angoisse.

Dans l'après-midi, je pris part à une réunion au siège du FBI, où on m'apprit que plus de quatre cents agents avaient reçu la consigne de retrouver et d'appréhender Kyle Craig. La presse n'avait pas été tenue au courant. Burns souhaitait que rien ne s'ébruite, et j'approuvais sa décision. Je n'avais qu'une idée en tête : mettre la main sur Kyle avant qu'il ne commette un nouveau meurtre.

A qui allait-il s'attaquer maintenant ? Qui risquait d'être sa prochaine victime ?

11

— Christine, c'est Alex, dis-je, très mal à l'aise. Je suis désolé de te déranger, mais c'est vraiment important. Je n'aurais pas appelé, sinon.

C'était la pure vérité. J'aurais tant aimé ne pas avoir à donner ce sinistre coup de fil.

— Alex junior va bien ? C'est Nana ?

— Non, non, tout le monde va bien, répondis-je, ce qui n'était pas la pure vérité.

Il y eut un bref moment de gêne. Christine et moi avions prévu de nous marier. Elle avait décidé de rompre, traumatisée par un drame qu'elle avait vécu à cause de moi. Me côtoyer au quotidien, c'était vivre dans l'angoisse.

— Alex, tu m'appelles pour m'annoncer une mauvaise nouvelle, je le sais. C'est à propos de Geoffrey Shafer ? Il est revenu aux USA ?

Elle avait peur, et c'était compréhensible. Geoffrey Shafer était l'homme qui l'avait enlevée.

— Non, il ne s'agit pas de Shafer.

Je lui racontai ce qui venait de se passer. Elle connaissait Kyle, elle l'aimait bien, et je compris qu'elle se sentait comme violée. Elle restait marquée par ce que lui avaient fait subir les monstres auxquels j'avais été confronté, et ne me l'avait toujours pas totalement pardonné, ce que je pouvais comprendre. Moi-même, je m'en voulais encore. Et en parlant à Christine, je me souvins de tout l'amour que j'avais éprouvé pour elle. Et que j'éprouvais sans doute encore.

— Y a-t-il un lieu sûr où tu pourrais rester un certain temps ? Il faut que tu y ailles, c'est important. Je suis vraiment désolé de devoir t'imposer ça, mais Kyle est extrêmement dangereux, Christine.

— Alex, je suis justement venue m'installer ici pour être en sécurité. Je croyais être tranquille, et voilà que tu reviens dans ma vie.

Elle irait provisoirement vivre chez une amie, une personne en laquelle elle avait toute confiance, me dit-elle. Je lui demandai de ne pas me dire qui ni où au téléphone. En pleurs, elle raccrocha. J'aurais voulu disparaître sous terre. Cet appel venait de faire ressurgir tout ce qui nous séparait.

Ensuite, j'appelai Jamilla pour lui répéter de se tenir sur ses gardes. Ce qui n'était qu'un prétexte, bien sûr. J'avais envie de lui parler, parce qu'elle avait vécu, à mes côtés, des moments d'une extraordinaire intensité. Malheureusement, elle était absente, et je dus me contenter de lui laisser un message lui disant que je m'inquiétais pour elle et qu'elle devait se montrer prudente.

J'avais l'intention de prévenir tous les gens que j'aimais bien, tous ceux qui avaient pu se trouver en contact avec Kyle.

Je joignis même deux amis et collègues, Rakeem Powell et Jerome Thurman, qui appartenaient toujours à la police de Washington. Il me paraissait improbable que Kyle s'attaque à eux, mais on ne savait jamais.

Je passai également un coup de fil à Zachary Scott Taylor, un journaliste du *Washington Post* qui était également l'un de mes meilleurs amis dans la capitale. Il suggéra aussitôt de m'interviewer, mais je lui interdis de passer me voir. Les articles que Zach m'avaient consacrés suscitaient la jalousie de Kyle, qui me l'avait lui-même avoué. Il n'aimait pas Zach.

— C'est très sérieux, lui expliquai-je. Ne sous-estime pas la folie de ce type. Tu figures sur sa liste noire, et le danger est réel.

J'eus au bout du fil les agents fédéraux Scorse et Reilly, qui avaient travaillé à mes côtés dans l'affaire de l'enlèvement de Maggie Rose Dunne et Michael Goldberg. Ils savaient que Kyle était recherché par tous les services de police, mais ne s'étaient pas, jusqu'alors, souciés de leur propre sécurité.

Je pus parler à Naomi, ma nièce, qui avait été kidnappée par Casanova quelques années plus tôt. Naomi était avocate, elle exerçait à Jacksonville, Floride. Elle avait un compagnon, un homme adorable du nom de Seth Samuel Taylor. Ils comptaient se marier dans l'année. « Il aime bien saboter le bonheur des autres, lui dis-je. Sois prudente. Je sais que je peux compter sur toi. »

J'appelai Kate McTiernan, en Caroline du Nord. Kyle, elle et moi avions récemment dîné ensemble. Fallait-il donner à ces retrouvailles une signification particulière ? Comment savoir, avec quelqu'un comme Kyle ? Kate me promit de se montrer très vigilante, en me rappelant qu'elle était désormais ceinture noire de karaté, troisième dan. Kyle avait toujours eu une certaine tendresse pour elle, lui rappelai-je pour ma part. Au fil de notre conversation, je sentais mon inquiétude croître.

— Ne prends aucun risque, Kate. Kyle est le type le plus fondu que j'aie jamais rencontré.

Je réussis à contacter également Sandy Greenberg, une amie qui travaillait à Interpol et avait eu plusieurs fois l'occasion de côtoyer Kyle. Profondément choquée d'apprendre que Kyle était un assassin, elle jura de prendre toutes les précautions nécessaires jusqu'à son interpellation, et me proposa son aide.

Kyle Craig était un tueur inflexible, au sang froid.

Un homme aux côtés duquel j'avais travaillé, et que j'avais cru être mon ami.

J'avais encore du mal à y croire totalement. Je tentai d'établir une liste des victimes potentielles de Kyle.

1. moi
2. Nana et les enfants
3. Sampson
4. Jamilla

Puis je me rendis compte que ce point de vue était le mien, mais pas nécessairement celui de Kyle. Je fis un autre essai.

1. la famille de Kyle – tous les membres
2. moi, et ma famille
3. Burns, le patron du FBI
4. Jamilla
5. Kate McTiernan

J'étais là, chez moi, dans une maison vidée de ses occupants, et je n'avais aucune idée de ce que Kyle allait faire maintenant. Il y avait de quoi devenir fou. J'avais l'impression de tourner en rond.

Kyle était véritablement capable de tout.

12

Il se décida à me rappeler.

— Je les ai tués, et cela ne me fait ni chaud, ni froid. Je t'assure. Mais toi, Alex, tu vas accuser le coup. D'une certaine manière, c'est toi le responsable. Toi, et toi seul. Je ne voulais même pas les tuer, mais il a fallu que je le fasse. Ainsi doit se poursuivre le cauchemar. A partir de maintenant, tout est possible. Je vais être franc : je ne réponds plus de rien.

Il était 5 h 15 du matin lorsqu'il m'infligea cette horrible confession. J'avais dormi trois heures à peine, je paniquais, j'entendais presque battre mon cœur.

— Tu as tué qui ? Qui ? Dis-moi ce qui il s'agit. Dis-le moi.

— Qu'est-ce que cela changerait ? Ils sont morts, ils ont été massacrés. C'étaient des gens que tu aimais beaucoup. Tu ne peux rien faire maintenant, si ce n'est essayer de me coincer. Je suppose que je devrais pouvoir t'aider. N'est-ce pas ce que tu as envie d'entendre ? Cela rendrait sans doute la situation plus intéressante, plus juste, à tes yeux ? Non ?

Et il partit d'un rire inextinguible. Lui que j'avais toujours connu si posé, si maître de ses émotions.

Je ne l'interrompis pas, le laissai se gargariser de ses exploits macabres. N'était-ce pas ce qu'il voulait, ce dont il avait besoin ?

Qui avait-il tué, au nom du ciel ? Il avait utilisé le pluriel. Il les avait massacrés, disait-il.

— Toi et moi, on a toujours travaillé en équipe. D'une certaine façon, ce serait le couronnement de ma carrière – m'arrêter moi-même. J'y ai déjà songé, à vrai dire. Je me suis fait mon petit cinéma. Je ne peux pas imaginer plus beau défi que celui-ci. Moi contre moi.

Il se remit à rire. Je dus me forcer à ne pas lui demander, une nouvelle fois, qui étaient ses dernières victimes. Il se serait cabré, risquant de me raccrocher au nez. La question m'obsédait. J'étais mort de peur. Christine ? Kate ? Jamilla ?

Quelqu'un du FBI ? Qui donc, mon Dieu ? Fais preuve d'un minimum de compassion, de pitié, enfoiré. Montre-moi qu'il y a encore un peu d'humanité en toi.

— Je ne suis pas un psychologue hautement qualifié comme toi, reprit-il. Je ne pratique qu'en amateur, mais je vais néanmoins te faire part d'une théorie : cette folie meurtrière ne pourrait-elle trouver sa source dans un problème de rivalité entre frères ? Tu sais, Alex, j'avais un frère cadet. Il a débarqué au plus fort de mon complexe d'Œdipe, quand j'étais gosse, quand j'étais le deuxième garçon de la famille. Il a changé mon statut par rapport à ma mère et à mon père. Approfondis la question, Alex. Demande l'avis des spécialistes de Quantico. Il y a peut-être là quelque chose d'important.

Avec le plus grand calme, il se moquait de moi. De l'inspecteur comme du psy.

Mes mains s'étaient mises à trembler. Je n'en pouvais plus.

— Qui as-tu assassiné, cette fois ? hurlai-je. Qui ?

Et là, il répondit à ma demande. Ses mots me transpercèrent le cœur. Il me décrivit avec force détails les meurtres qu'il venait de commettre, et pour moi, il ne faisait pas de doute qu'il disait la vérité.

Puis il raccrocha, insensible à mes jurons.

Quelques minutes plus tard, j'étais dans ma voiture, l'œil vague, dans un état second, et je fonçais à l'autre bout de Washington où m'attendait l'épouvantable scène de crime.

13

Non, non, non !

J'avais tout prévu, sauf cela. Kyle me poignardait, et faisait tourner la lame pour m'arracher des hurlements. Il venait de me porter un coup terrible, et voulait que je sache une chose : le pire était à venir. Cela ne faisait que commencer.

Muet, figé, les yeux mouillés de larmes, je contemplais la chambre de Zach et Liz Taylor. Deux de mes amis les plus chers étaient morts. J'étais déjà venu des dizaines de fois chez eux, à l'occasion de soirées, de dîners ou juste pour bavarder jusque tard dans la nuit. Et ils m'avaient souvent rendu visite. Zach était le parrain d'Alex junior.

Mon unique consolation était qu'ils étaient morts rapidement. Se sachant recherché, Kyle avait sans doute préféré ne pas s'attarder dans cet appartement d'Adams-Morgan, un quartier de Washington.

Il avait abattu les Taylor d'un décharge de chevrotines en pleine tête, sans prendre la peine de mutiler les corps. Le message, pour moi, était clair : ils n'étaient pas en cause.

Cette affaire ne concernait que lui et moi.

Zach et Liz Taylor ne comptaient nullement à ses yeux, et c'était peut-être là le plus insupportable. Il pouvait tuer avec la plus grande facilité. Sa haine à mon égard dépassait l'entendement.

Ce n'était que le début.

Le pire restait à venir.

Rien, sur cette scène de crime, n'évoquait un quelconque geste de fureur. J'avais presque le sentiment qu'après avoir pénétré dans la chambre, Kyle avait failli se raviser. *Oh, Kyle, Kyle, pitié.*

Je pris note de tous les détails, des plus banals aux plus horribles. Ils resteraient gravés dans ma mémoire jusqu'à mon dernier jour.

Les plombs leur avaient arraché la moitié du visage. Je dus me forcer à regarder, en repensant à ce couple toujours si amoureux. Zach m'avait dit, un jour : « Liz est la seule personne que je connaisse avec laquelle je puisse passer des heures en voiture sans m'ennuyer. » Pour lui, c'était le test. Ils avaient toujours des choses à se dire. Maintenant, devant leur dépouille, j'avais un immense sentiment de vide. Quel horrible gâchis...

Je fis quelques pas, au radar, jusqu'à la grande fenêtre à battants qui donnait sur la rue. J'aperçus, en bas, l'enseigne du café Lautrec. Je songeai à Kyle, toujours en fuite. A quoi pensait-il ? Quelle était sa prochaine destination ?

J'aurais tant voulu le rattraper, l'arrêter. Non, j'aurais voulu le tuer. Le faire souffrir de la pire des façons.

Ed Lyle, un sergent appartenant à la brigade de scène de crime, s'avança vers moi.

— Désolé, inspecteur, je sais que vous les connaissiez. Qu'attendez-vous de nous ? Nous sommes prêts.

— Croquis, vidéo, photos, lui répondis-je laconiquement.

En fait, je n'avais aucunement besoin de tout cela. Je pouvais me passer d'images, je pouvais me passer de preuves.

Je savais fort bien qui était l'auteur de ce nouveau double crime.

14

De retour chez moi vers 13 heures, je voulus me coucher pour me reposer un peu, mais ne parvins pas à rester allongé plus de deux heures. Sitôt debout, je me mis à faire les cent pas dans ma maison déserte.

J'errais de pièce en pièce. Un drame épouvantable se préparait ; il fallait que je l'empêche, et je ne savais pas où commencer. Les noms des victimes potentielles de Kyle n'en finissaient plus de défiler dans ma tête : ma famille, Sampson, Christine, Jamilla, Kate, Naomi, la famille de Kyle.

Je ne cessais de voir l'image de Zach et Liz, exécutés dans la fleur de l'âge, à cause de moi. Et lorsque, enfin, je réussis à vomir, je me fis la réflexion que c'était ce qui m'était arrivé de mieux ce jour-là. Après avoir craché tripes et boyaux, je faillis briser le miroir de la salle de bains d'un grand coup du talon de la main.

Ce salopard de Kyle avait toujours une longueur d'avance sur moi…

Il avait une foi inébranlable en ses capacités, et notamment la faculté de nous échapper lorsqu'il le souhaitait.

Comment réussissait-il à s'évanouir dans la nature après chacun de ses meurtres ? Comment faisait-il pour se fondre dans la foule et se rendre invisible alors que nous étions si nombreux à le traquer ?

De l'argent, il en avait. En jouant le rôle du Cerveau, il avait assuré ses arrières. Quel était donc son prochain objectif ?

Je passai de longues heures à pianoter sur le clavier de mon ordinateur, près de la fenêtre de ma chambre. Kyle était là, dehors, en train de m'épier ?

Il avait démontré qu'il était capable de tuer à grande échelle. Si tel était son projet, où frapperait-il la prochaine fois ? A Washington ? A New York ? A Chicago ? Dans sa bonne vieille ville natale de Charlotte, en Caroline du Nord ? Ou bien en Europe ? A Londres, par exemple ?

Quels risques couraient sa femme et ses enfants ? J'avais passé mes vacances avec sa famille, un été, à Nags Head, et j'avais déjà plusieurs fois passé un ou deux jours chez eux, en Virginie. Sa femme, Louise, était une amie. Je lui avais promis de ramener Kyle en vie si j'en avais la possibilité, mais je n'étais plus très sûr, désormais, de pouvoir tenir parole. Qu'adviendrait-il au moment de la confrontation, si confrontation il y avait ?

Kyle était également susceptible de s'en prendre à ses parents, d'autant qu'il rejetait une partie de la responsabilité de ses actes sur son père. William Hyland Craig, ancien général de l'armée de terre, avait présidé à Charlotte et dans sa région deux sociétés classées au palmarès des cinq cents premières entreprises du pays. Aujourd'hui, il donnait des conférences – dix à vingt mille dollars la prestation – et faisait partie d'une demi-douzaine de conseils d'administration. Il avait élevé Kyle à la cravache, et lui avait appris la haine.

Une rivalité entre frères ? La suggestion venait de Kyle. Entre Blake et lui, jamais la course à la première place n'avait cessé. Jusqu'à la mort de Blake, en 1991. Etait-ce Kyle qui l'avait tué ? L'enquête avait conclu à un accident de chasse. Et quel rôle jouait le frère aîné, qui vivait toujours en Caroline du Nord ?

Kyle voyait-il en moi une sorte de frère cadet, un nouveau Blake ? Il cherchait toujours à faire mieux que moi et dès le début avait tenté d'exercer son emprise. Les femmes présentes dans ma vie représentaient peut-être à ses yeux une menace, auquel cas nous avions affaire à une variante extrême de la rivalité fraternelle. Etait-ce pour cette raison qu'il avait tué Betsey Cavalierre ? Mais comment expliquer le meurtre de Maureen Cooke, à La Nouvelle-Orléans ? Et Jamilla était-elle, elle aussi, en danger ?

Il fallait que j'étudie la question : un triangle familial dysfonctionnel incluant Kyle et moi.

Toujours une longueur d'avance.

Pour l'instant, tout du moins.

S'il décidait de s'attaquer à ses parents ou à son frère, il n'avait aucune chance de nous échapper. Le FBI avait placé la famille sous haute protection.

Kyle le savait. Je le voyais mal commettre une erreur aussi grossière. Son prochain méfait ne pouvait être qu'un acte cruel et retors.

Toujours une longueur d'avance.

Cela semblait être une constante dans le parcours de Kyle, tel que je le déchiffrais. Ses initiatives nous prenaient toujours au dépourvu, car il avait l'art d'anticiper notre réaction. Comment se débrouillait-il pour conserver cette longueur d'avance, surtout en ce moment, alors qu'il se savait traqué ? Depuis peu, une hypothèse inquiétante me venait parfois à l'esprit. Kyle avait peut-être un complice au sein du FBI.

J'avais fini par m'assoupir lorsque la sonnerie du téléphone me tira de mon sommeil. Il était 3 heures du matin. Il ne dormait donc jamais, ce con ?

Je pris le combiné pour raccrocher immédiatement, puis débranchai le téléphone.

Tu ne pourras plus me harceler, Kyle. Et je t'emmerde.

Dorénavant, c'était moi, et non plus lui, qui fixerais les règles du jeu.

15

Dans la matinée, je bus beaucoup trop de café noir, et les images de la dernière enquête que nous avions menée ensemble défilaient dans ma tête: Daniel et Charles, Peter Westin, les frères Alexander. Où la situer dans l'univers fantasmatique de Kyle? Nous avions l'un et l'autre notre place dans ce scénario macabre. Kyle m'avait demandé de prendre part à l'enquête, après quoi il m'avait consciencieusement baladé.

J'essayais de reconstruire le puzzle du point de vue d'un psychologue. Tout nous paraîtrait ensuite beaucoup plus clair. Enfin, peut-être, car avec Kyle, rien n'était jamais acquis. Il pouvait décider de changer de stratégie pour brouiller les pistes. Il était peut-être parfaitement conscient de ses névroses, ce qui lui permettait de nous manipuler à son aise.

Vers midi, j'appelai Martin, le frère aîné de Kyle, un radiologue domicilié non loin de Charlotte, là où nous avions cru, un temps, que Daniel et Charles avaient entamé leur équipée sanglante.

Martin Craig était disposé à nous aider, mais il nous avoua vite que son frère et lui ne s'étaient pas adressé la parole depuis une dizaine d'années. « La dernière fois que nous nous sommes vus, c'est à l'enterrement de mon frère Blake. Je n'aime pas Kyle, inspecteur Cross. Lui non plus ne m'aime pas. Je ne sais pas s'il aime qui que ce soit, d'ailleurs. »

— Votre père se montrait-il particulièrement violent à l'égard de Kyle ? voulus-je savoir.

— C'est ce que racontait Kyle, mais pour tout vous dire, je n'ai pas vu grand-chose. Ma mère non plus. Kyle aimait inventer des histoires dont il était, soit le héros, soit la victime pathétique. Ma mère disait toujours que, question orgueil, seul Dieu le dépassait.

— Et que pensiez-vous de ce jugement ?

— Inspecteur Cross, mon frère ne croyait pas en Dieu, et il avait horreur qu'on le dépasse.

Les rapports entre les trois frères avaient, semblait-il, été marqués par cet esprit de concurrence, et Kyle s'était toujours persuadé qu'aux yeux de leurs parents, c'étaient Martin et Blake qui arrivaient en tête. Quand Kyle avait été engagé dans l'équipe de basket du lycée, Martin s'y était déjà taillé une réputation d'excellent défenseur ; il jouait en outre de la basse dans un groupe de la région et multipliait les amitiés et les conquêtes. Le journal local avait consacré un article aux trois frères basketteurs, mais il y était surtout question de Blake et de Martin. Tous trois avaient commencé leurs études supérieures à Duke. Martin et Blake avaient ensuite fait médecine, alors que Kyle était devenu avocat, un choix dicté par des considérations d'ordre purement matériel, et que son père déplorait. Kyle avait fait allusion à la rivalité entre frères, et je commençais à mieux comprendre l'origine de son univers imaginaire.

— Martin, demandai-je enfin, est-il possible que Kyle ait assassiné votre jeune frère, Blake ?

— Blake a été victime d'un accident de chasse. Du moins, officiellement. Inspecteur Cross, mon frère était un homme extrêmement responsable et prudent, presque aussi prudent que Kyle. Il ne s'est pas tué accidentellement. J'ai l'intime conviction que Kyle est mêlé au drame. C'est pour cela que nous ne nous sommes pas adressé la parole depuis dix ans. Mon frère, c'est Caïn. Je suis persuadé que c'est un assassin, et je veux qu'on l'arrête. Je veux voir mon frère sur la chaise électrique. C'est ce que Kyle mérite.

16

Rien ne commence jamais où on le croit. Je repensais au fait que c'était Kyle qui s'était chargé de répondre à presque tous les journalistes de la télévision et de la presse écrite au lendemain de l'arrestation de Peter Westin, dans les hauteurs de Santa Cruz. Il voulait s'approprier les lauriers, être la seule vedette de l'opération. D'une certaine manière, il avait atteint son but : il éclipsait désormais tous ses collègues.

J'avais maintenant une petite idée de ce que j'allais faire pour déstabiliser Kyle. Je contactai le FBI et fis part de mon projet au directeur, Burns, qui le trouva sympathique.

Cet après-midi-là, à 16 heures, le FBI organisa une conférence de presse. Burns prononça quelques mots avant de me présenter, en précisant de la manière la plus claire que je participerais à la chasse à l'homme jusqu'à son terme, et que Kyle Craig n'échapperait pas à la justice.

En m'avançant vers les micros, je pris soin de fermer mon blouson de cuir noir. Un geste parfaitement calculé. Je voulais me donner des airs, jouer les stars, voler la vedette à Kyle. Cette chasse à l'homme était la mienne, pas la sienne. Il n'était que la proie.

Les appareils-photo bourdonnaient, les flashes me mitraillaient, et les journalistes au regard parfois inquisiteur, souvent cynique, attendaient des réponses que je ne pouvais leur fournir maintenant. J'étais très énervé.

J'avais décidé d'adopter un ton grave et aussi prétentieux que possible.

— Je m'appelle Alex Cross. J'appartiens à la brigade Criminelle de la police de Washington. Au cours des cinq dernières années, j'ai travaillé en étroite collaboration avec l'agent spécial en charge Kyle Craig. Je le connais très bien.

Je crus bon de donner quelques détails sur notre passé commun, en m'efforçant de passer pour un pompeux monsieur je-sais-tout. Le fameux flic qui était aussi docteur en médecine.

— Kyle a contribué à résoudre plusieurs affaires de meurtre. J'avais trouvé en lui un bras droit compétent. Il avait l'obsession de l'échec, mais c'était un travailleur infatigable.

« Nous le capturerons bientôt, mais Kyle, si tu m'écoutes, où que tu sois, je te conjure de m'écouter attentivement. Rends-toi. Je peux t'aider. J'ai toujours été en mesure de t'aider. Appelle-moi et rends-toi. C'est la seule chance qu'il te reste.

Je m'interrompis, regardai l'objectif des caméras puis, lentement, m'écartai des micros, sous une pluie de flashes. On me traitait désormais comme une star. Exactement ce que j'avais espéré.

Le directeur Burns conclut la conférence en rappelant son souci d'assurer la sécurité publique et en insistant sur les moyens déployés pour retrouver Kyle, avant de me remercier chaudement.

Et moi, je fixais toujours les caméras, en sachant que Kyle me verrait. Et qu'il entrerait dans une fureur noire.

Mon message, mon défi étaient des plus clairs.

Viens me chercher, si tu en es capable. Tu n'es plus le Cerveau. Le Cerveau, maintenant, c'est moi.

17

Il ne me restait plus qu'à attendre.

Le lendemain matin, je rendis visite à Nana et aux enfants.

La petite maison, une bicoque en planches jaunes, aux volets d'aluminium blancs, était située dans une rue tranquille de Chapel Gate. Une petit ville que tante Tia surnommait « la cambrousse ». En approchant, je ne vis pas trace du FBI, ce qui était bon signe. Les hommes de Burns faisaient bien leur boulot.

Le responsable de l'équipe de protection était Peter Schweitzer, un agent d'excellente réputation. Il m'accueillit à la porte et me présenta ses six collègues postés à l'intérieur de la maison.

Une fois rassuré par le dispositif de sécurité, je pus aller voir Nana et les enfants. « Bonjour, papa ! » Tout le monde semblait ravi de me voir, même Nana. C'était l'heure du petit déjeuner, et Nana, qui ne faisait jamais les choses à moitié, était en train de préparer des crêpes et des saucisses. Elle m'ouvrit les bras, et puis tous les autres s'accrochèrent à moi, en refusant de lâcher prise. Un débordement d'affection qui n'était pas pour me déplaire. J'en avais bien besoin.

— Alex, je crois que tu leur as manqué, s'esclaffa Tia en applaudissant, comme elle le faisait toujours.

— C'est parce qu'il est jamais là, fit Damon, toujours aussi cinglant.

— Mon travail est presque fini, dis-je sans totalement le croire, mais en espérant ne pas me tromper. Vous, au moins, vous avez vos trois repas par jour.

Je pris Tia dans mes bras en riant.

Elle m'invita à partager leur petit déjeuner. Nous ne fîmes que discuter pendant un peu plus d'une heure, mais personne ne fit allusion aux difficultés, aux angoisses de la situation actuelle.

— C'est quand qu'on rentre chez nous ? demanda Damon.

Tout le monde me regardait, et attendait la bonne réponse. Alex junior lui-même semblait me dévisager.

— Je ne vais pas vous mentir, dis-je enfin. Il faut d'abord qu'on retrouve Kyle Craig. Ensuite, on pourra rentrer à la maison.

— Et ça sera à nouveau comme avant ? s'inquiéta Jannie.

C'était une question-piège.

— Encore mieux qu'avant. Je vais bientôt faire de grands changements, je vous le promets.

18

A 10 heures, je pris un vol à destination de Charlotte. Je descendais en Caroline du Nord dans l'intention de rendre visite aux membres de la famille de Craig. Peut-être Kyle se trouvait-il lui-même sur place. Cela ne m'aurait pas surpris.

Le père, William Craig, avait choisi de ne pas être présent à mon arrivée à la propriété où Kyle et ses frères avaient passé toute leur jeunesse. C'était ce qu'on appelait une ferme de gentleman, une immense demeure de pierre et de bois plantée sur une vingtaine d'hectares de pâturages, dans une région vouée au cheval. Un employé me fit remarquer que, rien que pour repeindre les barrières blanches des enclos, il fallait compter quinze dollars le mètre.

Je pus interroger Miriam Craig sur la terrasse de derrière, face à un jardin anglais traversé par un petit ruisseau rocailleux. Elle me parut parfaitement maîtresse de ses sentiments, ce qui me surprenait un peu, mais peut-être aurais-je dû m'en douter. Et elle me parla longuement de sa famille.

— Son père et moi n'avions aucune idée de ce qui se passait dans la tête de Kyle, si tant est que ces terribles accusations soient prouvées, me dit-elle. Kyle était certes un garçon distant, réservé, plutôt introverti, mais rien ne pouvait laisser deviner qu'il avait des problèmes aussi graves. Ses résultats scolaires et sportifs étaient bons, et il joue même du piano. Il a un joli toucher.

— J'ignorais qu'il jouait du piano, fis-je en me rappelant que Kyle commentait souvent mes prestations au clavier. Est-ce que son père et vous lui faisiez des compliments ? Sur son travail en classe, ou sa pratique du sport ? Je crois que les garçons ont plus souvent besoin d'en entendre qu'on ne le croit.

Mme Craig n'apprécia pas ma remarque.

— Il ne voulait pas qu'on le lui dise. Il nous faisait « je sais », et il s'en allait. Presque comme si nous le décevions en lui débitant des évidences.

— Ses deux frères étaient meilleurs que lui en classe ?

— Ils avaient de meilleures notes, oui, mais tous trois étaient d'excellents élèves. La plupart des profs trouvaient qu'il y avait davantage de profondeur chez Kyle. Je crois que c'était lui qui avait le QI le plus élevé, cent quarante-neuf, si je me souviens bien. Il ne s'investissait pas dans tous les domaines. Déjà tout petit, il avait un fort caractère.

— Mais rien n'indiquait qu'il souffrait de problèmes psychologiques graves ?

— Non, inspecteur Cross. Croyez-moi, j'ai beaucoup réfléchi à la question.

— Quel est le sentiment du père de Kyle ?

— Nous en avons parlé pas plus tard qu'hier soir. Il partage mon avis. S'il n'a pas voulu vous parler aujourd'hui, c'est simplement parce qu'il est trop affecté. Le père de Kyle est un homme fier, et quelqu'un de bien. Je vous assure.

Je rendis ensuite visite au frère de Kyle, à Charlotte. Il me reçut dans l'une des salles de réunion aseptisées de la clinique dont il était l'un des associés.

— Je trouvais Kyle acerbe et très cruel, confessa-t-il entre deux gorgées de thé. Je sais que c'était aussi l'opinion de Blake.

— Qu'entendez-vous par « cruel » ?

— On ne pouvait pas dire qu'il torturait les bêtes ou des choses de ce genre, trop visibles. D'ailleurs, les animaux, il les aimait bien. Non, le problème, c'était son attitude à l'égard des autres. Verbalement, physiquement. Un vrai con. Personne ne l'appréciait vraiment. Je ne me souviens pas qu'il ait jamais eu de véritable ami. Vous ne trouvez pas ça bizarre ? Pas un seul véritable ami. Je vais vous dire autre chose, inspecteur. Quand Kyle était étudiant, pendant sa première année et une bonne partie de la seconde, il était tellement insupportable que notre père le forçait à dormir dans le garage.

— Je trouve le traitement un peu sévère, commentai-je.

C'était la première vraie révélation depuis mon arrivée. Kyle n'avait jamais fait allusion à ces punitions. Mme Craig non plus.

— Je ne pense pas qu'on puisse parler de sévérité, inspecteur. Je crois que c'était largement mérité, et que Kyle s'en sortait encore bien. On aurait dû le chasser de la maison à l'âge de treize ans. Mon frère était vraiment un monstre, et apparemment, il n'a pas beaucoup changé.

19

Quelle serait la prochaine victime de Kyle ? Cette question m'obsédait. Ce soir-là, en rentrant chez moi, j'avais un mauvais pressentiment. Plusieurs, même. Devais-je aller à Seattle ? Kyle risquait-il de s'attaquer à Christine ? Il avait l'art de frapper là où cela faisait le plus mal. Il me connaissait si bien, alors que moi, manifestement, j'ignorais tant de choses à son sujet.

Christine, ou Jamilla ? Comment me mettre à sa place ?

Toujours une longueur d'avance.

Peut-être se contenterait-il de s'en prendre à moi. Peut-être me suffisait-il de rester chez moi et d'attendre…

Quel était le détail qui nous échappait ? La véritable motivation de Kyle ? Qui avait-il prévu d'abattre, à part moi ?

J'allai me coucher vers 1h30, mais ne parvins pas à trouver le sommeil. Chaque fois que je fermais les yeux, je voyais le visage de Kyle, crâne, sûr de lui. Jamais je n'avais croisé un personnage aussi arrogant, aussi pervers. J'allumai ma lampe de chevet pour prendre quelques notes. Kyle était un homme méthodique, logique, mais capable de surprendre tout le monde en changeant brusquement de tactique. Je repensais au raid de Santa Cruz. Les vampires me semblaient déjà bien loin. Kyle m'avait fait venir pour que je puisse assister à ses exploits. Il fallait qu'il puisse me montrer à quel point il était bon. Il avait tenu à mettre lui-même Peter Westin hors d'état de nuire.

Une question intéressante m'effleura soudain.

A quel moment n'avait-il pas réussi à exercer sa volonté ?

Quels étaient ses fantasmes les plus noirs ? Ses désirs secrets ? Dans quels domaines l'avait-on contrarié ?

Le pire restait à venir, avait-il dit. Zach et Liz Taylor, ce n'était qu'un début. Kyle se préparait-il à semer d'autres cadavres derrière lui ?

C'est alors que me revint à l'esprit un fantasme qu'il m'avait confié, un soir, alors que nous venions de boucler une de nos affaires les plus sordides. Ses paroles résonnaient encore dans ma tête.

Ma main s'abattit sur le téléphone. Je fis un numéro, en espérant qu'il n'était pas trop tard. Je croyais savoir, à présent, quelle serait sa prochaine victime.

Oh, non, Kyle, non !

20

Peut-être étais-je simplement en train de perdre la tête. Il y avait six heures de route jusqu'à Nags Head, Caroline du Nord, et il n'était pas question que je m'arrête. J'avais allumé la radio et je changeais de station toutes les cinq minutes pour rester éveillé. Je me disais que Kyle avait sans doute bien l'intention de faire durer le plaisir. Il s'amusait trop, il était au faîte de sa gloire.

J'étais déjà venu dans la région, avec Kate McTiernan. Kyle également. Nous tentions, à l'époque, de mettre la main sur un tueur se faisant appeler Casanova. Un sadique qui avait séquestré huit femmes dans son repaire, en pleine forêt, non loin de Chapel Hill. Kyle participait à l'enquête, alors qu'en fait, il était le complice du meurtrier que nous recherchions. C'était désormais une certitude.

J'atteignis les Outer Banks juste avant la tombée de la nuit. Des petits souvenirs incongrus se bousculaient dans ma tête : les petits pains au sucre du marché de Nags Head, mes longues promenades avec Kate le long de Coquina Beach, les plages du Jockey's Ridges State Park, sorties tout droit d'une carte postale, d'une beauté presque irréelle. J'admirais énormément Kate. Nous étions toujours amis, nous nous appelions au moins deux fois par mois. Elle envoyait des petits cadeaux originaux à mes enfants pour leur anniversaire ou à Noël. Elle travaillait au centre hospitalier régional de Kitty Hawk et vivait avec un libraire qu'elle s'apprêtait à épouser. Ils habitaient à Nags Head, à quelques kilomètres de là.

Kyle avait visiblement craqué pour Kate McTiernan. Il avait glissé une allusion: « Je pourrais être amoureux de cette fille si je n'avais pas Louise et les gosses. Je devrais peut-être les larguer pour Kate. Elle pourrait me rendre heureux. Kate pourrait me sauver. »

Il était déjà allé lui rendre visite à Nags Head, et quelque chose me disait qu'il allait revenir. Il était frustré de ne pas avoir couché avec Kate, de se l'être vu refuser. Et il savait tout ce qu'elle représentait pour moi.

Kyle était déjà sur place, ou bien il n'allait pas tarder à arriver.

J'avais déjà prévenu Kate, mais en chemin, je ne pus m'empêcher de la rappeler pour lui demander de déguerpir. Je me fichais pas mal de sa ceinture noire de karaté. J'allais m'installer chez elle, avant que Kyle n'arrive. Lui, à mon avis, n'avait pas l'intention de jouer les espions. S'il venait ici, c'était pour tuer Kate.

J'étais parvenu à destination. Il me paraissait inconcevable qu'un drame effroyable puisse survenir ici, à Nags Head, dans ce cadre si familier, si serein, si beau.

Mais je ne cessais de répéter: le pire est à venir.

Je suivis une étroite route pavée qui serpentait le long des dunes fouettées par le vent. Pas de trace de Kyle. Le numéro 1021 était un petit pavillon de bord de mer, tout en planches, à un étage. Une habitation au charme atypique, tout à fait à l'image de Kate McTiernan. Si Kyle réussissait à l'atteindre, jamais je ne me le pardonnerais.

Un drapeau écossais flottait sur le toit, ce qui était du Kate tout craché, là aussi. Comme je le lui avais demandé, Kate avait garé sa vieille Volvo dans l'allée. Toutes les lumières étaient allumées, telles des balises destinées à me guider.

Il s'agissait de faire croire qu'il y avait quelqu'un dans la maison. Et maintenant, c'était le cas.

J'avais l'impression d'avoir quitté la réalité. Mon système nerveux me faisait l'effet d'une coque d'épines, et j'avais le poil hérissé. Kyle était dans les parages, je le sentais, je le flairais par tous les pores de ma peau. Ou n'était-ce qu'une hallucination, signe que je sombrais peu à peu dans la folie ?

Je garai ma voiture dans le garage et baissai la lourde porte de bois. J'avais un nœud de glace au milieu de la poitrine, je respirais avec difficulté, j'avais du mal à me concentrer.

En pénétrant chez Kate, j'eus la sensation de pencher vers la droite. J'étais à deux doigts de perdre l'équilibre.

Le téléphone sonna.

Je dégainai mon Glock, inspectai la cuisine. Pas de Kyle en vue.

Où était-il ?

Le pire est à venir.

Etais-je prêt, cette fois ?

21

La sonnerie me perçait les tympans. En décrochant, je me cognai violemment le genou contre la table de cuisine.

— Je t'ai cherché partout, Alex.

Kyle n'avait rien perdu de son calme et de sa morgue. Il ignorait les notions de conscience et de culpabilité. Jamais son arrogance ne m'avait autant choqué. J'aurais aimé l'avoir en face de moi, lui écraser mon poing sur le visage.

— Eh bien, je crois que tu m'as trouvé. Félicitations. Décidément, impossible de te fuir. Tu m'impressionnes. Tu es vraiment le Cerveau, Kyle.

— Tu le sais bien. Je me suis fait du souci pour toi, camarade. Je voulais prendre congé dans les formes, de manière civilisée. Dès que notre petite aventure s'achèvera, je m'en irai. C'est presque terminé. *Wouah*. Quel soulagement, non ?

— Tu ne veux pas me dire où tu es ?

Il eut un bref silence, et je sentis un flot d'adrénaline envahir mon corps. Je vacillais sur mes jambes. Je craignais que Kyle n'eût déjà commis l'impensable.

— Oh, je pense que je ne risque pas grand-chose si je te le dis, Alex. Voyons un peu… Je vais te faire une révélation : il y a du sang partout. C'est étonnant. En matière de carnage, on peut parler de chef-d'œuvre. Cette fois-ci, je me suis surpassé. Enterrés, Gary Soneji, Shafer, Casanova. Je crois sincèrement que c'est ce que j'ai fait de mieux à ce jour, et je suis bien placé pour en juger. Tu sais, bien sûr, que je suis toujours très objectif dans ce domaine.

Mon cœur battait à tout rompre, j'avais la tête qui tournait, je sentais le sang quitter mon cerveau.

— Où ça, Kyle ? Dis-moi où tu es.

— Je suis peut-être chez ta tante Tia, près de Baltimore, me répondit-il avec un rire dément. C'est une belle petite ville, Chapel Gate.

Un gémissement s'échappa de ma bouche et mes genoux fléchirent. L'image de ma famille – Nana, Jannie, Damon, Alex – passa brièvement devant mes yeux. Je voulais être là-bas, avec eux. Comment avait-il fait pour s'introduire chez Tia malgré la surveillance, malgré la présence de Sampson ? Non, il n'avait pas pu, c'était impossible.

— Tu mens, Kyle.

— Ah bon ? Pourquoi mentirais-je ? Réfléchis un peu. Dans quel intérêt ?

Le pire est à venir. Il fallait que je téléphone. Je n'aurais jamais dû les laisser seuls.

J'entendis un cri perçant au-dessus de moi, dans la cuisine.

Instinctivement, je levai la tête. Et n'en crus pas mes yeux. Kyle jaillit d'une trappe menant au grenier, sans cesser de hurler, un pic à glace dans la main droite, un téléphone mobile dans l'autre.

Je voulus me protéger du bras, mais je ne fus pas assez rapide. Kyle m'avait totalement surpris.

Lorsqu'il plongea le pic à glace dans mon thorax, de biais, je sentis une onde de douleur me traverser le corps et je m'effondrai sur le carrelage de la cuisine. M'avait-il touché au cœur ? Allais-je mourir ?

Kyle me frappa au visage. Il y eut un craquement d'os, et ce fut comme si le côté gauche de ma figure venait de s'enfoncer.

Kyle arma son bras pour me donner un nouveau coup de poing. Ce malade, ce fou furieux, voulait me punir parce que j'étais l'un des personnages clés de son monde délirant. Je n'arrivais pas à y croire.

Une voix intérieure me cria : *ressaisis-toi, trouve un moyen de le démolir !*

Le deuxième crochet me frôla la tempe. J'avais réussi à l'esquiver. J'étais en plein cauchemar. Le manche en inox du pic à glace dépassait toujours de ma poitrine.

Attrapant d'une main la capuche et le col de son blouson, et de l'autre ses cheveux, je parvins à faire basculer Kyle sur le côté, puis à me relever en le tirant avec moi. Nous poussions tous deux des grognements, nous étions à bout de souffle. Je m'affaiblissais. Une tache de sang s'étendait sur ma chemise.

Je réussis pourtant à faire pivoter Kyle pour l'expédier, la tête la première, contre le vaisselier de Kate. La porte vitrée explosa, des éclats de verre et de bois volèrent dans toutes les directions.

Lorsque je lui ressortis la tête, le verre brisé lui lacéra le visage. Moi aussi, je voulais le faire souffrir. Pour Betsey Cavalierre, pour Zachary Taylor et sa femme, pour tous ceux et celles que ce monstre avait assassinés au fil de sa dérive meurtrière.

— Mes yeux ! Mes yeux !

En l'entendant glapir, je compris que j'avais enfin réussi à le faire souffrir.

Je poursuivis le travail à coups de poing, en me rapprochant, puis je soulevai Kyle pour pouvoir continuer à le frapper. Je ne voulais plus le lâcher, je m'acharnais sur lui. D'où me venait cette force, je l'ignore. C'était devenu une idée fixe : le cogner, le cogner encore et toujours, pour lui faire payer ses meurtres, ses trahisons, son harcèlement, et toutes les souffrances infligées à ma famille et à d'autres familles semblables à la mienne.

Quand je vis qu'il avait perdu connaissance, je consentis enfin à lâcher prise. Il s'écroula. Je manquais d'air, j'avais peur, j'avais mal. Et maintenant ? J'avais l'impression de ne plus être moi-même. Qu'étais-je en train de devenir ? Qu'avaient fait de moi tous ces meurtres abominables ?

Je m'écartai du corps recroquevillé au sol, le pic à glace toujours planté dans le torse. Il fallait que je sorte ce machin. Je savais que je ne pouvais pas, que je ne devais pas le faire moi-même, qu'il fallait que j'aille à l'hôpital. Le Dr Kate McTiernan s'occuperait peut-être de moi.

Je passai un coup de fil. Un coup de fil de la plus haute importance.

Ce n'était que le début, disait-il ? Il n'avait pas tort.

Le Cerveau et moi étions enfin seuls. Nous avions tant de choses à nous dire. J'attendais ce moment depuis si longtemps. Lui aussi, peut-être.

22

Kyle gisait devant moi, et j'étais en train de me rendre compte que je ne connaissais pas cet homme. Drôle d'impression. Ce psychopathe, ce sadique m'avait harcelé des années durant ; il avait tué, tué, tué, et certains de mes amis figuraient au nombre de ses victimes.

— Tu n'es vraiment qu'un immonde salopard, fis-je entre deux grimaces de douleur.

La première enquête que nous avions menée ensemble concernait un double enlèvement à Washington. Elle m'avait inspiré un livre, *Le Masque de l'araignée*, dans lequel Kyle apparaissait. Plus tard, Kyle m'avait permis de participer à une autre enquête à grande échelle : il s'agissait d'arrêter un tueur, auteur, lui aussi, de plusieurs enlèvements. Il se faisait appeler Casanova et opérait dans une zone surnommée le Triangle de la Recherche, autour de l'université de Caroline du Nord et de Duke. C'était à cette occasion que nous avions fait la connaissance de Kate McTiernan. Après cette affaire, Kyle m'avait rapproché de lui, notamment en me faisant nommer au Violent Criminal Apprehension Program, ou VICAP, où j'étais chargé des relations entre le FBI et la police de Washington. Les raisons de son geste m'apparaissaient plus clairement aujourd'hui.

Il avait repris conscience. Un air moqueur, faussement amical, glissa sur son visage. Ses yeux se rivèrent aux miens.

— Oui, je sais, je sais, ça fait mal. Tu croyais que nous étions proches, tu croyais que nous étions amis.

Je ne répondis rien. Dans ce regard froid, je ne lisais que haine et dédain. Le remords, la compassion lui étaient étrangers.

Puis un rictus se dessina sur ses lèvres, et j'eus de nouveau envie de le frapper. Il se mit à rire. Qu'y avait-il de drôle ? Que savait-il ? Que me cachait-il encore ?

Il applaudissait, maintenant.

— Très bien, Alex. Tu es encore en train de m'étudier, n'est-ce pas ? N'oublie pas que je t'ai toujours battu.

— Sauf cette fois-ci, lui fis-je remarquer. Cette fois-ci, c'est toi le perdant.

— En es-tu bien sûr ? Es-tu certain d'avoir l'avantage, camarade ?

— Absolument, camarade. Cela dit, j'ai quelques questions à te poser. Il faut que tu m'éclaires sur certains points. Tu sais lesquels.

Le sourire provocateur était toujours là. Il savait, bien évidemment.

— La Caroline du Nord. Tu m'as soupçonné pendant un certain temps parce que j'avais fréquenté l'université de Duke en même temps que le Gentleman. Excellent, Alex. Je connaissais effectivement ce monsieur, tout comme je connaissais Casanova. Ça, pour les connaître, je les connaissais. J'ai tué avec eux, j'ai chassé avec eux. Et puis l'inspecteur Cross a cessé de me soupçonner. Ensuite, il y a eu ces braquages de banques réglés au millimètre près. Le Cerveau dans ses œuvres. Et c'est moi, bien sûr, qui ai tué la jolie Betsey Cavalierre. Un grand moment. Que je te dois, Alex.

Il n'y avait pas, dans ce regard glacial, la moindre pitié. Ma voix était devenue rauque.

— Pourquoi fallait-il que tu la tues, que tu la tortures ?

Il haussa les épaules.

— C'est comme ça que je joue et que je gagne, en infligeant les pires souffrances qu'on puisse imaginer, puis en assistant au délicieux spectacle de la douleur. Tu devrais voir la tête que tu fais en ce moment. Ça vaut de l'or, c'est de toute beauté.

« Non que je réclame la moindre commisération, mon cher Dr Cross, mais m'as-tu jamais vu torse nu ? Je vais répondre à la question. Non. Et sais-tu pourquoi ? Parce que je suis couvert de marques et de cicatrices. Mon père, le grand général respecté de tous, le puissant PDG, m'a battu pendant des années. Il trouvait que j'étais un très méchant garçon. Et tu sais quoi ? Il avait raison. Mon père savait que son fils était un monstre. Ça en dit long, non ?

Il souriait encore. Ou bien était-ce une grimace ? Il ferma les yeux.

— Pour en revenir à l'agent Cavalierre, elle cherchait à savoir où je me trouvais au moment des braquages et des enlèvements commis par le Cerveau. C'était une petite futée, celle-là. Mignonne, en plus. Et elle t'aimait vraiment beaucoup, Alex. Elle te trouvait si bien, toi, le grand et beau Black. Je ne pouvais pas la laisser continuer. Elle me mettait en danger, et elle détournait ton attention.

« Tu me suis, Cross ? Dis-moi si je vais trop vite. Tout cela est parfaitement logique, non ? Je lui ai enfoncé un couteau, bien profond, et j'avais l'intention d'en faire autant avec ta petite copine Jamilla. Peut-être que je le ferai, d'ailleurs.

Je levai mon Glock et le braquai sur son visage. Ma main tremblait.

— Non, Kyle, aucun risque !

23

Tous les scénarios imaginés par Kyle au cours des dernières années allaient enfin trouver leur conclusion. La main toujours tremblante, je posai le canon de mon arme sur son front. Et pour être franc, je n'avais pas la moindre idée de ce que j'allais faire ensuite.

— J'espérais que nous en viendrions là, me dit-il. L'un de nous deux se retrouve maître de la situation. C'est là que les choses deviennent intéressantes, à mes yeux. Et maintenant, tu fais quoi ?

Il pressa son crâne contre le canon.

— Vas-y, Alex. Si tu me tues de cette manière, c'est moi qui gagne. Une idée qui ne me déplaît pas, finalement. Du coup, c'est toi qui deviens le meurtrier.

Je le laissai parler.

— Je vais te dire une vérité un peu cruelle, reprit-il. Un peu de vérité ne te fait pas peur ? Quelle quantité de vérité te sens-tu capable d'encaisser ?

— Vas-y, instruis-moi. Je pense que je tiendrai le coup, Kyle. Je veux tout entendre.

— Eh bien, je vais te donner satisfaction. Ce que, moi, je fais… c'est ce que tous les hommes veulent faire. Je vis leurs fantasmes secrets, leurs petites perversions. Je contrôle totalement mon environnement. Je ne vis pas en fonction des règles établies par mes soi-disant pairs.

Mes rêves et mes fantasmes, je les vis au quotidien. L'égoïsme est à la base de tout ce que je fais. C'est ce que veut tout le monde, tu peux me croire. Par conséquent, arrête de jouer les moralistes. Ça m'énerve au plus haut point.

Je secouai la tête.

— Je vais te surprendre, mais ce n'est pas ce que, moi, je veux, Kyle. Les fantasmes dont tu me parles sont ceux d'un adolescent renfermé sur lui-même.

— Oh, épargne-moi ta psychologie à deux sous. Si, c'est bien ce que tu veux. La poursuite, l'excitation font aussi partie de ta vie. Tu ne le vois pas ? Attends ! Tu adores traquer le gibier, tu adores ça !

Nous passâmes plusieurs minutes à nous jauger dans cette petite cuisine, et la haine qui brûlait en chacun de nous était presque palpable. Puis Kyle se remit à rire. Un rire tonitruant, à mes dépens.

— Tu n'as toujours pas compris, n'est-ce pas ? Tu es un imbécile. Tu n'es vraiment pas à la hauteur. Tu n'as rien contre moi, pas l'ombre d'une preuve matérielle. Dans quelques jours, on me relâchera, et je serai à nouveau libre de faire ce qu'il me plaît. Imagine un peu toutes les possibilités qui s'offriront à moi. Je pourrai faire tout ce qui me passera par la tête. N'est-ce pas une pensée réconfortante, Alex ? Alex, mon vieux copain…

« J'ai *voulu* que tu saches qui je suis, ce que je suis. Ce n'est pas drôle quand personne n'est au courant. J'ai voulu que tout ceci se produise, je l'ai voulu de toutes mes forces. Plus que toute autre chose. J'ai tout prévu. Et une fois que je serai ressorti, tu sauras que je suis quelque part… en train d'attendre, de guetter. Tu vois, cette fois encore, c'est moi qui ai gagné. *C'est moi qui ai voulu que tu m'attrapes, espèce de crétin*. Qu'en dis-tu ?

Je le regardais dans les yeux. Nous étions là, comme deux gosses en train de jouer à qui regardera ailleurs, à qui clignera des yeux le premier.

Et finalement, je lui fis un clin d'œil.

— Je t'ai eu.

Silence.

— A mon avis, poursuivis-je, tu viens de commettre ta première grosse erreur. Tu n'as pas pensé à tout. Tu as négligé un détail important, monsieur le Cerveau. Devine lequel ? Allons, un petit effort, tu es quelqu'un d'intelligent. Essaie de trouver.

Je reculai de quelques pas. C'était moi qui souriais, maintenant. Peut-être même avec un petit air satisfait. Je dévisageai Kyle et lui laissai le temps de réfléchir, mais à son air perplexe, je vis qu'il n'avait pas la moindre idée de ce qui l'attendait.

— Regarde bien.

Je sortis de ma poche mon téléphone mobile, le lui mis sous le nez, et lui montrai l'écran indiquant qu'une communication était en cours.

— Juste avant notre petite conversation, j'ai appelé chez moi. J'avais réglé mon téléphone fixe pour que tout aille directement sur la messagerie. Tout ce que tu viens de me dire a été enregistré. J'ai tes aveux, Kyle. Tout, mot pour mot. Tu as perdu, pauvre malade. Tu as perdu, Cerveau de mes deux.

Il se releva alors brutalement pour se jeter sur moi, et j'eus une fois de plus le plaisir de l'étendre pour le compte. Ce fut le plus beau coup de poing de ma vie, ou en tout cas, ça y ressemblait. Kyle quitta le sol et perdit deux dents.

Et c'est ainsi que les photographes l'immortalisèrent au moment de son arrestation : le fameux Cerveau, avec deux incisives en moins.

24

J'avais enfin le droit de me reposer un peu, de ne plus être flic pendant quelque temps. Kyle Craig avait été incarcéré dans un quartier de haute sécurité à la prison de Lorton, et selon le district attorney, nous avions largement assez d'éléments pour le faire condamner. Kyle s'était offert les services d'un ténor du barreau new-yorkais, qui hurlait à qui voulait l'entendre que son client n'avait pas commis de crimes et qu'il était victime d'un coup monté. N'importe quoi. Ce serait l'un des procès les plus retentissants de ces dernières années, à Washington comme dans tout le pays.

Pour tout dire, je n'avais plus envie de penser à Kyle, à son procès, ni à tout autre tueur psychopathe. Je n'avais pas travaillé depuis des semaines, et c'était un vrai plaisir. Ma blessure ne me faisait presque plus mal, et j'avais une belle cicatrice en souvenir. Je passais le plus de temps possible à la maison. J'avais refait presque toutes les peintures, et j'avais assisté à deux concerts de Damon, deux d'affilée. Je débordais d'énergie.

Je m'exerçais à faire des photos de Jannie en plein bond, je lisais des contes à Alex junior, je prenais des leçons de cuisine avec le meilleur chef de tout Washington – du moins était-ce ce que Nana prétendait. Et je m'accordais également un peu de bon temps. J'avais même appelé plusieurs fois Christine Johnson, et ça s'était bien passé. Je lui avais promis de lui envoyer de très belles photos d'Alex. Jamilla Hughes participait à un séminaire sur la côte Est, et elle passerait me voir la semaine prochaine. Tout allait bien pour elle, et je ne voulais pas lui gâcher la vie.

Il était presque 23 heures, et je jouais du piano sur la terrasse sud. Il n'y avait pas un bruit dans la maison. Tout le monde dormait.

Le téléphone ne sonnait pas, et je savourais ce plaisir tout simple.

Personne n'était à la porte pour m'annoncer de mauvaises nouvelles.

Personne ne m'épiait dans l'ombre, depuis la rue, ou alors si discrètement que cela ne me gênait pas.

Je venais d'attaquer quelques morceaux de D'Angelo, comme *The Line, Send It On* ou *Devil's Pie,* et je ne me débrouillais pas trop mal.

Et demain ? Demain promettait d'être également un grand jour.

Demain matin, j'allais démissionner. Je quittais la police.

Et il y avait autre chose. Une bonne nouvelle, pour changer : j'étais peut-être en train de tomber amoureux.

Mais ceci est une autre histoire, que je vous raconterai une autre fois.